ELLA DANZ

Wintermond-
nacht

WEIHNACHTSMOND, WEIHNACHTSMORD Kommissar Angermüller verbringt genussvolle Weihnachtstage in seiner oberfränkischen Heimat und nimmt spontan an einem Klassentreffen im Gasthof Greiner teil. Lustige Erinnerungen an die Schulzeit werden geteilt, die Stimmung ist ausgelassen, bis Simone die Vollmondpartys von vor mehr als 20 Jahren erwähnt. Mit reichlich Alkohol und Drogen ging es zuweilen recht wüst zu, wogegen die jungen Frauen sich damals schlecht zu wehren wussten. Vor allem Rico, immer noch ein unbelehrbarer Macho, findet Simones Vorwürfe absurd. Die Mädels hätten doch immer Spaß gehabt! Simone verlässt wütend das Lokal.

Am nächsten Tag steht die Kriminalpolizei bei Angermüllers vor der Tür. Rico wurde tot hinter dem Gasthof gefunden. Der misstrauische Coburger Kollege Bohnsack vernimmt Angermüller als Zeugen, lehnt seine fachliche Unterstützung aber entschieden ab. Als der Lübecker Kommissar wieder im Norden gelandet ist, erhält er nicht nur einen überraschenden Anruf, sondern auch Besuch aus der Heimat ...

© Sarah Koska

Ella Danz, gebürtige Oberfränkin, lebt seit ihrem Publizistikstudium in Berlin. Nach Jahren in der Ökobranche ist sie mittlerweile als freie Autorin tätig. Ihr spezielles Interesse gilt der genauen Beobachtung von Verhaltensweisen und Beziehungen ihrer Mitmenschen. In ihren Angermüller-Krimis wird gern gekocht und gegessen, mischt sich Spannung mit Genuss. Und der Kommissar, ein sympathischer Oberfranke im Lübecker Exil, kämpft nicht nur gegen das Verbrechen, sondern auch gegen schlechtes Essen.

ELLA DANZ

Wintermond-nacht

ANGERMÜLLERS 12. FALL

GMEINER

Personen und Handlung sind frei erfunden.
Ähnlichkeiten mit lebenden oder toten Personen
sind rein zufällig und nicht beabsichtigt.

Immer informiert

Spannung pur – mit unserem Newsletter informieren wir Sie
regelmäßig über Wissenswertes aus unserer Bücherwelt.

Gefällt mir!

Facebook: @Gmeiner.Verlag
Instagram: @gmeinerverlag
Twitter: @GmeinerVerlag

Besuchen Sie uns im Internet:
www.gmeiner-verlag.de

© 2023 – Gmeiner-Verlag GmbH
Im Ehnried 5, 88605 Meßkirch
Telefon 0 75 75 / 20 95 - 0
info@gmeiner-verlag.de
Alle Rechte vorbehalten
1. Auflage 2023

Lektorat: Claudia Senghaas, Kirchardt
Herstellung: Julia Franze
Umschlaggestaltung: U.O.R.G. Lutz Eberle, Stuttgart
unter Verwendung eines Fotos von: © maroznc / istockphoto.com
Druck: GGP Media GmbH, Pößneck
Printed in Germany
ISBN 978-3-8392-0516-7

Für meine Hongkonger!

MONDNÄCHTE

Schlaflosigkeit bei Vollmond war kein Thema, genauso wenig hatte der fette Mond mit Romantik zu tun. Nur eine gewisse Unruhe machte sich jedes Mal breit, wenn die Scheibe am Himmel zu ihrer vollen Größe wuchs. Besonders im Winter und ganz besonders um Weihnachten herum. Dann gelang im kalten Lichtschein die Verdrängung nicht mehr an jene Erinnerungen – Erinnerungen, die auf eine Art wehtaten – nein, das traf es nicht. Sie machten irgendwie Angst, die Erinnerungen, denn was, wenn sie heute jemand ans Licht holen würde?

Dabei lag das alles schon so lange zurück, die Eiseskälte, die Schneefelder, das helle Mondlicht. Und trotzdem war der Blick darauf mit dem Wissen von heute zuweilen schwer zu ertragen. Warum eigentlich? Woher rührten diese Gefühlsverwirrungen, die inneren Kämpfe? Weshalb diese Qualen? Was war schon passiert? Sie waren doch alle noch jung gewesen, so verdammt jung.

Außerdem war die Rückschau an manchen Stellen ziemlich getrübt, was sicherlich den Unmengen von Alkohol geschuldet war, der damals regelmäßig floss. Die Bilder waren unscharf, natürlich auch wegen der Pillen und anderer Substanzen, die irgendwie immer vorhanden waren. Zugegeben, sie hatten es zuweilen übertrieben, aber nie hatte das Konsequenzen, niemand bekam je Ärger deswegen.

Es hatte auch nie mehr jemand darüber gesprochen. Aber jetzt war jemand tot. Vielleicht war das erst der Anfang …

KAPITEL I

Mila hastete durch die Shopping Mall. Drei Tage vor Heiligabend wimmelte es von Menschen auf der Jagd nach Geschenken. Das hatte sie natürlich vorher gewusst und versuchte nun, sich nicht über das Gewühle zu ärgern. War ja auch ihr Fehler, Geschenke auf den allerletzten Drücker zu besorgen.

Überall hingen Girlanden mit Sternen, Glocken, roten Schleifen und anderen weihnachtliche Accessoires, nicht fein und zierlich, sondern unbescheiden groß. Sie sollten neben zahlreichen üppig geschmückten Tannenbäumen aus Plastik, die mit Kunstschnee bestäubt waren, in den klimatisierten Gängen und Atrien eine festliche, winterliche Atmosphäre verbreiten. Während draußen frühlingshafte Temperaturen herrschten, verteilten in der Mall rot gewandete Santas mit weißen Rauschebärten Tüten mit nutzlosen Überraschungen an die Kleinen. Und über dieser vibrierenden Betriebsamkeit lag ein Geräuschteppich aus *Jingle Bells* und *White Christmas*. Mila hatte gänzlich andere Erinnerungen an die Advents- und Weihnachtszeit ihrer Kindheit. Warum man dieses Fest am 24. Dezember feierte, dafür interessierte sich hier kaum jemand. Die Deko musste blinken und glitzern, das war die Hauptsache, und die Kunden in Weihnachtsstimmung – sprich Kauflaune – versetzen.

Für Henry hatte Mila in einem Laden namens *Liquid Gold* einen Scotch erworben, von dessen Geschmack der Verkäufer in den höchsten Tönen schwärmte. Dem Preis nach zu urteilen befand sich wirklich Gold in der Flasche. Christopher hatte sich spezielle Kopfhörer für sein Handy gewünscht, ihr die Adresse des drei Etagen umfassenden *Apple Store* genannt, sodass auch dieser Wunsch leicht zu erfüllen gewesen war.

Mila war froh, alles erledigt zu haben und die *IFC Mall* verlassen zu können. Nur wenn es sich nicht umgehen ließ, betrat sie diese Konsumtempel, von denen es unzählige in der Stadt gab, und fühlte sich stets irgendwie fehl am Platze. Jetzt wollte sie nur noch schnell nach Hause. Sie nahm den Ausgang zur *Harbour View Street*, hatte Glück und erwischte dort gleich ein Taxi.

Es dämmerte schon, doch die Gebäudeschluchten von *Central* gleißten taghell im Licht der Geschäfte und Restaurants, unzählige Menschen wuselten über die Trottoirs oder standen diszipliniert an roten Ampeln, während sich ein endloser Strom aus Autos, Bussen und Tram daran entlangschob. Doch je weiter das Taxi den Hügel emporkletterte, desto ruhiger wurde es draußen.

Wenig später stand Mila auf ihrer dunklen Terrasse und rauchte eine Zigarette. Vor ihr ragten die strahlenden Hochhaustürme des Bankenviertels von *Hong Kong Island* auf, am anderen Ufer funkelte die Skyline von *Kowloon*. Es fühlte sich vertraut an, fast wie Heimat, oder wie etwas, das sie zumindest dafür hielt, denn Mila wusste nicht zu beschreiben, was Heimat eigentlich ausmachte. Und in dieser verrückten Stadt hielt sie es nur für längere Zeit aus, wenn sie ihr hin und wieder entfliehen konnte. Dabei war ihr bewusst, dass sie auf hohem Niveau jammerte, auf sehr hohem Niveau.

Wer konnte sich schon eine über 2.500 *Square Feet* geräumige Wohnung in den *Mid Levels East* leisten, in einer Anlage mit Tennisplätzen, gepflegten Gärten, Gym, In- und Outdoor Swimming Pools und vielen weiteren Annehmlichkeiten? Charly konnte. Obwohl sie nun schon eine ganze Weile in diesem Luxus lebte, kam Mila die Realität manchmal total unwirklich vor. Sie war in Hong Kong gelandet, um einer mal wieder gescheiterten Beziehung und ach so vielem anderen zu entfliehen, so weit weg wie möglich von Deutschland, mit wenig Geld und der Idee, ein deutsches Café zu eröffnen.

Sie jobbte in der Gastronomie, um die Miete für ihr enges Einraumapartment in *Mongkok* zu verdienen, und begann außerdem, in ihrer winzigen Küche deutsches Backwerk herzustellen, das sie übers Internet anbot. Und eines Tages meldete sich ein Kunde, der für die Geburtstagsparty seines Sohnes drei Torten, zwei Napf- und zwei Blechkuchen orderte.

Mila erinnerte sich gut an den Stress, mit ihrer wenig professionellen Ausstattung diesen Riesenauftrag auszuführen, zumal es ein schwüler Augusttag mit über 30 Grad war und die Klimaanlage gegen den Backofen kaum ankam. Doch irgendwie gelang es ihr, auch die Schwarzwälder Torte perfekt zu produzieren. Sie räumte ihren Kühlschrank komplett leer, um das Kunstwerk darin bis zur Lieferung zu lagern.

Und das war das nächste Problem. Sie konnte diese Menge an Gebäck nicht allein mit der U-Bahn und dem Bus bewältigen. Kurzerhand schickte Mila dem Kunden eine Mail, dass er angesichts der Menge jemanden schicken sollte, mit dem zusammen sie die Lieferung per Taxi durchführen konnte.

Wenig später stand der Auftraggeber selbst vor ihrer Tür, stellte sich in akzentfreiem Deutsch als Charly Lao vor, und sie schafften gemeinsam die Torten und Kuchen zu seinem Wagen. Mila interessierte sich nicht für Autos, doch dass dieser weiße Van zu den teureren gehörte, fiel ihr gleich auf. Der Mann schloss die Heckklappe, und Mila wollte sich schon verabschieden, da sah er sie plötzlich an.

»Sagen Sie, ich könnte Unterstützung gebrauchen bei unserer Geburtstagsparty«, meinte er zögernd, »ich allein mit einer Horde Zehnjähriger, mir graut davor. Wollen Sie nicht mitkommen?«

»Äh, jetzt?«

Charly Lao nickte. Sie sah an ihrem T-Shirt und den Shorts herunter, die durchgeschwitzt waren und unverkennbare Spuren ihrer Backorgie trugen.

»Ich müsste mich aber erst umziehen …«, stellte sie etwas hilflos fest und überlegte dabei, was sie für einen zusätzlichen Kindergeburtstagsservice berechnen könnte.

»Kein Problem.«

Nach der Fahrt zu seiner Wohnung wusste sie, dass seine verstorbene Mutter aus Deutschland stammte, wo er fast jedes Jahr einige Zeit verbrachte, und er deutsche Backwaren liebte. Außerdem hatte er einen zehnjährigen Sohn, den er allein großzog, nachdem er von dessen Mutter vor sieben Jahren geschieden worden war. Und dass er Geld hatte, war offensichtlich, was Mila erst einmal misstrauisch machte. Doch seine offene, humorvolle Art ließ ihre Skepsis bröckeln, und als sie Christopher, das Geburtstagskind, kennenlernte, verschwanden ihre Bedenken gänzlich. Der Junge, der neben Deutsch ganz selbstverständlich Englisch und Chinesisch sprach, war nicht nur sehr wohlerzogen, sondern ausgesprochen fröhlich und freundlich und fasste sofort Vertrauen zu Mila.

Sie hatte einige sehr einfache Spielideen hervorgekramt, an die sie sich von Geburtstagen aus ihrer Kindheit erinnerte, und damit die temperamentvolle Bande aus zehn, zwölf Kindern total begeistert. Charly war beeindruckt.

Als sie sich verabschiedete, musste sie Christopher versprechen, auf jeden Fall wiederzukommen, was Charly für eine sehr gute Idee hielt. Für den Sondereinsatz als Kindergeburtstags-Entertainerin forderte sie dann doch keine Bezahlung. Es erschien ihr plötzlich unangebracht. Allerdings entdeckte sie ein paar Tage später unter dem Stichwort *Awesome Birthday Party* eine stattliche Summe auf ihrem Konto, was sie einerseits freute, ihr aber auch ein wenig peinlich war.

Schon am nächsten Wochenende hatte sie eine Verabredung mit Christopher – und daraus wurde eine feste Einrichtung. Sie fuhren mit der alten Tram auf den *Peak* oder zum Baden mit der Fähre nach *Lamma Island*, sie beobachteten die Drachenflieger oberhalb von *Sai Kung* oder machten Picknick in einem der vielen Country Parks. Die Tage mit Christopher machten ihr viel Spaß. Mila, die keine Kinder hatte und auch nie welche haben würde, gewann den Jungen richtig lieb. Auch Charly schloss sich den beiden immer öfter an, bis ihre Verabredungen zu dritt die Regel waren. Und als Charly und sie ein Paar wurden, war das nur logisch, obwohl Mila sich geschworen hatte, sich nie wieder zu verlieben.

Als ihre neugierige Nachbarin Frau Cheng zum ersten Mal Mila in Charlys Begleitung begegnete, bekam sie große, staunende Augen.

»Sagen Sie, Miss Mila, heißt Ihr Freund zufällig Charles M. Lao?«, fragte sie beim nächsten Treffen im Hausflur.

»Äh, Charly Lao, ich kenne ihn als Charly.«

»Ja, ja, ja«, nickte die Nachbarin eifrig mit einem breiten Lächeln, »Glückwunsch!«

»Danke.«

Leicht verwundert wandte sich Mila zu ihrer Wohnungstür. Erst als Frau Cheng ihr ein paar Tage später ein Foto aus den Society-Spalten einer Hongkonger Zeitung präsentierte, dämmerte Mila, in welche Kreise sie geraten war.

›Neulich in der *Ozone Bar*: Charles M. Lao und seine neue Begleitung‹, stand unter einem Foto, das sie und Charly zeigte, wie sie gerade mit Champagner auf ihren Geburtstag anstießen.

Inzwischen war sie schon zwei Jahre Ms. Lao, konnte sich keinen besseren Mann als Charly wünschen, hatte einen liebenswerten Stiefsohn und in *Kennedy Town* ihr eigenes Café, das *Little German Cake Paradise* – und manchmal ein schlechtes Gewissen, wenn sie an ihr früheres Leben dachte und die Millionen von Menschen, die genauso strampelten wie sie damals, um in dieser Stadt zu überleben. Hatte ausgerechnet sie so viel Glück verdient?

»Hallo, ich bin wieder da.«

Sie hatte ihn gar nicht kommen hören. Charly stand plötzlich neben ihr, grinste fröhlich und gab ihr einen Begrüßungskuss.

»Hallo, Charly.«

»Brauchst du eine Beruhigungszigarette vor der großen Reise oder bewunderst du den Mond?«

»Stimmt schon, ich mag diese langen Flüge gar nicht, aber ich habe kein Reisefieber«, lachte Mila, »ich hoffe nur, ich kann wenigstens ein bisschen schlafen.«

Auf den Mond hatte sie gar nicht geachtet. Sie schaute nach Westen, wo die fast volle Scheibe hell über *Lantau*

Island stand. Mila wusste nicht, warum, aber plötzlich überkam sie eine Art Beklommenheit.

»Essen wir jetzt zu Abend?«, fragte sie schnell, um sich abzulenken.

»Ja, bis wir im Flieger was bekommen, ist bestimmt Mitternacht vorbei. Bonnie hat *Fried Rice* gemacht. Ach Mila, ich freu mich so auf unsere Reise«, Charly knuffte aufgekratzt wie ein Kind ihren Arm, »auf meine Tante, meine Cousine und meinen Cousin, die Kälte, den Glühwein, die Lebkuchen – richtig deutsche Weihnachten mal wieder!«

»Und ich bin gespannt, deine Verwandten endlich kennenzulernen. Ein bisschen aufgeregt bin schon …«

»Aber warum das denn? Die sind wirklich alle ausgesprochen nette Menschen. Vor allem meine Tante Ingeborg ist einfach wow! Du wirst schon sehen«, bekräftigte Charly, »ach ja, Henry wird uns um 21 Uhr abholen und zum Flughafen bringen.«

»Das ist aber nett von ihm. Und da kann ich ihm gleich sein Weihnachtsgeschenk geben.«

Henry war ihr Schwiegervater, ein Herr von 85 Jahren, der, statt die kleine Handelsfirma seines Vaters weiterzuführen, sich schon in den 60er-Jahren auf Ankauf und Vermietung von Immobilien verlegt hatte. Nach ersten bescheidenen Anfängen begann das Immobiliengeschäft in den 80ern so richtig zu florieren und machte die Laos zu reichen Leuten. Nach der in der Familie kursierenden Erzählung gründete ihr Vermögen auf absolut ehrlichen Geschäften und viel Glück. Mila hoffte insgeheim, dass dem auch so war.

Die Beziehung zu ihrem Schwiegervater war nicht sehr eng. Er war stets freundlich, aber auf eine eher distanzierte Art. Außer bei Familienfesten sah man sich kaum.

Henry kam nie zu spontanen Besuchen bei seinem Enkel vorbei, und mit Charly traf er sich höchstens mal im Büro, wenn es Geschäftliches zu besprechen gab. Welche Gefühle sich hinter seinem höflichen Lächeln verbargen, blieb für Mila ein Geheimnis. Klar war jedenfalls, dass Charly das humorvolle Wesen von seiner Mutter geerbt haben musste.

Vor Jahren schon hatte Henry seinem Sohn die Geschäftsführung übergeben, und seit er Witwer geworden war, verbrachte er den Großteil seiner Zeit im *Hong Kong Jockey Club*. Das bedeutete aber nicht, dass er sich nur mit Pferderennen beschäftigte, wie Mila anfangs angenommen hatte. Natürlich war der Rennsport Henrys Leidenschaft, doch der exklusive Club, der reichste Sportclub der Welt im Übrigen, der ein staatlich verankertes Monopol auf Sportwetten besaß, war vor allem die größte Wohltätigkeitsorganisation der Stadt. Im *Hong Kong Jockey Club* engagierte sich ihr Schwiegervater in einem Gremium, das über die Vergabe der Gelder und die Auswahl der Projekte entschied.

»Findet dein Vater es eigentlich schade, nicht mit uns Weihnachten feiern zu können?«

»Das weiß ich nicht. Selbst wenn es so wäre, würde er das nie sagen. Du kennst ihn doch. Ihm ist der lange Flug auch zu anstrengend, sagt er, und zu kalt wäre es ihm dort sowieso. Außerdem ist er ja nicht allein. Er freut sich drauf, die Feiertage hier mit meiner Schwester und ihrer Familie zu verbringen.«

»Stimmt, Janet organisiert sicher ein absolut perfektes Weihnachtsfest.«

»Oh ja, da hast du recht. Hoffen wir mal, es wird trotzdem nett«, Charly verzog das Gesicht. Er fand, dass Janet, die seine ältere Halbschwester aus Henrys erster Ehe war, es mit der Perfektion ihrer Feste immer ziemlich übertrieb.

»Lass uns jetzt essen, Mila, es wird sonst zu spät.«

»Okay, ich komm gleich.«

Sie drückte die Zigarette aus und wandte ihren Blick wieder zum Meer, auf dem das kalte Licht des Mondes tanzte. Trotz der lauen Temperatur fröstelte Mila plötzlich.

KAPITEL II

Wie lange lag sein letzter Besuch in Franken zurück? Mehr als ein Jahr war es auf jeden Fall. Georg hatte kurz gezögert, als ihm Marga den Vorschlag machte, Weihnachten doch mal wieder bei ihnen in Niederengbach zu verbringen, denn es war klar, dass er allein fahren müsste. Astrid und die Mädchen würden sich um seine Schwiegermutter Johanna kümmern, die im vergangenen März Witwe geworden war. So ist das halt, wenn die Eltern alt werden, hatte er gedacht, da gibt es neue Prioritäten und dass er sich wirklich mal wieder um seine Mutter kümmern müsste. Und er hatte zugesagt.

Seine Schwester hatte ihn am Bahnhof in Oeslau abgeholt, was er ihr hoch anrechnen musste, da sie nur äußerst ungern Auto fuhr.

»Schorsch, ich bin fei so froh, dass du da bist!«, empfing ihn Marga und fiel ihm um den Hals. So eine überschwängliche Begrüßung war sonst nicht unbedingt ihre Art.

»Ich freu mich auch, mal wieder mit euch Weihnachten zu feiern«, antwortete Georg leicht erstaunt.

Margas mehr als 20 Jahre alter Golf, der beinah wie ein Neuwagen aussah, stand gleich gegenüber auf dem kleinen Parkplatz. Georgs Schwester warf ihm einen unsicheren Blick zu und reichte ihm den Wagenschlüssel.

»Kannst du fahren? Wir müssen erscht emal nach Coburg ins Krankenhaus.«

»Wieso das denn?«

»Die Mamma is heut Morgen plötzlich umgekippt. Und da hab ich den Arzt gerufen und der hat g'sagt, am besten zur Beobachtung gleich ins Krankenhaus. Du weißt doch, sie hat schon öfter so kleine Schlaganfälle gehabt.«

Georg packte den Strauß aus, den sie in einem Blumenladen am *Hinteren Glockenberg* gekauft hatten, und atmete tief durch, bevor er die Türklinke herunterdrückte. Er mochte keine Besuche im Krankenhaus.

»Mensch, Mamma, was machst du denn für Sachen?«, fragte er launig zur Begrüßung und ärgerte sich sofort über diesen albernen Spruch. Er nahm die Hand seiner Mutter, ziemlich erschrocken über den Anblick der alten Frau, die sich klein und blass zwischen den Kissen und Decken verlor. Ihre Hand fühlte sich rau an, wie immer, wie die Hand eines unermüdlich im Haus und im Garten tätigen Menschen. Aber heute war sie dazu kalt und kraftlos.

»Wie geht's dir denn?«

In ihrem Gesicht unter den praktisch kurz geschnittenen weißen Haaren erschien ein schwaches Lächeln.

»Schön, dass de da bist, Georg. Mir geht's gut.«

Seine Mutter wirkte so viel älter, als er sie in Erinnerung hatte. In jedem Fall war er sehr froh, dass er sich für die Reise nach Oberfranken entschieden hatte. Plötzlich richtete sich die alte Frau in ihrem Bett auf.

»Die wollen mich fei über die Feierdaach hier behalten«, berichtete sie empört, »des geht doch gar ned! Der Baum und der Gänsebroudn und die Klöß und was alles noch g'macht werden muss, ich muss haam!«

»Na ja, da müssen wir erst mal die Ärzte fragen, wann du nach Hause kannst …«

Marga, die neben ihm stand, nickte zur Bekräftigung.

»Mir war doch nur e bissle schwindelig und dann bin ich halt hieg'fallen. Ich hab höchstens en blauen Fleck. Aber sonst is alles wieder gut.«

»Abwarten, Mamma. Wir sprechen gleich mit den Ärzten.«

»Ich an Weihnachten im Krankenhaus! Wie soll denn des gehen?«

Die leitende Oberärztin gab sich sehr verständnisvoll, bestand aber darauf, dass die Patientin zumindest über Nacht zur Beobachtung in der Klinik blieb.

»Und wenn alles so weit in Ordnung ist, können Sie morgen an Heiligabend am Mittag nach Hause.«

Doch selbst diese Aussicht schien der Mutter nicht zu genügen.

»Aber es ist doch noch so viel zu machen und …«

»Und machen werden Sie erst mal gar nichts!«, unterbrach die Ärztin sie streng, »Sie ruhen sich aus und lassen sich verwöhnen. Ihre Kinder kümmern sich um alles und Sie genießen ganz entspannt die Weihnachtstage.«

Georg sah seiner Mutter an, dass ihr diese Vorstellung überhaupt nicht behagte. Aber sie nickte gehorsam und widersprach nicht, auch nicht, als die Ärztin sich verabschiedet hatte.

Marga hatte Kuchen mitgebracht und holte Kaffee. Sie machten es sich so nett, wie es hier eben ging. Die Mutter trank kaum von ihrer Tasse und pickte nur wie ein Vögelchen an ihrem Kuchenstück herum. Sie sagte nicht viel. Aber es war klar, dass ihre größte Sorge der Organisation des Weihnachtsfestes galt, um das sie sich nicht in gewohnter Weise würde kümmern können.

Schon lange hatte Georg hier keinen Dezember mehr erlebt. Das momentan herrschende nasskalte Wetter hatte überhaupt nichts Winterliches. Dunkle Wolkenbänke hingen tief über der Landschaft aus Braun- und Grautönen, Nebel hüllten den *Bausenberg* auf der anderen Seite des Tales ein und verbargen die stolz hoch oben thronende *Veste*. Alle fröhlichen Farben schienen ausgelöscht.

Als sie in Niederengbach ankamen, dämmerte es. Nur ein paar weihnachtliche Lichterketten auf den Bäumen vor manchen Häusern setzten hie und da leuchtende Akzente. Die Dorfstraße unter dem dick verhangenen Himmel war menschenleer. Das große Wellness Hotel, das den Geschwistern Steinlein gehörte, war zwar weihnachtlich geschmückt, doch hinter den Fenstern war es dunkel. Das ganze Gebäude machte einen geschlossenen Eindruck.

»Mmh, beim Steinlein ist geschlossen. Ich dachte, ich könnte dich heut Abend dorthin zum Essen einladen.«

»Die machen doch immer über Weihnachten zu, seit e paar Jahrn. Des lohnt sich wohl ned. Aber wenn der *Greiner* offen hat, könn mer auch dort hin.«

»*Greiner*? Du meinst die alte Dorfkneipe? Kann man da essen?«, fragte Georg skeptisch. Früher hatten sie sich dort oft zum Biertrinken getroffen, höchstens Wurstbrote oder Kuhkäs auf Schmalzbrot wurden serviert. Er war ja kein anspruchsvoller Mensch, aber wenn's ums Essen ging, machte Georg keine Kompromisse.

»Du warst ja schon lang nimmer da. Seit des Fritzla den Gasthof endlich von seim Vater übernehme konnt, hat sich des alles ganz schön g'mausert. Der hat mächtig renoviert und umgebaut und angebaut. Des ist jetzt sogar auch e Hotel und des Essen gar ned schlecht. Siehste, die ham geöffnet!«, zeigte Marga zu dem schmucken Gebäude zur Linken, das Georg nicht als die alte Gastwirtschaft aus seiner Jugend wiedererkannt hätte. Es war viel größer geworden, man hatte mehrere Balkons angebaut, nur die alten Butzenscheiben an der Gaststube sahen aus wie früher. Neben den Stufen zum Eingang war eine große Tanne weihnachtlich herausgeputzt.

»Na gut. Dann probieren wir das nachher.«

»Ein Silvaner für die Dame, ein Kutschertrunk für den Herrn, bitteschön.«

Der Chef, der sie vom Tresen her beäugt hatte, während die Kellnerin ihre Bestellung entgegennahm, servierte persönlich die Getränke.

»Na, Schorsch, auch emal wieder in der Heimat? Dich hab ich ja ewig nimmer g'sehn!«

»Aber noch wiedererkannt«, grinste Angermüller.

»Is ja ned so schwer, wenn dei Schwester neben dir sitzt.«

»Hast recht, Fritz, ist schon eine Weile her, dass ich in Niederengbach war ...«

»Des war im letzten Jahr im Sommer, mit deiner Freundin Derya«, warf Marga ein.

»Genau. Und jetzt will ich mal wieder mit dir und der Mamma Weihnachten feiern«, bestätigte Angermüller und tätschelte ihre Hand, um sie zu stoppen, bevor sie weitere Details über sein Beziehungsleben verkünden würde.

»Und geht's dir gut, da drob'n im Norden?«, wollte Fritz wissen. Er musste so Anfang 60 sein, überlegte Angermüller, nach Jahren als ewiger Junior nun endlich der Chef, wie Marga erzählt hatte.

»Danke, alles gut bei mir. Und bei euch? Wie geht das Geschäft? Ihr habt ja mächtig an- und umgebaut.«

Der Fritz ließ seinen Blick durch die Gaststube schweifen. Unter seiner ledernen Schürze wölbte sich ein kräftiger Bauch. »Ach ja, unser Hotel läuft. Man muss halt auch was tun, von nix kommt nix, gell? Hinten vergrößern wir grad die Terrasse, des wird im Sommer der Hit. Wir ham ja einen super Blick auf die *Veste*! Ja, ja«, nickte er zufrieden, »und sogar über die Feiertage haben wir ein paar Buchungen. Bis zum Wochenende war hier eine Weihnachtsfeier nach der anderen. Zum Glück ist es die Tage vor dem Fest e bissle ruhiger.«

Neben drei älteren Männern, die in der Ecke am Stammtisch vor ihren Biergläsern saßen, verlor sich nur noch eine Handvoll Besucher an zwei weiteren Tischen in der geräumigen Gaststube.

»Und, Schorsch, bist du am Zweiten abends auch dabei?«, wollte der Fritz wissen.

»Wobei?«

»Na, da treffen sich doch immer alle bei uns, auch aus eurer Schul. Weißt des nimmer?«

Alle – das war natürlich übertrieben. Aber als er während des Studiums noch jedes Jahr zum Fest nach Niederengbach gefahren war, traf man sich am Abend des zweiten Feiertags beim *Greiner*, sowohl welche von den Daheimgebliebenen wie von den Weggezogenen. Einfach so, ohne Verabredung, und die meisten waren froh, der heimischen Weihnachtsschwere aus Gänsebraten und Karpfen, Kaffeetafel und Verwandtschaft für ein paar Stunden entkommen zu können. Vor fast 20 Jahren war er wohl zum letzten Mal dabei gewesen.

»Mal schauen.«

Angermüller griff nach seinem Bier.

»Wohl bekomms«, wünschte Fritz und zog sich wiegenden Schrittes hinter den Tresen zurück.

Ah, tat das gut! Georg nahm einen kräftigen Zug. Er mochte das trüb aussehende, dunkle Bier, das würzig, aber nicht bitter schmeckte und einfach unglaublich süffig war. In seiner alten Heimat stieg er meist von seinem geliebten Rotwein auf Bier um, denn nirgendwo anders gab es noch so viele kleine Privatbrauereien, die nach ganz individuellen, traditionellen Rezepturen beste Qualität brauten wie in Oberfranken.

»Da schau her, der Georg Angermüller, das ist ja eine Überraschung! Mensch, wie lang haben wir uns nimmer gesehen?«, tönte plötzlich eine sonore Stimme von einem der Nebentische herüber.

Ein Mann trat zu ihm und streckte ihm eine Hand entgegen, die Georg zögerlich ergriff. Ja, er kannte dieses offene, jungenhafte Gesicht mit den verwuschelten braunen Haaren, aber ihm fiel kein Name dazu ein.

»Du schaust ganz schön verlegen. Hab ich mich so verändert? Ich bin der Simon. Wir waren mal in einer Klasse, vor … wie lang ist das eigentlich her?«

»Na klar, der Simon Bauersachs, grüß dich!«, beeilte sich Angermüller zu sagen. »Muss eine Ewigkeit her sein! An die 20 Jahre bestimmt.«

Sie schüttelten sich die Hände. Zwar hatten sie während der Zeit auf dem Gymnasium dieselbe Klasse besucht, doch da Simon in der Stadt wohnte und Georg als »Fahrschüler«, wie man sie nannte, täglich mit dem Bus nach Coburg pendelte, hatten sie in der Freizeit eher weniger miteinander zu tun. Der Simon Bauersachs war ein netter Kerl, und sie hatten sich immer ganz gut verstanden, erinnerte sich Georg, aber mehr fiel ihm zu dem ehemaligen Mitschüler auf Anhieb nicht ein.

»Bist du immer noch bei der Kripo in Lübeck?«

»Genau. Ich komm da wohl auch nimmer weg.«

»Dann scheint's dir da droben ja zu gefallen. Ich bin noch nie in der Ecke gewesen. Soll wohl ganz schön sein, die Stadt, die Umgebung, die Ostsee nicht weit.«

»Ich kann's nur empfehlen. Schöne Stadt, schöne Landschaft, angenehmes Klima und nette Menschen – vielleicht schaffst du's ja mal mit einem Besuch.«

»Ich werd's mir überlegen, Schorsch. Ich würd ja gern länger mit dir plaudern. Aber passt jetzt leider nicht.«

Simon deutete zum Nebentisch, an dem sich eine alte Dame und eine junge Frau lebhaft unterhielten, und fügte etwas leiser hinzu: »Ich bin mit meiner Mutter und meiner Tochter hier, muss mich um die Damen kümmern, du verstehst. Aber der Fritz hat's dir ja schon gesagt: Wir treffen uns hier wie immer am zweiten Feiertag. Du kommst doch? Wird bestimmt wieder lustig.«

»Mal schauen, ob meine Mutter mir Ausgang gibt«, witzelte Angermüller, der sich nicht sicher war, ob er wirklich Lust auf ein Treffen mit Leuten aus seiner Schulzeit hatte. Die Kellnerin trat mit voll beladenen Tellern an den Tisch.

»Der Karpfen für die Dame und des Schäufele für den Herrn. Guten Appetit!«

»Na dann, guten Hunger!«, wünschte Simon Bauersachs, »mich würd's auf jeden Fall freuen, wenn du kommst. Frohes Fest euch!«

Das Fleisch zart, die dunkle Soße würzig, das Kraut mit gerade der richtigen Mischung aus säuerlichen Anklängen und zarter Süße, dazu die flaumweichen Coburger

Klöße – das Schäufele war eine lang vermisste Köstlichkeit für Angermüller.

Auch die gebläuten Karpfenstücke auf Margas Teller, die neben gelben Kartoffelscheiben, einem Häufchen Sahnemeerrettich und einem Kännchen flüssiger Butter angerichtet waren, sahen verlockend aus. Die Geschwister lobten jeder nach ein paar Bissen ihre Wahl und vertieften sich dann schweigend in den Genuss der Gerichte.

»Hast recht, die kochen hier sehr ordentlich«, bestätigte Georg seiner Schwester nach dem Essen und legte wohlgesättigt seine Serviette beiseite.

»Jetzt sollten wir einen Plan machen, was alles noch zu erledigen ist.«

»Wieso einen Plan? Es wird halt alles gemacht wie immer«, meinte Marga verständnislos. Das hieß wohl, dass sie den Heiligabend mit ihrer Mutter zu Hause verbrachten und am 1. Feiertag ihre Schwester Lisbeth mit Mann und Kindern zum Gänsebraten einfallen würde, mit nachmittäglichem Kaffeetrinken und anschließendem Abendbrot.

»Und was ist am zweiten Feiertag?«

»Da lädt uns die Lisbeth zum Mittag ein.«

»Lisbeth bekocht uns?«, fragte Georg voller Verwunderung.

»Natürlich ned. Sie lädt uns in ein gutes Restaurant in der Stadt ein, hat sie g'sagt. Den Tisch hat sie schon vor Wochen vorb'stellt.«

Der kurze Weg zu Fuß nach Hause tat nach dem üppigen Mahl gut. Es war mild, viel zu mild für die Jahreszeit, und die feuchte Luft von Nebel geschwängert. Marga richtete den Blick nach oben, wo sich der fast volle Mond gerade durch die dichten Wolken zu schieben versuchte.

»Im Fernsehen hamse g'sagt, an den Feiertagen kriegen

wir weiße Weihnachten. Ich glaub des fei ned. Die in der Kiste erzählen viel, wenn der Tag lang ist.«

Als sie im Angermüller'schen Haus anlangten, stieg ihnen wieder die Duftmischung aus Süß und Herzhaft in die Nase. Die Mutter hatte Kuchen und Plätzchen gebacken, Marga den Kartoffelsalat zur Fleischwurst für Heiligabend schon zubereitet, ebenso den Punsch angesetzt. Außerdem hatte sie fast alle Besorgungen für das Fest komplett erledigt – vom Weihnachtsbaum über die Gans bis zu den Lebkuchen.

»Nur des b'stellte Brot musst du morgen beim Bäcker abholen. Ach ja, vorher muss der Weihnachtsbaum noch in den Ständer gestellt werden. Ich schmück den Baum dann, derweil du die Mamma mittags nach Haus bringst.«

»Alles klar, Chef, so machen wir's«, salutierte Georg, insgeheim hoffend, dass die Ärzte der Entlassung der Mutter wirklich zustimmten.

»Hast du was dagegen, wenn ich noch kurz bei Johannes und Rosi vorbeischau? An den Weihnachtstagen schaff ich das bestimmt nicht, da haben wir ja volles Familienprogramm.«

Und das würde anstrengend werden, sowohl, was das pausenlose Zusammensein mit seinen Lieben betraf, als auch die kulinarischen Herausforderungen der Weihnachtstage, die erfahrungsgemäß selbst ihn an seine Grenzen brachten.

»Mach nur. Ich schau nur noch e bissle fern und dann geh ich bald in mei Bett.«

In der gemütlichen Küche des Biobauernhofes drängten sich junge Leute um den Tisch, teils die eigenen Kinder von Rosi und Johannes, teils deren Freunde und Freun dinnen, teils welche, die ein Praktikum dort absolvierten. Georg wusste, dass Gäste hier jederzeit willkommen waren – und wie stets war die Freude über sein spontanes Auftauchen bei den Freunden groß.

»Das wurde ja auch mal wieder Zeit, dass du dich hier blicken lässt«, kommentierte Johannes tadelnd.

»Du hast ja recht. Ich bin seit Sommer letzten Jahres nicht mehr hier gewesen, hab's einfach nicht geschafft. Aber dieses Jahr musste es sein. Meine Mutter ist nicht gerade von robuster Gesundheit, und jünger wird sie auch nicht«, bestätigte Georg selbstkritisch, »aber jetzt bin ich ja hier. Abgesehen davon warte ich bis heute darauf, dass ihr mich in Lübeck besucht.«

»Das stimmt natürlich«, bestätigte der Freund.

»Na ja, ich geb die Hoffnung nicht auf. Aber wo ich schon mal da bin: Hättest du wohl auch ein Glas Frankenwein für mich?«

Er deutete auf die geöffnete Flasche auf dem Tisch.

»Für so hohen Besuch wie dich hol ich sogar noch einen ganz besonderen Bocksbeutel aus dem Keller!«

Es wurde ein langer Abend. Die Freunde hatten sich wie immer jede Menge zu erzählen. Gegen Mitternacht zog sich Rosi gähnend zurück, und eine Stunde später stand auch Georg vom Tisch auf, eingedenk der Aufgaben, die anderntags auf ihn warteten.

»Seid ihr am zweiten Feiertag auch beim *Greiner*?«, fragte er Johannes beim Gehen.

»Weiß ich noch nicht. Obwohl ich hier wohne, hab ich wenig Kontakt zu meiner alten Klasse, höchstens wenn ich mal zufällig jemanden treffe. Aber mir fehlt das auch nicht. Rosi geht's nicht anders. Durch den Hof und Rosis Café, unseren Bioverband und die Umweltprojekte, in denen wir uns engagieren, komme ich ständig mit einer Menge Leute zusammen. Und mit denen hab ich mehr gemeinsam als die verklärte Erinnerung an eine zusammen verbrachte Schulzeit.«

»Ich bin auch noch unentschlossen. Mal schauen. Vorhin, als ich mit Marga beim *Greiner* zum Essen war, hab ich dort einen Mitschüler von damals getroffen, den Simon Bauersachs ...«

»Ach, den netten Simon! Der ist in die Lokalpolitik eingestiegen, will wahrscheinlich Oberbürgermeister werden. Für den ist so ein Treffen natürlich wichtig.«

»Ach so? Ja, das stimmt natürlich. Na ja, ich entscheide mich spontan, ob ich hingehe. Nach 20 Jahren kann so ein Wiedersehen ja auch ganz interessant sein. Gute Nacht, Johannes«, verabschiedete sich Georg mit einer kurzen Umarmung von seinem Freund, »ach ja, und schönes Weihnachtsfest!«

KAPITEL III

»Where is all the snow, Madam? There is often snow at Christmas, you said ...«

Fragend blickte Bonnie vom Beifahrersitz in den düsteren Nachmittag, auf die Bäume, die an den Straßenrändern ihre kahlen schwarzen Äste ins Grau streckten, auf die braunen Felder. Sie war im Lauf ihres Lebens schon ein paarmal nach Deutschland mitgereist, aber immer nur in den Norden, woher die Familie von Charlys Mutter stammte. Hin und wieder hatte es geschneit, doch die norddeutschen Breiten entsprachen nie dem, was Bonnie sich unter Germany vorgestellt hatte.

»And these mountains, they are not very high.«

Bonnie gab sich keine Mühe, ihre große Enttäuschung zu verbergen. Obwohl Mila versucht hatte, zu erklären, dass ihr Fahrtziel im Mittelgebirge lag – in Bonnies Kopf hatte sich die Fantasie schneebedeckter Alpengipfel festgesetzt.

»Auch früher lag hier nicht immer Schnee zu Weihnachten, das hab ich auch gesagt, Bonnie, und dass wir nicht in die Alpen fahren.«

Ihre Beifahrerin grummelte nur etwas Unverständliches vor sich hin.

»Aber wir werden in einem richtigen Country Inn wohnen. Das wird dir bestimmt gefallen«, fügte Mila schnell an, »du wolltest doch immer schon gern so ein bayerisches Gasthaus besuchen.«

Natürlich lag Niederengbach nicht in Oberbayern, sondern in Oberfranken, aber Bonnie diese Feinheiten zu erläutern, hätte zu weit geführt. Hauptsache viel rohes Holz, karierte Bettwäsche und ein offener Kamin in der Gaststube, das würde sie überzeugen. Zumindest auf seiner Website sah der gebuchte Landgasthof sehr malerisch, gemütlich und irgendwie bayerisch aus.

»Außerdem bekommst du vielleicht noch deinen Schnee. Im Wetterbericht sagen sie schon den ganzen Tag, es wird heute Abend schneien. Wir müssten jetzt auch bald da sein.«

Sie kamen gut voran und erreichten tatsächlich kurz darauf ihr Ziel.

Im ersten Stock des Landgasthofs bezogen sie ihre Zimmer, in denen es warm und behaglich war und die mit ihrem folkloristischen Stil Bonnies Erwartungen voll und ganz erfüllten. Mila sandte Charly eine Kurznachricht, dass sie gut angekommen waren, worauf er mit einem Smiley und einem Herzen antwortete.

Als sie eine gute Stunde später in der gemütlichen Gaststube vor ihrem Bier saßen, hatte sich Bonnies Laune merklich gebessert. Wein und Schnaps rührte sie nicht an, aber sie trank liebend gerne Bier, und das hiesige mundete ihr ausgezeichnet. Außerdem hatte es kurz nach ihrer Ankunft tatsächlich zu schneien begonnen. Mittlerweile überzuckerte das Weiß schon ganz zart die Umgebung des Gasthofs. Bonnie blickte immer wieder fasziniert durchs Fenster nach draußen, wo im hellen Licht einer Laterne die Flöckchen tanzten.

Bonnie stammte aus dem Süden der Provinz *Guangdong*, wo es niemals schneite, und hatte schon den Haushalt von Charlys Vater, als der noch unverheiratet war, mit Kochen, Putzen, Waschen und allem, was so anfiel, in Ordnung gehalten. Damals, als Hongkongs Wirtschaft zu prosperieren begann, stammten die meisten *Domestic Helper* vom chinesischen Festland. Heute kam der überwiegende Teil von den Philippinen.

Auch nach Henrys Hochzeit war Bonnie im Haus der Laos geblieben und übernahm erst Janets, dann Charlys Betreuung. Sie verehrte Charlys Mutter Charlotte. Aber sich ihr zuliebe mit der schwierigen deutschen Sprache zu quälen, war ihr dann doch zu viel, denn neben ihrer Muttersprache Kantonesisch musste sie in Hongkong ja schon Englisch sprechen.

Ihr chinesischer Name lautete Guo Bo, wobei Guo ihr Nachname war und Bo wohl so viel wie wertvoll bedeutete. Als sie nach Hongkong gekommen war und Charlys Vater sie Bonnie taufte, war ihr das sehr recht, da die meisten Hongkong-Chinesen englische Vornamen trugen und ihren Nachnamen dahinterstellten. Dieser Gepflogenheit folgend nannte sie sich fortan Bonnie Guo.

Stolze 60 Jahre stand sie schon in den Diensten der Laos, hatte nie geheiratet und ging auf die 80, was man ihr überhaupt nicht anmerkte. Kaum sichtbare Silberfäden durchzogen das tiefschwarze Haar der zierlichen Person, die energisch, mit aufrechtem Gang ihre Wege zurücklegte.

Eigentlich gehörte Bonnie zur Familie, und jedermann begegnete ihr mit einem gewissen Respekt, doch auch nach all den Jahren zog sie es vor, in der Küche allein zu essen, statt am Familientisch zu sitzen. Nur auf mehrfache Einladung und in Ausnahmefällen wie Geburtstagen, Weihnachten oder Neujahrsfeiern ließ sie sich dazu bitten. Auch wenn sie auf der Anrede Madam und Sir bestand, außer bei Charly, war sie keineswegs eine schüchterne

Dienerin, sondern äußerte sehr deutlich Kritik an ihren Arbeitgebern, wenn ihr etwas nicht passte. Für Charly war sie noch heute seine *Auntie*, wie er sie in Kindertagen genannt hatte.

Er hatte Mila vorgeschlagen, Bonnie auf ihre Fahrt nach Oberfranken mitzunehmen, zum einen, damit sie nicht allein die recht lange Strecke zurücklegen musste, zum andern, weil er Bonnie eine Freude machen wollte. Und Mila war ganz froh über die Gesellschaft, die ihr etwas Ablenkung bescherte, war doch der Anlass für diese Reise nicht gerade ein fröhlicher. Bonnie war zwar manchmal etwas anstrengend, aber im Großen und Ganzen unkompliziert. Da Mila in Bonnies Augen auch nach über zwei Jahren noch ziemlich neu in der Familie war, fühlte sie sich ihr ebenbürtig, gab ihr bereitwillig Auskünfte über die Laos und erteilte viele gute Ratschläge, ob Mila sie hören wollte oder nicht.

Während sie an ihrem Ecktisch auf das Essen warteten, füllte sich der Gastraum mit immer mehr Leuten, die sich oft mit großem Hallo begrüßten. Unablässig ließ Bonnie ihren Blick schweifen und musterte ihre Umgebung mit unverhohlener Neugier.

»Soll ich noch ein Bier bestellen?«

»Another beer? Oh yes, thank you Madam, I really like it«, freute sich Bonnie.

Als Mila bei der Bedienung, deren dirndlartiges Kleid Bonnie in helle Begeisterung versetzt hatte, die Getränkebestellung aufgab, entschuldigte sich die Frau für die lange Wartezeit aufs Essen.

»Normalerweis dauert des bei uns ned so lang, aber am zweiten Feiertag is halt immer der Teufel los.«

»Was feiern denn die Leute?«

»Nix Besonderes. Da treffen sich halt viele, die sich sonst des ganze Jahr ned sehen, viele wohnen auch gar nimmer hier in der Gegend und kommen nur an Weihnachten zurück. Und dann trifft man sich am Zweiten halt beim *Greiner*. Des is scho richtig Tradition«, erklärte die Kellnerin nicht ohne Stolz, bevor sie wieder davoneilte.

»What did she say?«

»Ach, ich hab nur gefragt, ob die vielen Leute hier irgendein Fest feiern. Es ist einfach nur ein Treffen alter Freunde, hat sie gesagt … sort of a tradition …«, übersetzte Mila, während sie gedankenversunken zu den anderen Tischen schaute, an denen immer mehr Gäste Platz nahmen.

Nun war Weihnachten fast schon wieder vorbei. Der Heiligabend in seinem einstigen Zuhause hatte Georg wie eine Reise in seine Kindheit angemutet. Der Baum stand am selben Platz, der Weihnachtsschmuck, die echten Wachskerzen, ja auch der Duft im Raum hatten altbekannte Empfindungen in ihm wachgerufen, schön und ein wenig traurig zugleich. Sie sprachen nicht viel, aber Marga und seine Mutter sahen einfach nur glücklich aus.

Drei Tage war er kaum rausgekommen, hatte fast nur am Tisch gesessen und viel zu viel gegessen, wenn auch sehr gut. Der Gänsebraten, bei dessen Zubereitung der Mutter niemand dazwischenfunken durfte, war wieder unvergleichlich gewesen. Das Fleisch zart und aromatisch, die Haut knusprig, dazu das süßsäuerliche Rotkraut und die flaumigen Klöße in der kräftigen Soße – einmal im Jahr musste Georg dieses traditionelle Feiertagsgericht haben. Außerdem hatte es sich die Mutter nicht nehmen lassen, ihre herrlich erfrischende Zitronenspeise zu servieren. Mit einer ordentlichen Portion Sahne gekrönt, versetzte ihn dieses Dessert augenblicklich zurück in die Kinderzeit.

Fast noch anspruchsvoller, als die kulinarischen Herausforderungen anzunehmen, war es, an den Feiertagen die Familie seiner Schwester Lisbeth zu ertragen. Aber Georg bemühte sich um ein möglichst harmonisches Miteinander, und das zufriedene Gesicht seiner Mutter zeigte ihm, dass sich der Einsatz gelohnt hatte. Selten hatte sie ihn so deutlich spüren lassen, wie froh sie über seine Anwesenheit war.

Nach dem Essen mit der ganzen Familie in einem der besten Restaurants in Coburg, wie Lisbeth mehrmals betonte, schien auch die Mutter erleichtert, dass sie das Fest so gut wie hinter sich hatten. Sie ließ es sich nicht anmerken, aber so viele Familienmitglieder um sie herum, der ganze Aufwand, auch wenn Marga und Georg ihr fast alles abnahmen, der ungewohnte Trubel, das erschöpfte sie ungeheuer.

Zwar hatte man sie aus dem Krankenhaus nach Hause gehen lassen, doch das hieß noch lange nicht, dass sie gesund war. Dabei fiel es ihr nach wie vor schwer, ihrer lebenslangen Routine in Haus und Hof, ihren vielen selbst auferlegten Pflichten nicht persönlich nachkommen zu können. Die anderen arbeiten zu lassen und nur danebenzusitzen, einfach mal Hilfe anzunehmen, war ihre Sache nicht.

Also alles in allem war es ein schönes, aber ziemlich anstrengendes Fest gewesen und Georg war froh, mal wieder rauszukommen. Er wusste zwar nicht, was ihn dort erwartete, aber er freute sich direkt auf den Abend beim *Greiner*. Befreit durchatmend, genoss er den kurzen Weg an der frischen Luft. Die Temperatur war am frühen Abend merklich gefallen. Im hellen Licht des Vollmondes schwebten immer mehr Schneeflocken herab und sammelten sich auf dem Asphalt.

»Alles klar, Herr Kommissar?«, ertönte es plötzlich laut hinter Georg, als er die Treppe zum Eingang des Gasthofes erklomm, und eine Hand landete so heftig auf seiner Schulter, dass er nach hinten zu straucheln drohte.

»Angermüller, du schwankst ja jetzt schon. Was soll das erst nach ein paar Bierle werden?«

Schon die Stimme war Georg bekannt vorgekommen, und als er die dröhnende Lache des Mannes hörte, wusste er, wer das nur sein konnte.

»Na, Rico, lange nicht gesehen«, sagte er und drehte sich um.

»Hey, du erkennst mich an der Stimme! Respekt! Da merkt man doch sofort den versierten Bullen«, grinste der andere.

Hätte ihm der große, schwergewichtige Mann stumm gegenübergestanden, Angermüller hätte in ihm wohl nicht den athletischen Sportler von einst erkannt. Gutes Aussehen war dem Mitschüler schon früher nicht bescheinigt worden. Jetzt beherrschte ein auffälliges, dunkles Brillengestell Rico Wiedeholds breites Gesicht, das die Spuren reichlichen Alkoholkonsums trug und dessen rechte Wange eine auffällige Narbe zierte.

Angermüller sparte sich eine Antwort und zog die schwere Tür zum Flur der Wirtschaft auf.

»Dann simmer doch mal gespannt, wer heut alles dabei sein wird, außer dir natürlich, Angermüller, unserm Stargast.«

Und wieder lachte Rico und hieb seinem alten Schulkameraden kräftig auf die Schulter.

Noch bevor man ihn betreten hatte, konnte man aus dem Schankraum lebhaftes Stimmengewirr vernehmen. Drinnen herrschte ein gemütliches Schummerlicht, in dem Angermüller mehrere um große Tische sitzende Gruppen ausmachte. Immer wieder nach allen Seiten grüßend, schob sich Rico zu einem runden Tisch vor. Er schien viele der anderen Gäste zu kennen.

»Grüßt euch!«, er klopfte auf das rohe Holz. »Schaut emal, wen ich euch mitgebracht hab, falls ihr diesen bärtigen Kerl noch erkennt.«

Und zum dritten Mal landete Ricos Pranke auf der Schulter. Dass sein ehemaliger Mitschüler Georgs Anwesenheit als sein Verdienst reklamierte, war typisch für ihn. Im Gymnasium war er nie eine Leuchte gewesen, war ein fauler Schüler, hatte drei Anläufe benötigt, um es bis zum Abitur zu schaffen, weshalb er nur die letzten drei Jahre in Georgs Klasse verbrachte. Aber wenn er etwas zu seinem Vorteil nutzen konnte, egal ob seine eigene Leistung oder die eines andern, wenn er damit einen Pluspunkt bei den Lehrern ergattern konnte, griff Rico zu. Dafür hatte er ein untrügliches Gespür.

»Mensch, der Angermüller Schorsch!«

»Das Nordlicht!«

»Unser Kriminaler von der Küste! Und so lange Locken! Ist das erlaubt bei eurer Polizei?«

»Hallo zusammen«, grüßte Georg, klopfte ebenfalls auf den Tisch und versuchte, in den Gesichtern rundum die ehemaligen Mitschüler und Mitschülerinnen zu erkennen.

»Schön, euch mal wieder zu sehen.«

Simon Bauersachs hob die Hand zum Gruß und nickte ihm zu. Neben ihm saß natürlich Simone, die mit ihren dunklen Locken und den großen Augen noch genauso aussah wie früher. Die beiden waren schon gegen Ende der Schulzeit ein Paar gewesen, hatten kurz darauf geheiratet und eine Tochter bekommen. Soweit Georg wusste, war Simone Lehrerin geworden und Simon arbeitete bei der Stadt, wie man hier sagte, irgendwas in der Verwaltung, Genaueres wusste Georg nicht.

Rico ließ sich neben Michi Reißenweber auf einen Stuhl fallen, dem er zur Begrüßung ebenfalls auf die Schulter schlug. Die beiden waren seit je beste Freunde. Michis Eltern besaßen eine gut gehende Apotheke in der Stadt – und natürlich hatte der einzige Sohn Pharmazie studiert, um das Erbe antreten zu können. Für Pillen und Tinkturen war Michi schon in der Schulzeit bekannt und fand immer Wege, seine Kumpels und alle, die es wollten, mit allem möglichen Stoff zu versorgen. Angermüller hatte nie zu diesem Kreis gehört. Außer bei seltenen Gelegenheiten etwas Gras zu rauchen, hatte er sich von dem anderen Kram konsequent ferngehalten. Inzwischen im Gesicht etwas verknautscht, sah Michi mit seiner frechen Stupsnase aber fast noch aus wie damals. Auch die Stoppelfrisur und sein keckerndes Lachen hatten sich kaum verändert.

Ottmar Fink, der aus dem Nachbardorf stammte und als Anwalt praktizierte, saß ebenfalls mit am Tisch. Er war schlank wie eh und je, seine Garderobe strahlte eine edle Lässigkeit aus und die Haare waren kunstvoll verstrubbelt. Als ihn Angermüllers Blick traf, sah er betreten zu Boden, was Georg nicht wunderte nach dem, was vor ein paar Jahren zwischen ihnen vorgefallen war.

Georg setzte sich auf einen freien Platz neben Simon.

»Dorle, Schätzele, kommst du emal? Wir verdursten«, rief Rico der Bedienung zu, die reichlich zu tun hatte, den zahlreichen Wünschen in der voll besetzten Gaststube nachzukommen, und ihm einen genervten Blick zuwarf.

»Wann warst du eigentlich das letzte Mal da, Angermüller?«, erkundigte sich Michi. »Muss doch zig Jahre her sein!«

»Da hast du wahrscheinlich recht. Ist wohl fast 20 Jahre her. Ich hab zwar immer mal meine Mutter besucht, aber zu so einem offiziellen Klassentreffen hab ich's nie mehr geschafft.«

»Wir haben heute doch kein offizielles Klassentreffen«, empörte sich Rico und deutete auf die anderen, »schau dich mal um. Hier sind ausschließlich die VIPs.«

»Genau«, stimmte Michi seinem Freund zu, ließ seine unverkennbare Lache ertönen und hob sein Glas, während die anderen nur müde lächelten.

Endlich schaffte es die Bedienung an ihren Tisch.

»Dorle, da bist du ja, meine Süße!«

Rico legte ihr seinen Arm um die Taille und drückte seinen Kopf an ihre Brust. Ihr Gesicht unter dem blonden Haar, gerötet von dem anstrengenden Job, wurde noch röter.

»Nimm sofort deinen Arm da weg, Wiedehold«, zischte sie drohend, »ich hab dir schon oft genug gesagt, du sollst das lassen. Nächstes Mal schaller ich dir eine!«

»Mensch, Mädle, verstehst du keinen Spaß?«, fragte Rico gespielt erschrocken und zog seinen Arm zurück. Die Frau achtete nicht mehr auf den Mann und nahm professionell die Bestellung auf.

»Manche hören den Schuss nie, glaub ich«, murmelte Simone mit einem abfälligen Blick auf Rico Wiedehold. Tja, der wird sich bestimmt nicht mehr ändern, dachte Georg. Er sah sich um, ob er vielleicht noch andere

Bekannte aus früheren Zeiten entdecken würde. Jeder Tisch im Lokal war besetzt, mancher von jungen Leuten Anfang 20, andere von Menschen im Rentenalter. Immer mal wieder wurden Neuankömmlinge laut und fröhlich begrüßt. Es schien für viele ein Abend des Wiedersehens nach längerer Zeit. Aber außer bei den Ehemaligen von seiner Schule fand Angermüller keine vertrauten Gesichter.

»Grüßt euch, verehrte Klassenkameradinnen und -raden.«

Mit einem eleganten Schwung verbeugte sich ein Mann vor der Tischgesellschaft. Seine Haare waren ziemlich lang und grau, ebenso der Bart. Im Gegensatz zu allen anderen in der Runde trug er einen förmlichen Anzug, der locker um seine magere Gestalt hing.

»Mensch, der Christian! Super, ohne dich wär das ja kein Weihnachtstreffen! Hock dich zu uns! Du willst doch bestimmt ein Bier, so wie ich dich kenn. Fritz, noch eins mehr!«, rief Rico zum Tresen.

Hätte Rico ihn nicht bei seinem Namen genannt, Georg hätte den Neuankömmling nicht erkannt. Der Mitschüler Christian Eckstein war früher ein Virtuose an Klavier und Schlagzeug, ein rhetorisches Talent und ein Spaßvogel. Jedermann mochte ihn, und alle dachten, er würde Schauspieler oder Musiker werden. Doch seine Eltern hatten andere Pläne. Nach dem Abi hatte Georg ihn nie wiedergesehen, nur ein paar Geschichten über ihn gehört. Als einziger Erbe musste er die Führung der familieneigenen Polstermöbelfabrik übernehmen. Der nette Christian hatte es nicht geschafft, sich dagegen zur Wehr zu setzen. Laut Aussage anderer wurde er nicht nur kreuzunglücklich, sondern wirtschaftete das Unternehmen in kurzer Zeit in Grund und Boden. Seine Eltern waren inzwischen verstorben, einzig die Villa der Familie am Festungsberg war ihm geblieben. In dem geräumigen, mittlerweile ziemlich heruntergekommenen Haus wohne er allein, so gut wie mittellos, wie es hieß.

Als die frischen Biere kamen, musste Georg eine Menge neugierige Fragen nach seiner Wahlheimat und vor allem nach seiner Arbeit für die Mordkommission beantworten. Die dunklen Seiten seines Jobs übten auch hier wie überall eine merkwürdige Faszination auf die Menschen aus. Doch als Rico blutige Details aus seinem Polizeialltag hören wollte, lehnte Georg freundlich, aber bestimmt ab. Die Sensationslust, die sein Beruf bei manchen Leuten hervorrief, hatte er noch nie bedienen wollen und so wechselte er kurzerhand das Thema.

»Was treibst du eigentlich so? Arbeitest du immer noch fürs Christkind?«

Georg spielte auf die Firma von Ricos Eltern an, die schon in den 70ern aus dem Thüringer Wald in den Westen gekommen waren und eine Manufaktur für Christbaumschmuck gegründet hatten.

»Schon lang nimmer. Wir haben schon Ende der Neunziger aufgehört. Ich hab ein Versicherungsbüro. Und nebenbei bin ich auch e bissle als Investor mit Immobilien tätig. Aufkaufen, aufhübschen, verkaufen, du verstehst?«

»Ich verstehe.«

»Also, wenn du mal ein Sümmchen profitabel anlegen willst, wende dich vertrauensvoll an mich«, brummte Rico und zwinkerte Georg zu, der nie auf die Idee gekommen wäre, gerade mit Rico Geschäfte zu machen.

»Und wie läuft es so?«

»Super. Vielleicht nicht so spannend wie bei dir in der Mordkommission, aber ich bin sehr zufrieden.«

Angermüller nickte.

»Wir haben uns ja wirklich verdammt lang nicht gesehen. Bist du verheiratet, hast du Kinder?«

»Tja, leider.«

»Na sag einmal, Rico«, empörte sich Simone, als sie diese Antwort hörte, »was soll das denn heißen? Du und Marein, ihr habt doch drei ganz wunderbare Kinder.«

Marein, die war auch in ihrer Klasse gewesen, erinnerte sich Angermüller, war ein nettes Mädchen, ziemlich hübsch, aber irgendwie sehr unsicher. Sie hatte Medizin studieren wollen oder sollen? Kam aus einer Arztfamilie, war allerdings am Numerus clausus gescheitert, wie er gehört hatte.

»Die Kinder mein ich doch nicht.«

Rico grinste schief und legte seinen Arm um den neben ihm sitzenden Michi.

»Der Mann hier, der hat's richtig gemacht. Ist immer noch Bachelor und genießt sein Leben. Stimmt's, Michi?«

Der Apotheker zeigte das Victory-Zeichen und grinste.

»Es ist nicht gut, dass der Mensch alleine sei«, zitierte Christian mit erhobenem Zeigefinger.

»Grad du musst es ja wissen«, höhnte Rico, »hast du inzwischen eine Prinzessin für dein Schloss gefunden? Ach, Entschuldigung, einen Prinzen?«

»Wer weiß das schon?«

Christian lächelte vieldeutig.

»Und was ist mit dir, Angermüller? Auch unter der Haube und Nachwuchs gezeugt?«

Ricos Frage war gar nicht so leicht zu beantworten, überlegte Georg gerade noch, da hatte er schon dessen Aufmerksamkeit verloren.

»Na sag emal, wer ist denn die scharfe Braut?«

Rico pfiff durch die Zähne und gaffte aufdringlich zu der eleganten Person in einem figurbetonten Strickkleid und hohen Stiefeln, mit kastanienbraunem Haar, das locker über die Schultern fiel, die auf ihren Tisch zusteuerte.

»Leck mich am Arsch«, rief er aus und knuffte Michi in die Seite, »die kennen wir doch!«

Michi nickte eifrig.

»Melanie, Schätzle, was für eine Freude! Setz dich her zu mir.«

Rico klopfte auffordernd auf einen freien Platz an seiner Seite. Die Angesprochene zog eine Braue hoch und setzte sich auf den freien Stuhl neben Simone.

»Hallo, ihr Lieben«, grüßte sie in die Runde, umarmte Simone und fragte anschließend:

»Und du hältst dich also immer noch für unwiderstehlich, Rico?«

Simone verdrehte die Augen, während der Angesprochene spöttisch eine Kusshand zu Melanie warf.

»Du warst ewig nicht mehr hier, oder, Melanie? Wie geht's dir, was machst du so? Bist du noch in München? Und arbeitest du noch als Schauspielerin?«

»Soll ich dir vielleicht ein Interview geben, Simone?«

Es klang ein wenig großspurig. Doch Melanie ließ ein gurrendes Lachen hören und legte ihre Hand auf Simones Arm.

»Ja, ich leb noch in München. Zeitweise aber auch in unserem Haus auf Sardinien. Ab und zu dreh ich auch mal, aber eigentlich kümmere ich mich vor allem um Matteo.«

Alle hatten ihre Unterhaltungen unterbrochen und schauten neugierig zu Melanie.

»Matteo ist unser Sohn, er ist im August fünf geworden.«

»So ein kleines Kind hast du noch!«, staunte Simone.

»Na ja, ich war 38, als er geboren wurde, ist heute ja nichts Besonderes mehr. Und da ich Emilio erst vor sechs Jahren kennengelernt hab, ging's halt nicht früher«, lachte Melanie.

»Sach bloß, du hast einen Spaghettifresser als Mann, des passt ja …«

Rico, der ein nicht angestecktes Zigarillo zwischen den Zähnen hielt, bedachte Melanie mit einem schrägen Grinsen.

»Rico, echt, reiß dich mal zusammen«, tadelte Christian und schüttelte den Kopf. Aber Rico zuckte nur mit den Schultern, während Melanie ihn eisern ignorierte. Wahrscheinlich die einzig richtige Reaktion, dachte Georg, während sie weitererzählte und ihren Auftritt zu genießen schien.

»Der Emilio hat eine Filmproduktion. Wenn unser Sohn nächstes Jahr in die Schule kommt, werde ich auch wieder mehr arbeiten können und mehr reisen. Emilio hat nicht nur in Italien Projekte, auch in Frankreich und den USA.«

»Hallo, Melanie, hallo«, meldete sich Christian und gab aufgeregte Handzeichen, »kannst du mir nicht einen Job in Hollywood verschaffen? Ich warte schon lange auf eine richtig gute Rolle und bin ein Naturtalent.«

Als er Melanie mit einem charmanten Lächeln bedachte, wurde sein lückenhaftes Gebiss sichtbar, was ihn noch bedauernswerter aussehen ließ.

»Ich seh mal, was ich für dich tun kann, Christian.«

Melanie strich ihm über die Hand, was ihm offensichtlich gefiel, dann wandte sie sich wieder an Simone.

»Na ja, auf jeden Fall haben wir auch unser Au-pair, das sich sehr lieb um Matteo kümmert.«

»Hört sich gut an. Ach ja, was hast du für ein aufregendes Leben. Nicht so lahm wie wir hier in der fränkischen Provinz«, seufzte Simone, »ich glaube, ich beneide dich ein bisschen.«

»Ach, das hört sich alles glamouröser an, als es ist. Wie geht's denn eurer Tochter?«

»Leonie studiert Medienkommunikation in Würzburg. Das Kind ist schon im dritten Semester«, seufzte Simone, »mein Gott, wie alt wir schon sind …«

»Sag doch so was nicht! Da brauch ich gleich was zum Trinken«, stellte Melanie fest und winkte die Bedienung heran.

»Dich hab ich ja auch seit zig Jahren nicht gesehen, Georg«, wandte sie sich an Angermüller, nachdem sie ihre Bestellung aufgegeben hatte.

»Gut schaust du aus mit deinem Dreitagebart und den Locken, kaum verändert.«

»Danke, Melanie, du scheinst ja wirklich nicht älter zu werden, während ich bei mir immer mehr graue Haare entdecke.«

»Ach, wenn du wüsstest … Das ist alles Kosmetik. Lebst du eigentlich noch im Norden?«

Georg bejahte, und sie plauderten noch eine ganze Weile.

»Und Ottmar, wie geht's dir so?«, fragte Melanie anschließend quer über den Tisch.

»Wieder verheiratet? Noch ein paar Kinder?«

Die beiden waren gegen Ende der Schulzeit ein Paar gewesen, hatten sich aber schon nach wenigen Monaten getrennt. Ottmar wirkte unangenehm berührt und antwortete nicht sogleich.

Angermüller fand ohnehin, dass er die ganze Zeit über

merkwürdig still gewesen war, ganz im Gegensatz zu früher, wo er oft das große Wort geführt hatte. Vielleicht lag es ja an seiner Anwesenheit. Schließlich war ihr letztes Zusammentreffen bei seinem Besuch in Niederengbach vor vier Jahren mit einigen für beide Seiten unerfreulichen Erinnerungen belastet.

»Alles prima bei mir, Melanie«, antwortete Ottmar schließlich. »Immer noch zu haben, mit Exfrau und Sohn.«

Das sollte wohl witzig sein, klang aber eher resigniert.

»Du siehst übrigens echt toll aus.«

Er prostete ihr zu und lächelte schief. Fast konnte er einem leidtun, dachte Angermüller.

Mittlerweile hatte sich Albert der Runde zugesellt. Auch ihn hatte Georg sofort erkannt. Er hatte immer noch den dichten, blonden Lockenkopf und das freundliche Lächeln wie früher. Sie hatten gerade ihr Abitur bestanden, da war Albert Bräckleins Vater überraschend gestorben. Als ältestes von vier Kindern musste Albert gemeinsam mit seiner Mutter den elterlichen Installationsbetrieb weiterführen. Anfangs war es ihm schwergefallen, seine Pläne für ein Ingenieursstudium aufzugeben, doch wohl oder übel hatte er sich arrangiert. Inzwischen schien er ganz zufrieden mit seinem Dasein, wie er Angermüller erklärt hatte, als sie sich vor ein paar Jahren zufällig in Coburg über den Weg gelaufen waren.

Rico hatte die Arme um den Neuankömmling gelegt und ihn auf den Stuhl neben sich genötigt, auf Melanie gezeigt und ihm etwas ins Ohr geflüstert. Zumindest das Wort Spaghetti konnten alle verstehen. Kopfschüttelnd und mit einem abwehrenden Lächeln befreite sich Albert aus Ricos Umarmung, während der laut loswieherte.

»Kommt deine Frau eigentlich auch noch?«, wollte Simone von Rico wissen. »Sie hatte mir gesagt, wir würden uns heute hier sehen.«

»Keine Ahnung«, Rico verzog das Gesicht, »ich hab gedacht, ich hätte heute endlich mal einen lustigen Abend nach dem ganzen Familienzauber an Weihnachten.«

»Von wegen Weihnachten«, begann Michi und kicherte, »wisst ihr noch die Geschichte mit dem brennenden Adventskranz?«

Bei dieser Frage brach Albert sofort in ein lautes Lachen aus.

»Wie war das genau?«, wollte Simon wissen, sich in Vorfreude die Hände reibend. »Erzähl doch mal, Christian! Du machst das immer so klasse.«

Der kam dem Wunsch gerne nach und gab sein Bestes. Und obwohl alle die Geschichte auswendig kannten, lachten sie bis zur Erschöpfung. Auch Angermüller ließ sich von der albernen Stimmung anstecken. Die nächste Runde wurde geordert, immer mehr Streiche von damals wurden hervorgeholt und genüsslich ausgebreitet. Es versprach kein sehr geistreicher, aber ein langer, lustiger Abend zu werden.

KAPITEL IV

Goldbraun ausgebacken lagen die mit Zimtzucker bestreuten Apfelküchle neben einer Kugel Vanilleeis und einem Klecks Sahne – ein köstlicher Anblick. Mit Bedacht hatte sich Mila nur eine Leberknödelsuppe bestellt, um sich danach noch diese wunderbare Mehlspeise zu gönnen. Doch plötzlich kriegte sie keinen Bissen mehr runter.

»Entschuldige mich, Bonnie, ich geh mal kurz raus, eine Zigarette rauchen.«

Missbilligend sah die Angesprochene von ihrem Teller hoch, auf dem eine Bayrisch Creme mit Heidelbeersoße lockte.

»Ma'am, smoking is very bad for your health«, sagte Bonnie streng, »und das Eis wird geschmolzen sein, wenn du zurückkommst.«

»Sorry, aber ich will auch noch Charly anrufen. Ich mach schnell.«

Mila begab sich durch den langen Gang, der an den Toiletten vorbeiführte, zum Hinterausgang. Als sie die Tür aufzog, umfasste sie sogleich ein Schwall kalter Luft. Ihre Jacke war im Zimmer geblieben, aber sie wollte jetzt nicht extra noch einmal nach oben gehen. Aus ihrer Kindheit war sie außerdem ganz andere Winter gewöhnt ...

Sobald Bonnie mit ihrem Nachtisch fertig war, wollte Mila vorschlagen, sich zurückzuziehen. Schließlich lag eine lange Autofahrt hinter ihnen, und der nächste Tag würde auch früh beginnen, also brauchten sie ihren Schlaf. Wenn sie wollte, konnte Bonnie ja noch ein Bier mit auf ihr Zimmer nehmen, das fände sie bestimmt gut.

Die Tür fiel hinter ihr ins Schloss. Sie stand auf dem oberen Absatz der Treppe, die zu einer von Hecken begrenzten Freifläche führte, die in der warmen Jahreszeit wohl als Biergarten diente. Am Fuß der Treppe lagerte ein Haufen Pflastersteine, in einer Ecke stapelten sich unter einem Holzverschlag Biertische und Bänke. Daneben erstreckte sich der gut besuchte Parkplatz, auf dem auch noch Baumaterialien lagerten.

Mila steckte sich eine Zigarette an und sog den kalten Rauch ein. Es schmeckte ihr nicht. Eigentlich hatte sie auch gar nicht rauchen wollen. Doch in der mittlerweile überfüllten Gaststube hatte sie sich eingeengt gefühlt. Komisch, auch in Hongkong war es eng und voll. Ständig drängelten sich viele Menschen auf den Bürgersteigen. In traditionellen Restaurants wuselten und lärmten, besonders am Wochenende, chinesische Großfamilien. Das hatte ihr nie etwas ausgemacht.

Aber eben da drinnen am Tisch mit Bonnie war ihr die Luft plötzlich knapp geworden, sie hatte einen bedrohlichen Druck auf der Brust gespürt und nur noch rausgewollt. Roh und ruppig waren ihr die lauten feiernden Menschen vorgekommen.

Doch auch die einsame Szenerie hier draußen tat ihr nicht gut, stellte sie fest, im Gegenteil. Der volle Mond und die von einer feinen Schneeschicht überpuderte Landschaft schufen eine ungewohnte Helligkeit. Unverstellt öffnete sich dem Betrachter ein beeindruckender Blick auf die waldigen Hügel des *Bausenbergs*, deren höchster von der *Veste Coburg* beherrscht wurde.

Das Gespräch mit Charly dauerte nicht lange. Mila berichtete, dass sie gut angekommen waren, der Gasthof gemütlich und das Essen gut war und sie am nächsten Tag, wie geplant, ihre Termine wahrnehmen würde.

»Bonnie geht's auch gut. Übermorgen kommen wir zurück. Du und Christopher, ihr fehlt mir jetzt schon. Ich freu mich auf euch!«

»Wir freuen uns auch auf dich, stimmt's, Christopher?«

Ein lang gezogenes »Ja« war aus dem Hintergrund zu hören.

»Tschüss, ihr beiden.«

Mila legte auf. Schon lange hatte sie sich nicht mehr so allein gefühlt. Wie gern wäre sie jetzt zurück bei Charly und Christopher gewesen!

Die Feiernden in der Gaststube, das kalte Mondlicht, ein verwaschenes Echo aus längst vergangenen Tagen – all das erzeugte einen Strudel aus Gefühlen, der sich in ihrem Innern drehte. Verwirrung, Hilflosigkeit, Angst, aber auch Wut. Mila bemühte sich, gleichmäßig zu atmen, um ihrer Unruhe Herr zu werden. Nicht in der Stadt abzusteigen, sondern in einem der beschaulichen Dörfer im Landkreis, hatte sie für eine so gute Idee gehalten ...

Sie steckte das Handy ein, trat die Zigarette aus, strich sich mit der Hand durch das kurze graue Haar und ging wieder nach drinnen. Als sie in dem engen Flur auf Höhe der Herrentoilette war, wurde die Tür von innen aufgestoßen und dieser laute Typ aus dem Gastraum stand ihr plötzlich im Weg.

»Holla, schöne Frau!«, lärmte er. »Darf ich Ihnen meinen Arm anbieten?«

Als Mila ihn nur stumm musterte, machte der große, massige Mann eine angedeutete Verbeugung.

»Dann eben nicht. Bitte, nach Ihnen, Hoheit!«, kommentierte er spöttisch, drückte sich an die Wand und ließ sie passieren. Angeekelt roch sie seinen Alkoholatem. Sie hatte die Tür zum Schankraum fast erreicht, als die sich öffnete und ein weiterer Gast in den Gang trat.

»Mach mal Platz, Bauersachs, und belästige die Dame nicht! Die ist empfindlich!«, rief der unangenehme Mensch hinter Mila und ließ seine prustende Lache hören.

»Du hast es grade nötig«, entgegnete der Entgegenkommende nach einem kurzen Moment der Verunsicherung. Gereizt setzte er hinzu: »Reiß dich mal zusammen, Rico.«

Mit einem freundlichen Lächeln sah er Mila ins Gesicht. Dann trat er zur Seite und hielt ihr zuvorkommend die Tür auf.

»Die nächste Runde geht mal wieder auf mich! Dorle, komm mal her, mir ham en Durscht!«, rief Rico der Bedienung zu, die aber nur unwillig mit dem Kopf schüttelte.

»Na sach emal, die is wohl eigschnappt? Mensch, mir verdurschten! Manchmal is des fei ned einfach mit den Weibern, Entschuldigung, Damen, gell, Simon?«

Simon, der sich gerade wieder an den Tisch setzte, hob nur genervt die Brauen.

»Ich mein ja nur ... Die große Schlanke mit den kurzen Haaren da im Flur eben, die sah wirklich geil aus. Hätte aber ein bisschen netter sein können, findest du nicht?«

Als Simon wieder nicht antwortete, sah Rico sich um.

»Na guck emal, jetzt geht sie! Dabei hätte ich sie wirklich gern auf ein Glas eingeladen«, kommentierte Rico laut in Richtung der zwei Frauen, die gerade den hinteren Ausgang nahmen.

»Jetzt langt's aber! Kannst du vielleicht mal deine blöde Klappe halten?«, fauchte Simon unerwartet böse, sodass sogar Rico verstummte, aber nur kurz.

»Fritz!«, brüllte er gleich darauf. »Wie lang dauert des denn noch? Dei Bedienung streikt. Wir brauchen Nachschub!«

Sogleich schob sich der Wirt hinter seinem Tresen hervor und kam eilfertig angelaufen. Angermüller machte eine abwehrende Handbewegung. Er hatte nicht mitgezählt, aber er spürte die Wirkung des Biers und wollte lieber eine Pause einlegen. Außerdem machte sich am Tisch eine gewisse Ermüdung bemerkbar, nachdem man sich in der letzten Stunde übertroffen hatte, alte Geschichten und mehr oder weniger lustige Streiche aus der Schulzeit zum Besten zu geben.

Georg rechnete nicht mehr mit dem Erscheinen seiner Freunde Rosi und Johannes. Und er verstand inzwischen auch, warum die beiden ihre knappe freie Zeit nicht bei einem Abend wie diesem verbringen wollten. Außer dass man dieselbe Schule besucht hatte, gab es nicht viele Gemeinsamkeiten zwischen Georg und der Runde am Tisch. Die wenigen aus seiner Klasse, mit denen er früher mehr Zeit verbracht hatte, fehlten heute.

»Fünf Bier«, zählte Fritz durch. »Und für die Damen? Noch e Fläschle Silvaner?«

»Gerne«, nickte Simone.

»Und mach noch eine Runde Obstler für alle«, orderte Rico.

»Danke, nicht für mich«, lehnte Marein ab, die gerade erst zu der Runde gestoßen war und nun neben Albert saß. Auch Georg und die meisten anderen wollten keinen Schnaps.

»Also, ich nehme die großzügige Einladung auf einen Branntwein sehr gerne an«, meldete sich Christian, »von mir aus kann's auch ein Doppelter sein. Vielen Dank.«

Der Christian schien eine Menge zu vertragen. Er war bei jeder Runde dabei, beobachtete Georg. Seine Alkoholsucht war wohl mehr als ein Gerücht. Wirklich schade um diesen sympathischen Menschen und seine Begabungen und wieder einmal ein Beweis, wie engstirnige Eltern ihren Kindern den Weg in ein eigenes, erfülltes Leben verbauen konnten.

»Bringst du mir bitte eine große Flasche Wasser, Fritz?«, bat Marein.

»Wasser«, schüttelte sich Rico und bedachte seine Frau mit einem abfälligen Blick, »einmal Spaßbremse, immer Spaßbremse.«

»Habt ihr schon gesehen, dass es wirklich Winter wird?«, fragte Marein, ohne auf ihren Mann zu achten. »Es sieht irre aus draußen, eine ganz helle Vollmondnacht, dazu die weiße Flockenpracht. Traumhaft.«

Auch wenn Marein ganz schön rund um die Hüften geworden war, Georg hatte sie sofort erkannt. Immer noch hatte sie dieses schöne Gesicht und so ein sympathisches Lächeln, das allerdings nicht mehr so häufig wie früher ihre Züge erhellte.

»Vollmondnacht, eine romantische Vollmondnacht«, schwärmte Rico übertrieben theatralisch, »der unschuldige weiße Schnee unterm Sternenhimmel, jungfräulich sozusagen … hach, da kommen doch gleich süße Erinnerungen hoch …«

Auffordernd sah er zu den anderen.

»Na, Simon, musst du da nicht auch an unsere Vollmondwanderungen damals denken? Die waren doch immer scharf, oder?«

Als Simon nicht so recht seine Begeisterung teilen wollte, knuffte Rico seinen Nachbarn Michi in die Seite.

»Oder, Michi? Waren die scharf?«

»Klar, Rico, total scharf«, echote Michi und starrte mit glasigen Augen in sein leeres Bierglas.

»Wie man's nimmt«, bemerkte Simone spitz.

»Was soll denn das heißen?«, empörte sich Rico. »Bist auch immer gern dabei gewesen. Und war doch immer lustig. Im Sommer sind wir ins Freibad eingestiegen und schwimmen gegangen. Und im Winter die Schlitten, Glühwein mit Schuss, Schneeballschlachten und noch so manches andere, hach«, er zwinkerte den anderen zu und ließ vieldeutig seine Stimme vibrieren, »gell, Michi?«

Er zog seinen Nebenmann an sich und küsste ihn auf die Stirn. Doch der schwieg und stierte teilnahmslos vor sich hin. Michis Pegel war zu hoch für weitere Reaktionen.

»Immer lustig? Nun ja«, Christian hüstelte, »das würde ich so nicht unterschreiben. Ich hab vielleicht zweimal teilgenommen, oder dreimal, und ich kann nicht gerade behaupten, dass ich viel Spaß hatte.«

»Na ja, ausgerechnet du, Christian, du kannst das doch gar nicht beurteilen«, widersprach Rico hämisch, »für jemanden wie dich, der auf Kerls steht, war natürlich nix dabei. Aber alle anderen fanden es lustig, gell, Michi?«

Er versetzte Michi einen Stoß in die Seite, der ihn daraufhin nur verständnislos anstierte.

»Lustig? Oh Mann, du kapierst es wohl nie«, mischte sich Simone wieder ein, »eure Mondscheinfeten waren ganz bestimmt nicht immer lustig und schon gar nicht für alle. Nee, Rico, dein krankhafter Sexismus ist einfach nur unglaublich!«

»Sexismus«, nuschelte Michi, nun doch wieder etwas wacher, »Sex is ein Muss, sag ich auch immer.«

Er meckerte los, aber niemand sonst schien seinen Spruch lustig zu finden, auch Rico nicht.

»Mann, Bauersachs, kann dei frustrierte Frau ned emal die Gosch'n halten? Was soll'n des?«, polterte er los.

»Rico, spinnst du? Erstens ist Simone meine Exfrau und zweitens ist es ja wohl ihr gutes Recht, anderer Meinung als du zu sein«, antwortete Simon äußerlich ruhig, aber es war ihm anzumerken, wie sehr ihn Ricos Sprüche ärgerten.

»Ach, unser Frauenversteher mal wieder. Bist damals aber auch immer gern mitgekommen und fandest es richtig geil, Bauersachs, oder nicht?«, stellte Rico giftig fest. Doch der Angesprochene kümmerte sich einfach nicht mehr um ihn, wohingegen Simone, die immer aufgebrachter wirkte, wieder etwas entgegnen wollte. Doch Marein griff nach ihrer Hand und kam ihr zuvor.

»Simone, bitte, das bringt doch nix, die alten Geschichten aufzuwärmen«, ihr liebes Lächeln wirkte gequält, »erzähl lieber mal, was ihr an Silvester macht? Seid ihr daheim oder verreist ihr?«

Bei keiner dieser jährlichen Nachtwanderungen, über die sich die Gemüter mancher Anwesender so erhitzten, war Angermüller damals dabei gewesen. Es war immer dieselbe Clique, die sie veranstaltete und entschied, wen man noch dazu einlud. Ihn hatte man nie gefragt. Aber diese Vollmondtreffen waren legendär. Man munkelte von extremen Alkoholexzessen und wilden Partys, auch Drogen sollten im Spiel gewesen sein. Seines Wissens hatte die letzte derartige Wanderung im Winter des Abiturjahres und danach nicht wieder stattgefunden.

»Ach Marein, merkst du eigentlich nicht, wie erbärmlich das ist? Warum machst du das?«, fragte Simone ungehalten. »Immer noch?«

»Ja, was denn?«, gab sich Marein ahnungslos und lächelte erstaunt in die Runde.

»Mensch, dass du deinen Mann immer noch in Schutz nimmst, ihm sämtliche Schwierigkeiten aus dem Weg räumst, nach allem, was er …«

Simone hielt inne.

»Na ja, ist deine Sache. Musst du selbst wissen.«

Ricos Frau senkte den Blick und presste die Lippen zusammen. Sie schien offensichtlich erleichtert, als Fritz mit den bestellten Getränken an den Tisch trat.

»Danke, Fritz, ich verdurste.«

Damit griff sie nach der Wasserflasche, goss sich ein Glas ein, hielt es vor den Mund, als ob sie sich dahinter verstecken wollte, und nippte immer wieder daran.

Kräftige Röte überzog mittlerweile Ricos Gesicht, wahrscheinlich der Wärme in der Gaststube und seinem Alkoholkonsum geschuldet. Er war in Hochform, verteilte die Schnäpse, kippte den seinen und knallte das leere Glas auf den Tisch.

»Du bist ja eine noch schlimmere Giftspritze, als ich dachte«, fuhr er Simone danach mit schwerer Zunge an. Dabei fixierte er sie feindselig.

»Und was soll das eigentlich mit diesen alten Geschichten? Was ist denn damals schon groß passiert? Manchmal war halt jemand sturzbesoffen, auch von den Mädels, dann ging's denen nicht gut. Die haben gejammert, weil's kalt und dunkel war. Aber mein Gott, wenn einer keinen Alkohol verträgt …«

»Unglaublich, wie du dir die Wahrheit zurechtbiegst.

Und du hast wirklich nichts, aber auch gar nichts dazugelernt. Mehreren meiner Freundinnen wurde bei diesen Feten ganz übel mitgespielt, von dir und anderen. Ihr Kerle habt eisern geschwiegen und die Mädels haben auch nichts gesagt, denn denen war das peinlich. Unvorstellbar eigentlich! Aber die jungen Frauen sind heute glücklicherweise nicht mehr solche frommen Schafe wie wir zu dieser Zeit. Manch ein Macker ist schon über #Me Too gestürzt.«

»Me wer?«, fragte Rico und verzog sein Gesicht zu einer dümmlichen Grimasse. »Keine Ahnung, wovon du sprichst.«

Niemand lachte. Simone stand auf.

»Mir langt's. Ich hab keine Lust mehr auf deine blöden Sprüche. Aber irgendwann stolperst auch du noch über deinen Schwanz, das sag ich dir.«

Rico sah verwundert an sich hinunter.

»Kannst recht haben, Simone, der ist wirklich ziemlich lang. Falls du mal Bedarf hast …«

Während sie schon dem Ausgang zustrebte, ließ Rico ein brüllendes Gelächter hören, in das niemand einstimmte. Am Tisch hatte sich während ihres Schlagabtausches eine gespannte Ruhe eingestellt. Im nächsten Moment fingen alle gleichzeitig an zu reden. Doch die ausgelassene Stimmung in der Runde war wie ausgeknipst.

Melanie und Marein vertieften sich leise in ein Zwiegespräch, Albert und Ottmar, die in seiner Nähe saßen, ließen wohl oder übel Ricos Monologe über sich ergehen, während Michis Kopf inzwischen auf der Tischplatte lag. Er schnarchte leise. Christian stand auf und verschwand in Richtung der Toiletten.

»Schade um den Christian«, bemerkte Angermüller zu Simon, »der ist so ein netter Mensch, immer noch. Wie er versucht, die Form zu wahren, so höflich und freundlich, das ist irgendwie rührend. Und kommt im dunklen Anzug!«

»Ich fürchte, das ist sein einziges Kleidungsstück, das noch einigermaßen passabel ist. Er trägt den Anzug jedes Mal bei solchen Treffen. Und selbst der ist schon ziemlich schäbig.«

»Ich mag ihn gar nicht fragen, wie's ihm geht.«

»Ach, Georg, du würdest staunen, wie positiv seine Antwort ausfällt.«

Einen Moment waren beide still.

»Und Simone und du, ihr seid also nicht mehr zusammen?«, fragte Angermüller, und als Simon etwas verunsichert schaute, setzte er hinzu, »soll öfter vorkommen. Ich kenn das. Astrid und ich leben auch schon seit geraumer Zeit getrennt.«

»Bei uns sind es schon fast fünf Jahre. Als unsere Tochter aus dem Gröbsten raus war, wie man so sagt, bin ich ausgezogen. Wir haben immer versucht, Leonie nicht unter unseren Beziehungsproblemen leiden zu lassen. Und inzwischen verstehen Simone und ich uns wieder ganz gut.«

Sie tauschten sich eine Weile darüber aus, wie sie mit der Situation umgingen, wie wichtig ihnen eine gute Beziehung zu ihren Kindern war, dann fragte Georg mit gedämpfter Stimme:

»Worauf hat Simone eigentlich angespielt?«

»Was meinst du?«

»Na ja, mit diesen Nachtwanderungen damals. Irgendwas muss da doch gewesen sein? Ich kann mich gar nicht erinnern, aber ich hab ja auch nie daran teilgenommen.«

»Ich weiß nicht, was sie genau gemeint hat. Ich war ja auch nicht immer dabei. Ich weiß nur, dass es ganz aktuelle Gerüchte über Rico gibt. Sowohl eine ehemalige Kinderfrau wie auch zwei Mitarbeiterinnen von ihm, die eine noch minderjährig, haben wohl ernstzunehmende Vorwürfe wegen sexueller Belästigung gegen ihn erhoben. Das meinte Simone wahrscheinlich.«

Als er Mareins aufmerksamen Blick bemerkte, sprach Simon noch leiser: »Er streitet natürlich alles ab, aber du hast ja erlebt, wie er drauf ist.«

Rico selbst bekam von ihrem Gespräch nichts mit. Er war zu sehr beschäftigt, seinen Nebenmännern mit erhobener Stimme immer neue Großtaten zu schildern.

Christian kehrte auf seinen Platz zurück, trank weiter sein Bier und lächelte stumm vor sich hin.

»Und was ist mit Ricos erfolgreichen Immobiliengeschäften?«, erkundigte sich Georg.

»Davon will ich lieber gar nichts wissen. Ich kenne einige Leute, die dabei ganz schön viel Geld in den Sand gesetzt haben. Nie würde ich mit ihm Geschäfte machen.«

»So sehe ich das auch«, stimmte Georg zu, »aber sag mal, hatte Rico eigentlich einen Unfall?«

»Wie kommst du da drauf?«

Angermüller deutete diskret auf seine rechte Gesichtshälfte. Simon lachte.

»Nein, kein Unfall. Sein Studium hat er geschmissen, aber einen Schmiss hat er im Gesicht. Sein ganzer Stolz.«

»Ich dachte, Mensuren sind verboten«, wunderte sich Georg.

»So gut kenn ich mich da auch nicht aus. Rico war auf jeden Fall in einer schlagenden Verbindung, irgendwo in Süddeutschland. Kannst ihn ja mal fragen.«

»Lieber nicht, so genau will ich es dann auch nicht wissen«, meinte Angermüller mit einem Augenzwinkern. Sein

Blick fiel auf den immer noch schlafenden Michi ihnen gegenüber.

»Wie geht's ihm eigentlich? Säuft der sich immer so zu?«

»Ich fürchte, der hat nicht nur ein Alkoholproblem«, erklärte Simon mit gesenkter Stimme, »als Apotheker sitzt er ja an der Quelle.«

»Michi hat also noch die Apotheke?«

»Klar, aber er hat nicht viel zu melden. Sein Alter ist nach wie vor der Boss. Der traut dem Michi nichts zu, und wenn das noch lange so weitergeht, dann richtet er sich mit Tabletten und Alkohol selbst hin, bevor er endlich Chef wird.«

»Zerreißt ihr euch die Mäuler über mich, ihr zwei?«, pöbelte Rico herüber, der nun doch auf ihre leise Unterhaltung aufmerksam geworden war.

»Mit dir sind wir schon durch, Rico.«

Simon grinste.

»Passt fei auf, ihr Fregger!«, drohte Rico mit erhobenem Finger, wandte sich aber gleich wieder seinen Sitznachbarn zu, um seinen Monolog fortzusetzen.

»Also, der Michi ist wirklich ein armes Schwein. Am Geld liegt's nicht, aber er hat keine Partnerin, keine Freunde außer ihm vielleicht«, Simon wies mit dem Kopf auf Rico, »und er hasst den faden Job in der Apotheke. Er ist wie ein großes Kind, nimmt nix ernst und ist immer auf der Suche nach einem neuen Kick. Seine ganzen Drogen bringen's wohl auch nicht mehr. Ab und zu treff ich mich mit ihm, er tut mir halt leid. Und du glaubst nicht, wie der sich freut und wie dankbar der ist. Wenn er glaubt, jemand ist sein Freund, tut der alles für den.«

»Oh Mann, das klingt echt traurig.«

»Ist es auch. Eigentlich ist der Michi ja ein echt netter

Kerl, total hilfsbereit und gutmütig. Aber ich fürchte, ich kann ihm auch nicht helfen.«

Nachdenklich nickte Georg, und für einen Moment stockte ihre Unterhaltung.

»Wie lange bleibst du denn noch bei deiner Mutter?«, wechselte Simon dann das Thema.

»Übermorgen geht's zurück. Es war schön, zu Weihnachten hier zu sein, und ich glaube, meine Mutter hat sich sehr gefreut. Aber es war auch anstrengend für sie. Mit ihrer Gesundheit steht's leider nicht zum Besten. Außerdem muss ich ja in Lübeck noch Weihnachten mit meinen Töchtern nachholen.«

Sie redeten noch ein bisschen über ihre Kinder, Simons 20-jährige Tochter und Georgs Zwillinge, die im September 17 geworden waren und sich immer mehr von zu Hause abnabelten. Schließlich landeten sie noch einmal bei Georgs Tätigkeit im K1, und dann verriet Simon, dass er sich ums Bürgermeisteramt bewarb.

»Davon hat mir Johannes neulich erzählt. Das find ich ja spannend. Bist du denn schon im Wahlkampf?«

»Der Wahltermin ist im April. Die heiße Phase kommt erst noch. Aber du musst schon bei allen, die sich in der Stadt für wichtig halten, mal Guten Tag sagen und dir natürlich ein eigenes Netzwerk aufbauen.«

»Und was tust du so dafür?«

»Im Moment bin ich viel auf Social Media unterwegs, das ist wichtig für den Kontakt zu jüngeren Wählern. Außerdem engagiere ich mich ehrenamtlich in verschiedenen Vereinen. Ab Mitte März gibt's Straßenwahlkampf, und ich werde Klinken putzen, um die Wählerinnen und Wähler persönlich zu erreichen.«

»Du scheinst das ja wirklich zu wollen, so viel Zeit,

wie du investierst. Und was meinst du, wie stehen deine Chancen?«

»Ich glaube, ganz gut«, schätzte Simon mit einem zufriedenen Lächeln, »dürfte eigentlich nichts mehr dazwischenkommen. Aber man kann nie wissen … Oh Mann, ist ja gleich Mitternacht«, stellte er nach einem Blick auf die Uhr fest und sah sich um, »unser Tisch ist mal wieder der letzte. Dann sollten wir den Fritz jetzt erlösen. Fritz, zahlen!«

»Was? Ihr wollt schon nach Haus?«, verständnislos unterbrach Rico seinen Redestrom und schaute hoch. »Warum das denn?«

»Weil es schon spät ist, Rico, und manche Leute morgen früh raus müssen«, erklärte Marein ihrem Mann freundlich, »du fährst doch auch jetzt mit mir?«

»Was? Wieso?«

»Weil du in deinem Zustand nicht mehr Auto fahren kannst.«

»In welchem Zustand? Ich hab vor allem Durscht, Fritz, bringst du mir noch ein Bier? Und meinen Freunden hier auch.«

Marein hob resigniert die Schultern. Angermüller, Simon, Melanie und auch Albert lehnten dankend ab.

»Ich geh dann mal. War schön, euch mal wieder gesehen zu haben.«

Marein stand auf.

»Bezahlst du mein Wasser, Rico? Und nimm dir bitte wenigstens ein Taxi. Du kannst wirklich nicht mehr fahren. Macht's gut, alle miteinander.«

Bis auf Rico, Ottmar und Michi, der inzwischen wieder wach war, bezahlten alle anderen ebenfalls ihre Rechnung. Auch Christian erhob sich.

»Was, du auch, Christian? Das hätte ich jetzt aber

nicht von dir erwartet, dass du mich auch schon verlässt, mein Süßer. Aber ich zahl trotzdem für dich mit«, lärmte Rico durch die Gaststube, damit auch jeder Bescheid wusste. Christian machte ein freundliches Gesicht und bedankte sich mit einem huldvollen Nicken bei seinem Gönner.

Melanie, die kaum etwas getrunken hatte, bot an, Albert, Simon und Christian in ihrem Jeep mit nach Coburg zu nehmen. Vor dem Gasthof umarmten die vier Georg zum Abschied und versicherten sich gegenseitig, wie großartig ihr Wiedersehen gewesen war.

»War schön mit euch«, bestätigte Melanie, »hoffentlich sehen wir uns bald mal wieder!«

»Ja, und wenn jemand in der Hansestadt sein sollte, der soll sich bei mir melden. Ich hab genug Platz für Übernachtungsgäste und zeig auch gerne meine Lübecker Lieblingsplätze«, lud Georg die anderen ein.

»Freilich, das wird gemacht! Gute Nacht«, verabschiedete sich Simon.

»Gute Nacht!«, wünschte Georg und machte sich durch das schlafende Niederengbach auf den Weg nach Hause, während die anderen zum Parkplatz gingen. Die mit einer feinen Schneeschicht bedeckte Landschaft leuchtete hell im Licht des Mondes, und immer noch kam es weiß von oben. Melanies Auto wirbelte auf der Dorfstraße einen zarten Schleier aus frisch gefallenen Flöckchen auf, während es an Angermüller vorbeifuhr, drinnen saßen Albert und Christian, der heftig winkte. Komisch, wo war Simon? Der hatte doch auch mitfahren wollen. Als sich der schwarze Wagen um die letzte Kurve entfernt hatte, umfing Angermüller absolute Stille.

Am Haus seiner Mutter angekommen, öffnete er so leise

wie möglich die Tür, zog drinnen sogleich seine Schuhe aus und stieg äußerst behutsam die steile Treppe zu seiner Schlafkammer hoch. Und genau wie früher ließ sich das Knarren der alten Holzstufen nicht vermeiden. Doch heute erschien seine Mutter nicht mit einem empörten Kommentar in der Tür, wo er denn so spät herkäme. Sie schlief hoffentlich gut und tief und erholte sich von den Strapazen der weihnachtlichen Familienzusammenkünfte.

KAPITEL V

Am Morgen war Mila wie zerschlagen. Sie hatte sich in einem fort im Bett hin und her geworfen und kaum kein Auge zugetan. Durch die geschlossenen Gardinen war das helle Mondlicht ins Zimmer gedrungen, und wenn der Schlaf sie dann doch übermannte, hatten sie böse Träume geplagt. Nach dieser Nacht hatte Mila einen Entschluss gefasst. Sie wollte, ja, sie musste so schnell wie möglich weg von hier.

Der Jetlag saß ihr noch in den Knochen, sodass es ihr keine Schwierigkeiten bereitete, um sechs Uhr aufzustehen. Auch aufs Frühstück konnte sie ohne Probleme verzichten. Sie hatte ohnehin keinen Appetit. Als Erstes hatte sie dem Pastor eine Nachricht aufs Handy geschickt, dass sie ihren Termin gerne vorverlegen würde, da sie noch am selben Tag möglichst früh wieder in den Norden abreisen müsste. Der Wintereinbruch, die frühe Dunkelheit, je eher sie sich auf den Weg machten, desto besser. Etwas mehr als eine Stunde später hatte der Pastor sich gemeldet, dass er Mila in einer halben Stunde in seinem Büro erwartete.

»Ach, Sie wollen uns schon wieder verlassen?«, hatte der Wirt bedauert, als sie die Hotelrechnung verlangte.

»Hat's Ihnen ned g'fallen bei uns?«

»Es war ganz wunderbar. Aber meine Familie hat umdisponiert und erwartet uns heute Abend schon wieder zurück.«

»Ham Sie's weit? Wo müssen's denn hin bei dem Wetter?«, fragte der Hotelbesitzer mitfühlend, wobei er sie neugierig musterte.

»Sind schon ein paar Hundert Kilometer, aber es geht nach Norden, und da soll ja nicht so ein heftiger Wintereinbruch sein.«

»Dann wünsch ich Ihnen eine gute Fahrt.«

»Danke sehr. Meine Begleiterin kommt gleich herunter und gibt ihren Schlüssel ab. Sagen Sie ihr bitte, ich geh schon zum Wagen.«

Mila hatte das Auto gänzlich vom pulvrigen Schnee befreit, was ganz leicht von der Hand ging, als endlich Bonnie auftauchte. Ihre Reisegefährtin war gar nicht erfreut, schon wieder die Rückfahrt antreten zu müssen, und trug eine entsprechend finstere Miene zur Schau.

»Tut mir leid, Bonnie, es geht nicht anders. Pass auf, es gibt hier ein nettes Café gleich beim Theater, das ist schon geöffnet. Da setze ich dich ab. Die bieten eine Riesenfrühstücksauswahl und ganz wunderbare frische Backwaren. Da kannst du in aller Ruhe frühstücken. Ich bin sicher, du wirst es mögen.«

Bonnie zuckte nur mit den Schultern. Im Internet hatte Mila recherchiert und dieses Café entdeckt, das einen ganz guten Eindruck machte. Sie zu ihren Terminen mitzunehmen, wäre für Bonnie doch ziemlich öde gewesen.

»Wenn ich alles erledigt habe, treffe ich dich dort. Okay?« »Okay, Madam«, kam es ohne große Überzeugung zurück.

Nachdem sie Bonnie am *Theaterplatz* abgesetzt hatte, machte sich Mila auf den Weg zum westlichen Stadtrand, wo die Gemeinde ihrer Eltern angesiedelt war. Der Gedanke an den Termin mit dem Pastor machte Mila nervös. Seit mehr als 20 Jahren hatte sie mit Kirche oder Religion keine Berührungspunkte mehr gehabt. Es hatte ihr auch nicht gefehlt, im Gegenteil. Ich hab schon so viel ertragen im Leben, ich werd auch das schaffen, ermutigte sie sich selbst. Aber die Vergangenheit, die seit gestern Abend plötzlich so präsent war, setzte ihr ganz schön zu. Und jetzt auch noch dieses Treffen in der Baptisten-Gemeinde, der ihre Eltern und auch sie einmal angehört hatten.

Natürlich hatte sich in der Gegend seit den 90er-Jahren, als sie noch die Gottesdienste besuchte, einiges verändert. Aber es war nach wie vor ein Industriegebiet, in dem wochentags um diese frühe Stunde rege Betriebsamkeit herrschte. Ein modernes Kirchengebäude, das sich damals noch im Bau befand und die nüchterne, zwischendurch genutzte Gewerbehalle ersetzen sollte, erhob sich nun repräsentativ zwischen schneebedeckten Grünflächen. Auf seiner höchsten Stelle glänzte ein goldenes Kreuz in den ersten Strahlen der Morgensonne.

Der Pastor stellte sich als Richard Hummel vor und war nur unwesentlich älter als sie selbst. Er bat sie in sein Büro, war sehr hilfsbereit, wirkte freundlich und offen, ja, direkt modern, so wie sie das bei den Pastoren in ihrer Kindheit und Jugend nie erlebt hatte.

»Ihre Eltern waren wirklich wertvoll für unsere Gemeinde, sehr aktive Mitglieder, wie Sie wahrscheinlich wissen.«

»Das kann ich mir vorstellen, Herr Hummel. Ihr Glaube und die Kirche standen immer an erster Stelle in ihrem Leben. Aber ich habe seit mehr als 20 Jahren nichts von meinen Eltern gehört. Ich weiß überhaupt nicht, wie es ihnen in all der Zeit ergangen ist.«

»Ach so, das haben sie mir nie erzählt«, wunderte sich der Pastor, »die beiden waren sehr fleißige Leute, trotzdem kamen sie nicht zu Wohlstand. Aber sie waren bescheiden und sparsam und haben sich niemals beschwert. Sie waren so engagiert! Und sie haben nie Nein gesagt, wenn es in unserer Gemeinde etwas zu tun gab, immer haben sie mit angepackt.«

»So waren sie schon immer«, stellte Mila achselzuckend fest.

»Ihre Eltern haben wenig über sich erzählt. Das Leben in der ehemaligen Sowjetunion scheint ziemlich hart für sie gewesen zu sein ...«

Halb fragend ließ er den Satz unvollendet. Als Mila dem nichts hinzufügen wollte, fuhr er fort: »Lydia und Eugen waren sehr streng mit sich und anderen, auch in der Auslegung unseres Glaubens. Na ja, sie stammten aus einer anderen Generation. Es fiel ihnen schwer, mit der heutigen Zeit und all den Veränderungen klarzukommen.«

Das klang fast entschuldigend, und Mila spürte, dass der Mann gern mehr von ihr erfahren hätte, doch er wagte wohl nicht nachzufragen. Wozu sollte das nach all den Jahren auch gut sein? Nur eines wollte sie klarstellen.

»Es waren übrigens meine Eltern, die den Kontakt abgebrochen haben. Bis zu Ihrem Schreiben war mir nicht einmal bekannt, dass mein Vater schon vor Längerem gestorben ist. Auf keinen meiner Briefe, die ich ihnen geschickt habe, haben sie jemals reagiert.«

»Ich verstehe«, nickte Richard Hummel, wirkte aber etwas ratlos dabei.

»Nun gut, aber sie haben die Briefe wohl zumindest gelesen, denn Ihre Mutter gab mir all die Dinge, die sie

Ihnen hinterlassen wollte, und dazu Ihre Adresse in Hongkong, mit der Bitte, Sie zu benachrichtigen.«

Der Pastor lehnte sich zurück und sah sie aufmerksam an, als erwarte er von ihr irgendeine Erklärung. Schließlich war es in seiner Gemeinde nicht alltäglich, eine Hinterbliebene, die von so weit her kam, in seinem Büro zu haben, von der er bis vor Kurzem nicht mal wusste, dass sie existierte.

»Es gibt ein Sparbuch, auf dem etwa 3.000 Euro waren. Ihre Mutter hat es mir kurz vor ihrem Tod übergeben, um davon die Kosten der Bestattung zu bezahlen, und den Rest hat sie unserer Kirche gespendet. Ich zeige Ihnen gerne die entsprechenden Papiere und Belege.«

»Das wird nicht nötig sein, ich vertraue Ihnen«, wehrte Mila ab, »vielen Dank, Herr Hummel, dass Sie sich um alles gekümmert haben. Könnten Sie mir dann bitte die Sachen geben? Ich möchte nicht unhöflich sein, aber ich bin etwas in Eile. Ich muss heute zurück nach Norddeutschland fahren und wollte vorher noch zum Friedhof. Bei diesem Winterwetter weiß man ja nie ...«

»Selbstverständlich.«

Der Pastor ging nach nebenan und kam mit einem kleinen, verschnürten Karton zurück, den er Mila überreichte.

»Das ist schon alles. Ich hoffe, Sie sind nicht enttäuscht.«

»Wenn man nichts erwartet, kann man auch nicht enttäuscht werden«, erwiderte Mila mit einem bitteren Lächeln, »dann fahre ich jetzt zum Friedhof.«

»Möchten Sie, dass ich Sie begleite?«

»Vielen Dank, sehr freundlich von Ihnen, doch das ist nicht nötig. Aber vielleicht können Sie mir sagen, wo genau auf dem Friedhof sich die Gräber befinden?«

Gerne hätte Georg sich noch einmal umgedreht, schließlich war es fast ein Uhr, als er endlich im Bett gewesen war. Doch aus dem Erdgeschoss ertönte lautes Reden, Geschirrgeklapper, Türenschlagen – Geräusche, die man einfach nicht überhören konnte, auch nicht sollte. Er kannte die Signale seiner Mutter. Es war fast halb neun und das war die letzte, nicht ganz so diskrete Aufforderung, am Frühstückstisch zu erscheinen. Also schwang er sich aus dem gemütlich warmen Bett und machte sich auf den Weg ins Badezimmer. Mit einem munteren »Guten Morgen« betrat er wenig später die Küche.

»Wo ist denn die Marga?«, fragte er seine Mutter, die sich an der Kaffeemaschine zu schaffen machte.

»Die schippt Schnee draußen. Es hat ja ganz schö g'schneit heut Nacht.«

»Aber das hätte ich doch übernehmen können.«

»Ach, du! Wenn du immer erst so spät aufstehst!«

Mit von der Kälte geröteten Wangen kam seine Schwester herein und rieb sich die Hände.

»So, jetzt freu ich mich aber auf ein kräftiges Frühstück. Morchn, Georg!«

»Guten Morgen, du bist aber fleißig, so früh schon.«

»Muss ja. Soll sich ja keiner die Haxn brechen vor unserm Haus. Und is halt e bissle Frühsport«, lachte seine Schwester gutmütig, »und so schön isses draußen.«

»Is des ned unheimlich kalt geworden?«, fragte die Mutter.

»Ja, schon. Aber es schneit nimmer, der Himmel is blau und die Sonne scheint.«

Wie bei seiner Mutter üblich, war der Frühstückstisch ihm zu Ehren reichlich gedeckt mit Köstlichkeiten aus der Region wie Hausmacherleberwurst, herzhaftem Rohschinken, fränkischem Pressack. Auch wenn er seinen Fleisch- und Wurstkonsum sonst stark reduziert hatte, in Oberfranken kam Georg an den Erzeugnissen des heimischen Metzgerhandwerks nicht vorbei. Natürlich gab es auch eine Auswahl an lokalem Käse, dazu hausgemachte Marmelade, kräftiges Bauernbrot und frische Brötchen. Goldgelb leuchtete die Butter in ihrer Dose, und daneben glänzte eine schicke silberne Thermoskanne. Endlich! Die hatten sie schon vor Jahren der Mutter geschenkt. Aber noch bei seinem letzten Besuch hatte das orangefarbene, hässliche Vorgängermodell, mit den Jahren immer etwas unappetitlicher anzusehen, auf dem Tisch gestanden.

Trotz der vorangegangenen üppigen Feiertage konnte Georg schon wieder kräftig zulangen, was seine Mutter sichtlich erfreut zur Kenntnis nahm.

»Na, schmeckt's dir, Georg?«

»Und wie, Mamma! Das ist ein ganz wunderbares Frühstück, wie immer bei dir!«

Ein kleines Lächeln erschien in ihrem Gesicht. Die Liebe zu ihren Kindern konnte Angermüllers Mutter schon immer am besten durch wohlschmeckende Speisen ausdrücken. Nach zwei Scheiben würzigen Bauernbrots griff Georg sich gerade eines der knusprigen Brötchen, da ertönte die Türklingel.

»Wer ist denn des jetzt?«

Unwirsch schüttelte die Mutter den Kopf, während Marga zur Tür eilte.

»Da ist die Polizei«, sagte seine Schwester verdutzt, als sie zurückkam, »die wollen dich sprechen, Georg.«

Höchst verwundert legte er das Brötchen auf seinen Teller und ging zur Tür.

»So ganz versteh ich immer noch nicht …«

Verunsichert schloss Angermüller den Sicherheitsgurt neben dem Beifahrersitz des Dienstwagens und schaute zu Kommissarin Zapf, die den Motor startete.

»Ich bin im Auftrag meines Chefs hier. Als der gehört hat, dass Sie gestern Abend auch beim *Greiner* waren, hat er mich gleich losgeschickt.«

»Ach so?«

»Der Chef wird Ihnen gleich selbst alles erklären. Wir haben einen Fall«, sie lächelte, »Sie beide haben doch schon mal zusammengearbeitet. Er freut sich bestimmt, Sie wiederzusehen.«

War das jetzt ernst gemeint, überlegte Georg und schaute sie von der Seite an. Aber ihre Miene verriet nichts. Sabine Zapf war ihm – wie sollte er sagen: halbdienstlich – schon einmal begegnet und hatte sich als umsichtige, hilfsbereite Kollegin entpuppt. Doch sie wirklich zu kennen, konnte er nicht behaupten.

Nach drei Minuten stoppte die Kommissarin den Wagen. Sie waren am *Gasthof Greiner* angelangt, vor dem mehrere Streifenwagen und Zivilfahrzeuge parkten, einige mit eingeschaltetem Blaulicht. Die Zufahrt zum schräg dahinter liegenden Hof mit dem Parkplatz war mit Flatterband abgeriegelt und wurde von zwei Uniformierten bewacht. Das schien auch nötig, denn ein Grüppchen Dorfbewohner reckte angestrengt die Hälse, um einen Blick auf die Vorgänge jenseits der Absperrung zu erhaschen.

»Mensch, des is doch der Angermüller!«, rief sofort einer, als sie aus dem Auto stiegen. »Dann bist du des wohl gewesen, wenn die Frau Kommissar dich hier anschleppt?«

Georg erkannte ihn sofort: Dieter, ein Bauer aus dem Dorf, in etwa so alt wie er selbst und ein alter Laberarsch, wie sein Freund Johannes ihn gern titulierte. Dieter grinste schadenfroh zu ihm herüber, und sämtliche Köpfe drehten sich zu Angermüller.

»Ach, der Dieter! Wie gut, dass wenigstens du immer den Durchblick hast«, antwortete Angermüller, »sollen wir ihn gleich zum Verhör mitnehmen, Frau Kommissarin Zapf?«

Irritiert trat der Angesprochene einen Schritt beiseite und schüttelte den Kopf.

»Ich hab mit nix was zu tun. Ich weiß ja ned emal, was passiert ist«, protestierte er.

»Soso«, Georg nickte mit ernstem Gesicht, »das sagen sie alle. Bis später, Dieter, wir melden uns!«

Die Kommissarin lächelte amüsiert, und die Streifenpolizisten ließen sie und ihren Begleiter unter dem Absperrband hindurchschlüpfen. Ein weiterer Uniformierter lenkte sie an der Hintertreppe des Gasthofs vorbei, die auf den Hof führte, und sie trafen auf eine Szenerie, wie sie Angermüller nur zu gut kannte.

Eine weiße Plane schirmte das Geschehen am anderen Ende des Hofes gegen neugierige Blicke ab. Nur der Fahrgastraum eines schwarzen Wagens schaute heraus, und daneben tauchten abwechselnd die Schultern und Köpfe eines Mannes und zweier Frauen in weißen Schutzanzügen auf und wieder unter. Sie bewegten sich geschäftig von einer Seite zur anderen. Dann kam das bemützte Haupt des Chefs zum Vorschein. Als er Georg entdeckte, wand er sich sogleich hinter der Plane hervor.

»Da ist er ja! Grüß Gott, Angermüller, wer hätte das gedacht? Kaum passiert hier ein Mord, bist du da. Oder war des jetzt umgekehrt?«

Es sollte wohl ein Scherz sein, denn Kriminalhauptkommissar Rolf Bohnsack lachte, dass sein Doppelkinn vibrierte, zog seinen Schutzhandschuh aus und hielt Georg leutselig die Hand zur Begrüßung hin. Der machte ein freundliches Gesicht und schüttelte sie, doch er war auf der Hut.

»Rolf Bohnsack, grüß dich! Was ist passiert, dass du mich als Verstärkung anforderst?«

Der Coburger Kollege schien inzwischen noch ein paar Kilo zugelegt zu haben. In seinem weißen Schutzanzug, dessen Größe anscheinend nicht über seinen Leibesumfang reichte, weswegen er nicht geschlossen war, bewegte er sich schwerfällig wie ein Bär. Georgs Antwort war wohl nicht die richtige gewesen, denn über dem dicken Schal, den Bohnsack umgebunden hatte, schüttelte er halslos den Kopf, was ziemlich merkwürdig aussah.

»Verstärkung? Davon ist nicht die Rede. Erst mal bist du vor allem ein Zeuge, Angermüller.«

Ach ja, das war der Rolf Bohnsack, wie Georg ihn kannte. Schon damals, als sie dieselbe Schule besuchten, Rolf zwei Klassen über ihm, waren sie keine Freunde und würden es wohl auch nicht mehr werden.

Georg erinnerte sich gut ihres letzten Zusammentreffens im Herbst vor vier Jahren, als sein als Urlaub geplanter Aufenthalt in Niederengbach von einem Mordfall überschattet worden war. Bohnsack traute Georg, der mit Angehörigen des Opfers befreundet war, offensichtlich nicht über den Weg. Außerdem empfand er den Berufskollegen als unerwünschte Konkurrenz, verbat sich jegliche Einmischung in seinen Fall und wachte eifersüchtig über seine Ermittlungsergebnisse. Hätte nicht Sabine Zapf hinter dem Rücken ihres Chefs für Angermüller manches möglich gemacht, wer weiß, wie lange es gedauert hätte, das Verbrechen aufzuklären, und was dann noch alles hätte passieren können …

»Dann berichte doch mal, Angermüller, wann und mit wem warst du da? Der Fritz hat uns erzählt, dass du gestern Abend dabei gewesen bist«, holte Bohnsack ihn aus seinen Erinnerungen.

»Wobei, wenn ich fragen darf?«

»Ach, Angermüller ...«

Der Coburger Kommissar warf Georg einen misslaunigen Blick zu.

»Bei diesem Klassentreffen, wie es immer am zweiten Feiertag beim *Greiner* stattfindet.«

War meine Frage denn nicht berechtigt, dachte Georg. Aber mit Bohnsack darüber zu diskutieren, war wohl müßig. Also nannte er so knapp und präzise wie möglich Namen und Uhrzeiten.

»Ich hab durch Zufall von dem Treffen erfahren. Als ich mit meiner Schwester am Abend vor dem 24. beim *Greiner* essen war, bin ich dem Simon Bauersachs begegnet und der hat mir davon erzählt und mich dazu eingeladen. Das war's auch schon«, schloss er.

»Ah so«, machte Bohnsack bedeutungsvoll, »dann komm mal mit.« Er bedeutete Georg, ihm hinter die weiße Abschirmung zu folgen, aber Abstand zu halten, da er keinen Schutzanzug trug. Er zeigte zum Boden.

»Du weißt, wer das ist?«

Wie ein gefällter Baum lag ein menschlicher Körper, den ein dichter Flaum aus Schneeflocken bedeckte, vor dem geparkten Auto. Immer noch sicherte die weiß bekleidete Truppe der Kriminaltechnik den Fundort mit Zahlenmarkierungen und Pfeilen, eine der Frauen trug sorgfältig mit einem Pinsel die Schneeschicht ab, die sich auf dem Opfer gebildet hatte. Den Kopf und den Oberkörper hatte sie schon freigelegt. Der Mann und die andere Frau

umkreisten das Opfer, fotografierten, vermaßen, doku-
mentierten. Und über allem schien die Sonne auf einen
makellosen Wintertag.

Den Anblick eines Toten fand der Lübecker Kriminalhauptkommissar jedes Mal befremdlich, auch wenn es
als nicht zu vermeidender, immer wieder vorkommender
Bestandteil zu seinem Beruf gehörte. Noch befremdlicher
empfand er es, wenn er dem Menschen zu dessen Lebzei-
ten begegnet war.

»Angermüller, hast du gehört?«, meldete sich Bohnsack
nochmals. »Kennst du den?«

»Jaja, das ist der Rico, Rico Wiedehold, ein früherer Mitschüler, der gestern Abend mit an unserem Tisch gesessen
hat. Wie ich vorhin gesagt habe, sind er und zwei andere die
letzten Gäste im Lokal gewesen. Um Mitternacht herum
hab ich ihn zum letzten Mal gesehen.«

Angermüller betrachtete aufmerksam den auf dem
Rücken liegenden Mann. Ricos Augen waren geschlossen und das Gesicht mehr als blass, nur die Narbe auf
seiner rechten Wange leuchtete scharlachrot. Auffällige
äußere Verletzungen konnte Georg nicht entdecken, aber
unter dem Hinterkopf fiel ihm eine rötliche Verfärbung
im Schnee auf.

»Wie ist es passiert?«

Die Kriminaltechnikerin, die den meisten Schnee entfernt hatte und jetzt die Taschen von Ricos Kleidung unter-
suchte, fühlte sich offensichtlich angesprochen.

»Wir nehmen an, er ist gestürzt …«

»Hier?«

»Nein, da drüben auf der Treppe. Er war wohl auf dem
Weg zu seinem Auto. Den Schlüssel dazu hatte er noch
in der Hand.«

Während sie mit behandschuhten Händen ein Smartphone, eine Brieftasche und ein Portemonnaie aus den Taschen von Ricos Jackett förderte und in verschließbare Plastiktüten gleiten ließ, fügte sie hinzu: »Wir denken nicht, dass er den Weg von der Treppe hinter das Auto von selbst geschafft hat. Den Spuren nach zu urteilen wurde er hierhergeschleift. Zuvor hat ihm wohl jemand …«, sie wies auf einen Haufen Pflastersteine, der etwa einen Meter weiter am Rand des Parkplatzes lag.

»Ist gut, Kollegin Florschütz, danke«, schnitt Bohnsack der auskunftsfreudigen Frau das Wort ab, »gibst du mir die mal bitte?«

Nachdem er die sichergestellten Besitztümer des Opfers an sich genommen hatte, fasste Bohnsack Angermüller am Oberarm, was der ziemlich verdutzt registrierte.

»Wir setzen uns jetzt nach drinnen und nehmen erst mal deine Aussage auf. Vielleicht fällt dir ja irgendwas ein, das von Bedeutung sein könnte. Kommst du auch, Sabine?«

KAPITEL VI

Dank der präzisen Beschreibung von Pastor Richard Hummel fand Mila auf dem Coburger Friedhof ohne Umwege das von einer feinen Schicht frischen Schnees bedeckte Urnenfeld neben ein paar winterlich kahlen Bäumen. Helle Sonnenstrahlen beschienen die Stele aus Stein, an der sie die Metallschilder mit den Namen ihrer Eltern nebst Geburts- und Sterbedaten entdeckte.

Erinnerungen aus längst vergangenen Zeiten stiegen in Mila auf: das bescheidene Häuschen in dem westsibirischen Dorf nahe der kasachischen Grenze, das einfache, manchmal harte Leben dort, der Alltag mit ihren strengen Eltern, der durch Kirche, Glauben und christliche Feste geprägt war. Die seltenen, kleinen Freuden ihrer Kindheit verdankte sie hauptsächlich ihrer Großmutter, die starb, als Mila elf war. Und schließlich war da die große Hoffnung auf Deutschland, die Heimat ihrer Vorfahren. Doch die Welt, in der die Eltern mit ihr schließlich als sogenannte Spätaussiedler anlangten, war so ganz anders, als diese erwartet hatten. Es gelang ihnen nie, dort wirklich anzukommen. Sie klammerten sich an ihr altes Leben und hielten es für ihre Pflicht, auch ihre Tochter von der verwirrenden, materialistischen, verdorbenen Gegenwart dieses modernen Deutschlands fernzuhalten.

Jetzt waren sie gestorben, ohne Milas Versuche für eine Annäherung je beantwortet zu haben, ohne noch einmal die Hand zur Versöhnung mit ihrem einzigen Kind ausgestreckt zu haben. Wie konnte bloß der Glaube ihre Herzen so verhärten?

Hier vor dem Grab von Mutter und Vater zu stehen, war für Mila so etwas wie der späte Schlusspunkt hinter einem lange zurückliegenden Abschnitt ihres Lebens. Doch sie hatte keine Tränen. Da war nichts mehr übrig für Trauer. Ihre Eltern hatten das Band zwischen ihnen vor mehr als zwei Jahrzehnten gekappt.

Vielleicht zehn Minuten verharrte sie stumm vor dem Urnenfeld, dann ging sie zu ihrem Wagen. Vom blassblauen Himmel strahlte die Sonne auf die *Veste Coburg*, die majestätisch über der Stadt thronte. Es versprach ein Wintertag wie aus dem Bilderbuch zu werden. Mila beschloss, Sightseeing für Bonnie zu machen. Vielleicht konnte sie damit deren schlechte Laune und die Enttäuschung über den vorzeitig abgebrochenen Aufenthalt etwas lindern.

Glücklicherweise fand sie gleich einen Parkplatz in der Nähe des Cafés, in dem Bonnie wartete. Dem gebrauchten Geschirr auf dem Tisch nach zu urteilen, hatte sich ihre Reisegefährtin ein reichhaltiges Frühstück gegönnt und wirkte nun erheblich entspannter.

»Ich trink schnell einen Kaffee und ess ein Butterhörnchen, und wenn du willst, zeig ich dir danach was von der Stadt, bevor wir fahren. Einverstanden?«

»What is this butter something?«

»Ah, eine fränkische Spezialität, eine Art Plundergebäck mit viel Butter. Tastes wonderful!«

»Kann ich auch eins haben?«

Wie so oft schon musste sich Mila über den grenzenlosen Appetit der ausgesprochen zierlichen Bonnie wundern.

»Aber gerne, Bonnie.«

Mila hatte diesen Termin hinter sich gebracht, der ihr so auf der Seele gelastet hatte, die Sonne schien, Bonnie hatte sich wieder beruhigt und heute Abend würde sie wieder bei Charly und Christopher sein – sie fühlte sich nun doch erleichtert. Mit Appetit verzehrte sie das wunderbare Plundergebäck. Vielleicht sollte sie in ihrem Café in Hongkong auch einmal diese Butterhörnchen anbieten, frisch gemacht in jedem Fall besser als die aufgebackenen Croissants in den meisten anderen Etablissements.

Nach ihrem Frühstück führte sie Bonnie am *Coburger Landestheater* vorbei über den *Schlossplatz*, zum *Stadtschloss Ehrenburg* und schließlich auf den Markt mit seinen herrlichen Renaissancebauten wie dem *Rathaus* und dem *Stadthaus*, dazu an einer Ecke die beeindruckende *Hofapotheke* in einem aus dem Mittelalter stammenden Gebäude. Aufmerksam besah sich Bonnie all die historischen Gemäuer und war begeistert. Der klare Wintertag ließ die großartigen Fassaden der Stadt noch prächtiger leuchten.

Trotz der frühen Stunde stiegen an einer Ecke des Marktplatzes Rauchschwaden von der Bratwurstbude auf, so wie es Mila von früher kannte, und verbreiteten ihren unverkennbaren Duft. Erste Kunden standen bereits für eine der berühmten Coburger Bratwürste an. Und selbstverständlich wollte auch Bonnie diese für sie exotische Spezialität kosten. Fast hätte es der unbeschwerte Tag einer Urlaubsreise sein können.

»Let's go«, sagte Mila, als Bonnie ihre Bratwurst verzehrt hatte, »mir wird langsam kalt, und wir haben einen langen Weg vor uns.«

Aber die Kälte, die Mila empfand, lag nicht nur an den winterlichen Temperaturen. Sie kam von innen. Merkwürdig. Dabei war sie doch jetzt mit manchem im Reinen. Aber immer wieder drängten sich dunkle Momente der letzten Nacht in ihr Bewusstsein und ließen sie schaudern.

»Sodele, drei Cappuccino.«

Umständlich stellte Fritz vor jedem eine Tasse mit dem Getränk ab, das aromatisch duftete. Hätte jemand Georg vor mehr als 20 Jahren gesagt, dass man in dieser Dorfgaststätte einmal Cappuccino mit Milchschaum aus einer edlen Espressomaschine servieren würde und nicht das üble Zeug mit einem Klecks Schlagsahne oben drauf, er hätte sich an die Stirn getippt. Aber auch in Niederengbach kamen Trends halt irgendwann an.

»Kann ich sonst noch was für euch tun?«, fragte Fritz eifrig und blieb mit dem geleerten Tablett abwartend neben ihrem Tisch stehen. Seine großen Ohren neben dem kahlen Kopf leuchteten rot. Auf seinem Hof war der Tote gefunden worden, er selbst hatte ihn gefunden, die Polizei alarmiert, ihn hatten sie als Ersten befragt. Er war ein wichtiger Zeuge und schien seine Rolle zu genießen.

»Danke, Fritz, wir sagen Bescheid. Jetzt wären wir gern ungestört«, beschied Bohnsack den Wirt, der daraufhin sichtlich enttäuscht in Richtung Tresen schlenderte.

»Dann erzähl doch mal, Angermüller«, forderte ihn der Coburger Kriminalhauptkommissar auf, »und du, Sabine, nimmst des bitte auf.«

Die Kollegin sprach kurz die Namen, Datum und Uhrzeit ein und stellte das kleine Aufnahmegerät auf den Tisch. Natürlich, er war ein Zeuge, auch wenn er ebenfalls Polizist war, und er hätte an Bohnsacks Stelle vielleicht genauso gehandelt, absolut korrekt eben. Angermüller fühlte sich trotzdem unbehaglich in der ungewohnten Rolle, was sicherlich auch daran lag, dass Bohnsack die seine regelrecht auszukosten schien.

Angermüller nannte noch einmal alle Namen ihrer neunköpfigen Runde und, soweit er sich erinnern konnte, auch wer wann gekommen oder gegangen war.

»Und kanntest du auch Personen, die an den anderen Tischen saßen?«

»Niemanden. Ich hab zwar so rumgeschaut, aber keinen anderen entdeckt, vielleicht auch nur nicht erkannt. Ich lebe ja seit über 20 Jahren nicht mehr hier. Und außerdem war es unglaublich voll, sodass du eh nicht alle Anwesenden wahrnehmen konntest.«

»Und wie war die Stimmung bei euerm Klassentreffen? Worüber habt ihr gesprochen?«

»Wie das halt bei solchen Gelegenheiten ist«, Georg zuckte mit den Schultern, »da werden die alten Geschichten aus der Schulzeit erzählt, die Streiche von damals hervorgeholt und ausgeschmückt. Es war sehr laut und lustig. Du kennst das, nehm ich an.«

»Ging das den ganzen Abend so?«

»Na ja, zwischendurch gab's ein paar Misstöne, weil der Rico so sexistische Sprüche losgelassen hat. Vor allem die Frauen hat das genervt. Danach ging es etwas ruhiger zu, und wir haben uns in kleinen Gruppen unterhalten.«

»Und wurde viel getrunken?«

»Bei manchen war es mehr, bei anderen weniger. Ich konnte ja zu Fuß nach Hause und das hiesige Bier schmeckt mir halt einfach«, grinste Angermüller. »Da die meisten mit dem Auto da waren, haben sie sich zurückgehalten. Nur der Rico hat zugelangt, auch Schnäpse getrunken. Ach ja, sein Kumpel Michi war ganz schön besoffen. Keine Ahnung, wie der nach Hause gekommen ist. Vielleicht ist der mit Ottmar Fink gefahren, der wirkte jedenfalls noch ziemlich klar. Ja, die drei waren die letzten Gäste im Lokal, aber das hatte ich ja schon erwähnt.«

»Der schwarze SUV, neben dem wir ihn gefunden haben, gehört Rico Wiedehold. Und das Auto ein Stück weiter hinten, das gleiche Modell, ist das vom Michi Reißenweber, hat der Wirt gesagt. Vielleicht taucht der ja hier auf, um den Wagen abzuholen«, überlegte Bohnsack laut und fragte übergangslos, »wann fährst du eigentlich zurück zu deinen Nordlichtern?«

»Morgen gegen Mittag geht mein Zug.«

»Ah so«, Bohnsack nickte zufrieden, »dann stelle ich dir jetzt noch die allseits beliebte Ermittlerfrage, Herr Kollege: Ist dir gestern Abend irgendwas Ungewöhnliches aufgefallen?«

Ach, jetzt bin ich wieder der Herr Kollege, dachte Angermüller. Wahrscheinlich ist der Coburger Supercop erleichtert, weil ich morgen abreise und ihm nicht mehr dazwischenfunken kann.

»Von einem Raubüberfall kann man anscheinend nicht ausgehen. Persönliche Sachen, Portemonnaie, Handy – scheint ja alles vorhanden zu sein. Also muss es wohl ein anderes Motiv geben«, ließ Georg heraus, was ihm schon draußen so durch den Kopf gegangen war. »Vielleicht hatte jemand mit Rico eine Rechnung offen? Ich kann natürlich nicht beurteilen, wie vertrauenswürdig er als Geschäftsmann war. Aber beim Geld hört die Freundschaft bekanntlich auf.«

»Mmh«, brummte Rolf Bohnsack irgendwie unzufrieden. Angermüller fuhr mit seinen Überlegungen fort.

»Und was ist eigentlich mit seiner Frau? Hat die sich schon gemeldet? Der müsste ja aufgefallen sein, dass ihr Mann nicht nach Hause gekommen ist.«

»Ich meinte nicht, welche Schlüsse du ganz persönlich ziehst, Angermüller«, unterbrach ihn plötzlich der Coburger Kollege schroff, »sondern ob gestern Abend irgendwas vorgefallen ist, irgendwas Bemerkenswertes?«

Erstaunt sah Angermüller zu Rolf Bohnsack. Dann sagte er knapp: »Nicht dass ich wüsste.«

»Na gut. Wir müssen sowieso noch alle deine anderen Freunde vernehmen.«

»Freunde? So würde ich das eigentlich nicht nennen. Wir sind nur vor ewigen Zeiten mal zufällig in derselben Schulklasse gewesen«, stellte Georg klar.

»Ja, doch. Sei doch ned so empfindlich«, lachte Rolf Bohnsack jovial.

»Ich dachte, ich bin ein Zeuge. Dann sollten wir uns auch an die belegbaren Tatsachen halten, oder?«, bemerkte Angermüller spitz.

Ich kann auch anders, dachte er. Meine persönlichen Schlussfolgerungen interessieren nicht, dann werd ich den Teufel tun, hier irgendwelche Vermutungen anzustellen oder dir irgendwelche Details zu nennen, Kollege Bohnsack. Du willst nicht, dass ich mich einmische, dann mach ich das auch nicht.

»Hast ja recht, Angermüller«, meinte der Coburger Kommissar beschwichtigend, »aber wir sind eh fertig. Vielen Dank für deine Aussage und noch einen schönen Urlaubstag in der Heimat!«

»Danke. Und dir viel Erfolg, Kollege.«

»Des wird scho«, lächelte Bohnsack selbstgewiss, »Sabine, bringst du den Kollegen Angermüller raus und schaust draußen nach dem Rechten?«

Kommissarin Zapf nickte und begleitete Georg nach draußen.

»Übrigens«, begann sie, als sie vor dem Gasthof standen, »der Chef wollte mit Ihnen als Erstes sprechen, weil er meint, so ein fachlich versierter Kollege sieht bestimmt mehr als ein paar besoffene Laien. Ich glaube, der hält große Stücke auf Sie.«

»Ach, echt?«

Angermüller warf ihr einen verwunderten Blick zu.

»Das weiß er aber gut zu verbergen.«

»Na ja, so isser halt, der Rolf«, lachte Sabine Zapf, »hat immer die Sorge, dass ihm jemand dazwischenfunkt und ihm seine Ermittlungserfolge streitig macht.«

»Das hört sich ziemlich schräg an. Ist für Sie auch nicht einfach …«

»Ach, ich weiß schon, wie ich mit ihm klarkomme. Im Grund ist der Rolf ganz umgänglich«, sagte die Kommissarin fröhlich, »und ansonsten mach ich einfach mein Ding.«

Ein Wagen mit Erlanger Kennzeichen stoppte auf der Zufahrt zum Gasthof, eine kleine, rundliche Person, mit raspelkurzen blonden Haaren und in einen leuchtend magentafarbenen Steppanorak gekleidet, sprang heraus. Sie holte einen schwarzen Arztkoffer sowie einen verpackten Schutzanzug aus dem Kofferraum und schlüpfte durch die Absperrung.

»Knochenhauer zur Stelle! 51 Minuten vom Institut zum Einsatzort, super, oder? Bin gleich so weit, muss mich nur noch verkleiden.«

»Hallo, Frau Knochenhauer, toll, dass Sie es so schnell geschafft haben. Sie sehen ja, wo die Musik spielt.«

»Ja, danke. Und wer ist der junge Mann?«

Ein neugieriger Blick aus hellgrauen Augen traf Angermüller.

»Ein neuer Kollege?«

»Ein Kollege ja, aber nicht von hier. Das ist der Kriminalhauptkommissar Angermüller aus Lübeck, grad hier im Urlaub. Er war gestern Abend zufällig im Gasthof zu einem Klassentreffen, bei dem das Opfer auch dabei war. Deshalb haben wir grad mit ihm gesprochen.« Kommissarin Zapf wandte sich an Georg: »Das ist Frau Dr. Knochenhauer vom Institut für Rechtsmedizin aus Erlangen.«

»Freut mich.«

Er nickte höflich.

»Mich auch. Lübeck? Lübeck? Ist da noch der Schmidt-Elm bei euch in der Rechtsmedizin?«

»Genau. Wir arbeiten sogar sehr häufig zusammen«, bestätigte Georg überrascht.

»Ja, so klein ist die Welt. Dann sagen Sie ihm mal herzliche Grüße von der Edelgard Knochenhauer aus Erlangen. Wir sind uns nämlich des Öfteren bei irgendwelchen Fortbildungen über den Weg gelaufen.«

»Klar, das mach ich gerne.«

»Danke und ciao, ich muss dann mal an die Arbeit.«

Sie winkte fröhlich und verzog sich in eine Ecke, wo sie sich die Schutzkleidung anlegte.

»Ja, dann wünsche ich Ihnen auch noch einen schönen Urlaubstag, Kollege. Gute Heimreise«, verabschiedete sich Sabine Zapf. Sie fummelte eine Karte aus der Innentasche ihrer Jacke und reichte sie Angermüller.

»Und falls Sie irgendwas ergänzen wollen. Für alle Fälle.«

»Kommissarin Zapf, da will jemand zu seinem Auto«, sprach sie einer der Streifenpolizisten an und wies auf den schmächtigen Mann an der Absperrung, hinter dem gerade ein Taxi wendete und davonfuhr. Michi sah ganz schön erledigt aus. Die Augen zwischen verquollenen Lidern auf

Schlitze verengt, schaute er verwirrt auf die Menschenansammlung im Greiner'schen Hof. Dann erkannte er Georg.

»Mensch, Angermüller, was ist denn hier los? Ich wollte nur mein Auto abholen, das steht da hinten«, wandte er sich hilfesuchend an ihn. Er zeigte auf den schwarzen SUV hinter dem von Rico. Seine Stimme klang ziemlich ramponiert.

»Der Ottmar hat mich heut Nacht nach Haus gebracht. Ich weiß gar nix mehr. Ist was passiert?«

»Grüß dich, Michi. Die Kommissarin Zapf hier, die wird dir gleich alles erklären. Ich muss los. Hab noch einiges zu erledigen, bevor ich morgen nach Lübeck fahre. Ich sag dann erst mal Tschüss.«

»Ach so …«, murmelte Michi verdattert, »tschüss, Angermüller.«

Sabine Zapf nickte und hielt das Absperrband hoch.

»Dann kommen Sie doch bitte näher, Herr Reißenweber.«

Während Georg den kurzen Weg zum Haus seiner Mutter zurücklegte, ärgerte er sich wieder über Bohnsacks ignorante Haltung. Natürlich ging ihm, seit er das Opfer gesehen hatte, so manches durch den Kopf, das am gestrigen Abend stattgefunden hatte. Während eines Falls konnte es nur von Vorteil sein, sich über solche Beobachtungen auszutauschen. Manchmal waren es Kleinigkeiten, die sich im Nachhinein als wichtiger Baustein bei der Ermittlung eines Tatverdächtigen erwiesen.

Er musste zum Beispiel gerade an die gereizte Stimmung zwischen Rico und Simone denken. Auch Simon hatte auf Rico ziemlich aggressiv reagiert. Und wann und wie war Simon eigentlich nach Hause gekommen, fragte sich Georg. In Melanies Wagen hatte er ihn jedenfalls nicht gesehen. Dann fiel ihm das Verhältnis zwischen Rico und seiner Frau ein. Der Ton zwischen den beiden hatte nicht unbedingt harmonisch geklungen.

Aber war es früher eigentlich anders gewesen? Rico hatte immer schon polarisiert. Wer weiß, wie viele Leute gestern Abend an den anderen Tischen beim *Greiner* gesessen waren, die einen Rochus auf Rico hatten, sei es wegen finanzieller Differenzen oder irgendwelcher Frauengeschichten.

Rico hatte sich schon immer für unwiderstehlich gehalten und nicht wahrhaben wollen, wenn eine Frau kein Interesse an ihm hatte. Doch sein übergriffiges Verhalten führte damals in den seltensten Fällen zu Konsequenzen. Im Gegenteil, Männer wie er wurden mit Begriffen wie Weiberheld oder Aufreißer belegt, die sie noch als Auszeichnung verstanden.

In solcherlei Überlegungen versunken, war Georg zu Hause angelangt. Erst jetzt nahm er bewusst den traumhaften, sonnigen Wintertag wahr. Die Temperatur lag wahrscheinlich knapp unter null, die mittlerweile üppige Schneedecke blieb liegen. Nur wo sie ungehindert scheinen konnte, brachte die Sonne das Weiß zum Schmelzen.

Kaum hatte er die Haustür hinter sich geschlossen und war dabei, seine Schuhe im Flur auszuziehen, da standen schon Marga und seine Mutter neben ihm.

»Nu sach emal, was war'n da los? Was wollte denn die Polizei von dir?«

Georg ging in die Küche, und sie setzten sich alle zusammen auf die Eckbank um den Tisch, der inzwischen vom Frühstücksgeschirr befreit war. Die Frauen warteten gespannt auf seinen Bericht.

»Der Rico Wiedehold ist tot. Und es war wohl kein Unfall. Der Greiners Fritz hat ihn heute Morgen auf seinem Parkplatz hinter dem Gasthof gefunden.«

»Des gibt's ja ned! Der war doch in deiner Klass'n, der Rico, oder?«

Georgs Mutter hörte nicht auf, ihren Kopf zu schütteln, als so sensationell empfand sie die Nachricht.

»Und warum wollt dich die Polizei sprechen?«

»Zum einen bin ich ein Zeuge, weil der Rico gestern Abend mit bei uns am Tisch gesessen hat, und dann wollte der Coburger Kommissar mit mir sprechen, weil ich ein Kollege bin. Er meint halt, ein Fachmann wie ich sieht mehr als die andern Leut.«

»Da hat er wahrscheinlich recht«, kommentierte die Mutter voller Überzeugung, »und hast du ihm helfen können? Wissen die schon, wer's war?«

Georg musste lachen.

»So schnell geht das meistens nicht, Mamma. Das wird eine Weile dauern, bis die den Täter finden, nehme ich an. Und viel helfen lassen wollte sich der Kommissar Bohnsack von mir sowieso nicht.«

»Ach der, den kenn ma doch schon, von der G'schicht'n damals. E komischer Kerl is des«, erinnerte sich die alte Frau, »sach emal, Georg, willst du jetzt noch was essen? Du warst ja noch gar ned fertig mit deim Frühstück.«

»Danke, Mamma, ich wollt jetzt gleich in die Stadt fahren und noch ein paar Sachen einkaufen. Und da ess ich natürlich eine Bratwurst auf dem Markt, oder auch zwei«, grinste Georg, »wenn ich schon mal hier bin.«

Seine Mutter widersprach nicht, so wie sie es früher zu tun pflegte, dass er doch genauso gut zu Hause zu Mittag essen könnte. Ihr schien alles recht, was ihr Ruhe verschaffte. Sie hatte eben nicht mehr die Energie wie noch im letzten Jahr, als er mit Derya im Sommer hier ein paar Tage verbracht hatte.

»Magst du mitkommen in die Stadt, Marga?«

Seine Schwester schien sich nicht entscheiden zu können.

»Aber natürlich kommt die Marga mit«, bestimmte die Mutter kurzerhand, »du fährst doch immer ned gern allein mit deim Auto in die Stadt, bei dem Wetter scho gar ned. Jetzt fährt der Georg, und du kannst mir auch gleich mei Salbe aus der Apotheke mitbringen, die meinen Beinen so guttut.«

KAPITEL VII

Die Straßenverhältnisse erwiesen sich, wie Mila gehofft hatte, trotz des Wintereinbruchs als unproblematisch. Das sonnige Wetter hielt sich auf dem Weg nach Norden, die Autobahn war ordentlich geräumt, sie kamen gut voran. Bonnie hatte einige schneebedeckte Berge zum Bewundern, und so war auch die Stimmung zwischen den beiden Frauen recht gelöst. Nach gut drei Stunden erreichten sie den Westrand des Harzes, wo sie im Coffee Shop einer Raststätte eine Pause einlegten.

Bonnie hatte erstaunlicherweise schon wieder Appetit und genoss nach einem Pastrami-Bagel ein Stück Käsekuchen, Mila eine Vollkornstulle mit Käse und einen großen Becher Latte Macchiato.

Während sie ihren Imbiss verzehrte, musste Mila daran denken, wie bleischwer ihr der Besuch bei Pastor Hummel noch heute Morgen auf der Seele gelastet hatte, und jetzt – verwundert registrierte sie, wie sich Erleichterung in ihr ausbreitete. Mit dem Tod der unversöhnlichen Eltern hatte sich ein Kapitel geschlossen, und die Vergangenheit war endlich dabei zu vergehen.

»Ich geh schon mal zum Telefonieren nach draußen. Lass dir ruhig Zeit mit dem Essen, Bonnie, wir sehen uns dann am Wagen.«

Ihre Begleiterin nickte, während sie mit vollen Backen kaute.

Draußen schloss Mila ihre Daunenjacke und suchte sich auf dem Parkplatz eine sonnige Ecke.

»Hallo, Charly, wie geht's euch?«

»Uns geht's hervorragend. Wir essen, gehen spazieren, dann essen wir wieder, machen ein bisschen Sightseeing, essen wieder – so ungefähr sieht's hier aus. Aber wie geht's dir, mein Schatz, alles planmäßig mit deinen Terminen?«

»Es ist alles viel schneller gegangen, als ich dachte. Der Pastor hatte mit dem Nachlass und der Bestattung alles geregelt. Deshalb sind wir schon auf dem Weg zurück und machen gerade eine kurze Pause. Ich denke, wir sind gegen Abend bei euch.«

Charly war natürlich verwundert, dass sie einen Tag früher die Rückreise angetreten hatte, aber er schien vor allem erfreut und fragte nicht weiter nach. Viel hatte sie ihm zuvor nicht über die Art ihres Termins offenbart, wie sie überhaupt vieles aus ihrem früheren Leben für sich behalten hatte. Doch seit der vergangenen Vollmondnacht drängten vergessen geglaubte Geschehnisse ans Licht. Sie empfand auf einmal das Bedürfnis, Charly mehr darüber zu erzählen, vielleicht nicht sofort, aber bald.

»Schön, dass du schon zurückkommst. Dann sag ich gleich Tante Ingeborg Bescheid. Sie will für uns heute Abend einen Steckrübeneintopf kochen und hat ja immer Sorge, ob auch alle richtig satt werden.«

»Mmh, das hört sich gut an. Und ich erzähle dir dann ausführlich, wie es in Coburg gewesen ist.«

Mila beendete das Gespräch und zündete sich eine Zigarette an, während sie auf Bonnie wartete. In ihr breitete sich große Vorfreude aus. Obwohl sie kaum mehr als 24 Stunden getrennt waren, konnte sie das Wiedersehen mit Charly und Christopher kaum erwarten. Sie hatte eine richtige Familie, und nur noch diese eine! Das Wort »Familie« hatte eine neue Bedeutung erhalten. Beinahe wären ihr bei dieser Erkenntnis die Tränen gekommen, Tränen der Freude und Erleichterung.

Nachdem er am Morgen das gemütliche Frühstück bei seiner Mutter so plötzlich hatte abbrechen müssen, verspürte Georg nun ein deutliches Hungergefühl, das immer stärker wurde, je näher sie der Bratwurstwolke am Markt kamen. Für Margas Wagen hatten sie mit viel Glück einen Parkplatz am *Gemüsemarkt* gefunden.

Auch Marga hatte Appetit, und so stellte sich Georg in die Schlange vor der Bude. Bald darauf hielten sie jeder eine dampfende Wurst, von einer Linie Senf gekrönt und in eine halbe frische Semmel gebettet, in der Hand.

»Komm, wir setzen uns da auf die Bank. Im Stehen ess ich nicht so gern«, meinte Georg zu seiner Schwester.

»Is des ned zu kalt zum Hinsetzen?«

»Wir sind doch warm genug angezogen, und so lang dauert's ja nicht.«

Mit Marga auf der Bank vor dem *Stadthaus* in der Wintersonne sitzend, genoss Georg andächtig die lange vermisste Spezialität. Das vom Braten auf Kiefernzapfen im offenen Feuer herzhafte, leicht bittere Aroma außen, dagegen die Füllung eher sanft mit Muskat und Zitronenschale gewürzt stellten eine einmalige Geschmackskomposition dar, wie sie nur hier und in der näheren Umgebung angeboten wurde. Als Kenner ließ Georg die knusprige Semmel erst einmal unangetastet, um sie sich an der Bude erneut mit einer Bratwurst füllen zu lassen.

»Guten Appetit, Schorsch! Schmeckt's?«

Ebenfalls eine Bratwurstsemmel in der Hand, stand Simon auf einmal vor der Bank.

»Danke, Simon, schmeckt einmalig! Nach so langer Zeit ein echter Hochgenuss!«

»Auch wenn ich jede Woche mindestens eine Bratwurscht ess, mir schmeckt's jedes Mal«, stellte Simon zufrieden fest.

»Das glaub ich gerne. Machst du hier deine Mittagspause?«

»Na klar, sehr oft, ist ja nur ein paar Schritte vom Rathaus. Aber schmeckt auch im Urlaub. Hab noch frei bis Heiligdreikönig. Bist du denn gut nach Hause gekommen?«

»Natürlich, ist doch nur ein kurzer Fußweg. Und selbst?«

»Auch gut. Bin dann doch nicht mit Melanie, sondern mit meinem Auto gefahren. Ich hatte mich beim Trinken ja ziemlich zurückgehalten.«

Simon schaute hoch zur Rathausuhr.

»Mmh, wo Simone nur bleibt? Wir waren eigentlich verabredet. Unsere Tochter will aus dem Studentenheim in Würzburg in eine WG umziehen, und da gibt es so einiges zu besprechen, vor allem wegen der Finanzen.«

Er hatte seine Bratwurst samt Semmel verzehrt und wischte sich gerade den Mund mit einer Papierserviette ab, als Simone angelaufen kam.

»Hallo, Simon, entschuldige die Verspätung«, grüßte sie atemlos, »ach, Georg, hallo, du auch hier. Marein hat mich vorhin angerufen. Stellt euch vor: Der Rico ist tot!«

Sie ließ sich auf die Bank neben Georg fallen.

»Der Rico Wiedehold, genau. Bei uns war heut fei scho die Polizei deswegen«, ergriff Marga die Chance, sich endlich am Gespräch zu beteiligen.

»Das ist meine Schwester Marga, tut mir leid, hätte sie euch längst vorstellen sollen. Das sind Simon und Simone, wir kennen uns aus der Schulzeit«, sagte Georg, »ja, ich wurde direkt vom Frühstückstisch zur Zeugenvernehmung gebeten.«

»Und wann wolltest du mir das mit Rico erzählen?« Simon wirkte verärgert.

»Ich wollte nicht so mit der Tür ins Haus fallen. Aber das hätte ich wohl als Nächstes getan. Jetzt ist mir Simone zuvorgekommen.«

Ehrlicherweise musste sich Georg eingestehen, dass er die Nachricht von Ricos Ende bewusst zurückgehalten hatte. Man konnte es vielleicht professionelles Misstrauen nennen. Auch wenn er nicht mit den Ermittlungen befasst war, es interessierte ihn schon, welche Reaktion die Todesnachricht bei den anderen auslöste. Nun war es anders gelaufen.

»Was denkt denn die Polizei? Gehen die von einem Verbrechen aus?«, wollte Simon wissen.

»Sieht ganz danach aus.«

»Das hat Marein auch schon gesagt«, murmelte Simone, während Simon sich an Georg wandte: »Und wie kamen die auf dich?«

»Über den Fritz. Der hat erzählt, dass ich gestern Abend dabei war, und da man den Rico auf seinem Grundstück gefunden hat …«

»Stehst du etwa unter Verdacht?«, fragte Simone ungläubig.

»Nein, nein«, Georg schüttelte den Kopf, »der Kommissar Bohnsack wollte mich vor allem als Kollegen sprechen, weil er denkt, ein Polizist kann besser beobachten.«

»Ja und, was hast du beobachtet?«

Es war Angermüller nicht entgangen, dass Simone unter einer gewissen Anspannung stand. Er würde ganz gewiss nicht seine Wahrnehmungen des gestrigen Abends schildern oder etwas zur Auffindesituation oder der vermeintlichen Todesursache ausplaudern. Auch wenn er nicht Bohnsacks Freund war, so viel Berufsroutine steckte in ihm drin. Jeder konnte zu diesem Zeitpunkt ein Täter, eine Täterin sein.

»Wahrscheinlich nicht mehr als ihr, Simone. Schließlich war ich gestern Abend als Privatmann da. Aber sag mal, was anderes, Simone: Was meintest du eigentlich damit, dass du nicht verstehst, wenn Marein den Rico immer noch in Schutz nimmt?«

Diese Frage war ihr unangenehm, das spürte Angermüller deutlich. Sie machte ein unwilliges Gesicht und blieb stumm. Aber in ihr arbeitete es. Auch Simon schien über dieses Thema nicht erfreut.

»Fragst du das jetzt als Polizist, oder was? Ich meine, du bist hier doch gar nicht im Dienst.«

»Natürlich nicht. Interessiert mich einfach.«

»Ach lass, Simon, ist doch egal«, seufzte Simone plötzlich, »es wissen hier ja eh alle, dass der Rico hinter jeder her war, die nicht bei drei auf den Bäumen war. Ständig hatte er irgendwas am Laufen. Das ist das eine, was Marein immer geduldig wie ein Schaf ertragen hat. Inzwischen hat es aber anderen Ärger gegeben. Genaueres weiß ich nicht, aber frühere Mitarbeiterinnen aus seinem Büro haben ihn angezeigt, und jetzt laufen wohl mehrere Untersuchungen wegen sexueller Nötigung. Endlich, kann ich nur sagen!«

Simone hatte sich in Rage geredet.

»Jetzt ist es allerdings leider zu spät, Rico dafür zu verknacken.«

»Also, Simone, wirklich! De Mortuis und so weiter …«

Ihrem Exmann ging ihre offen gezeigte Abneigung gegen Rico scheinbar zu weit. Simone zuckte nur mit der Schulter.

»Und was war das mit diesen Vollmondpartys, die du gestern erwähnt hast?«

»Mensch, Georg, lass das doch, was soll das jetzt noch?« Verärgert schüttelte Simon seinen Kopf.

»Du hast doch gestern selbst gesagt, das müsste ich Simone fragen«, meinte Angermüller, verwundert über Simons heftige Reaktion.

»Aber was du alles fragst! Bist ja wirklich Bulle durch und durch.«

Simon bemühte sich, lustig zu klingen. Es gelang ihm aber nur wenig überzeugend.

»Ganz einfach, Georg«, erklärte Simone, ohne sich von ihrem Ex irritieren zu lassen, »der Rico war doch schon immer so ein ekelhafter Grabscher, und bei diesen Vollmondpartys hat er so richtig die Sau rausgelassen. Aber das schien damals ja irgendwie als normal zu gelten. Im Gegenteil, wenn du dich als Frau dagegen gewehrt hast, warst du eine Zimperliese, eine prüde Zicke. Inzwischen gibt's ein viel weiter entwickeltes Bewusstsein für dieses widerliche, übergriffige Verhalten, was ja oft nichts anderes als sexualisierte Gewalt ist. Auch wenn sich in der Hinsicht noch eine Menge ändern muss.«

»Da hast du recht«, stimmte Georg zu, »aber hör mal, wie geht's denn Marein?«

»Wie soll's ihr schon gehen? Die ist völlig fertig. Nicht dass sie jetzt in Tränen aufgelöst war, aber irgendwie total durcheinander. Ich meine, so was aus heiterem Himmel! Mit Mitte 40 Witwe, von einer Sekunde auf die andere. Mensch, die haben drei Kinder!«

Simon trat von einem Fuß auf den anderen und sah wieder zur Rathausuhr. Für Angermüller wirkte er ziemlich nervös. Hatte Simon ein Problem mit Ricos Tod oder diesen Vollmondpartys vor über 20 Jahren?

»Jetzt lass uns mal gehen, Simone. Leonie wartet sicher schon auf uns.«

»Okay, du hast recht. Oh Mann, was für ein Ende unseres Abends gestern …«, Simone erhob sich, »dann mach's gut, Georg – oder sehen wir uns noch mal?«

»Ich glaub eher nicht. Morgen fahr ich zurück, und dann müsst ihr schon in den Norden kommen, wenn wir uns sehen wollen«, lächelte Georg, »ach, und nicht erstaunt sein, wenn die Kripo sich bei euch meldet. Das hab nicht ich veranlasst. Das ist reine Routine, Simon.«

Angermüller zwinkerte ihm zu, der Angesprochene schnitt eine Grimasse.

»Hallo, Herr Kommissar! Auch Fan der echten Coburger Bratwurst?«, meldete sich da jemand neben ihnen. Der bläulich rote Steppanorak leuchtete fröhlich in der Sonne.

»Hallo, Frau Dr. Knochenhauer, genau, das ist ein absolutes Muss, wenn ich schon mal in der alten Heimat bin.«

»Darf bei mir auch nicht fehlen, wenn ich nach Coburg komme. Die Jungs vom Bestattungsunternehmen sind eh nicht so schnell. Bis die im Institut eintreffen, bin ich längst da. Also gönn ich mir hier eine kleine, leckere Pause.«

»Das ist die Frau Dr. Knochenhauer von der Rechtsmedizin in Erlangen«, erklärte Georg, als er die fragenden Blicke der anderen sah, »wir sind uns vorhin beim *Greiner* begegnet.«

Er stand von der Bank auf und bot der Rechtsmedizinerin seinen Platz an.

»Tschüss dann, ihr beiden, bis zum nächsten Klassentreffen oder ihr kommt wirklich mal nach Lübeck. Ich würde mich freuen«, verabschiedete er sich etwas plötzlich von Simon und Simone, die Edelgard Knochenhauer mit befremdeten Blicken streiften, und schickte gleich darauf auch Marga los, ihre Einkäufe zu machen. In einer Stunde wollte er sie in einem Café am Markt treffen.

»So.« Erleichtert, die anderen alle los zu sein, ließ er sich wieder auf der Bank neben der Rechtsmedizinerin nieder und nutzte diese unerwartete Gelegenheit.

»Können Sie schon was zur Todesursache sagen?«

Die Frau hatte gerade von ihrer Bratwurst abgebissen und sah ihn belustigt an, während sie genüsslich kaute. Ein Klecks Senf hing ihr im Mundwinkel.

»Sie können es auch nicht lassen, was? Ich dachte, Sie machen hier Urlaub.«

»Ist wahrscheinlich eine Berufskrankheit. Aber wenn man so nah am Geschehen ist, dann interessiert es einen halt. Ist doch irgendwie klar.«

»Versteh ich natürlich, ginge mir wahrscheinlich nicht anders.«

Angermüller deutete auf seinen Mundwinkel, um ihr den Senfklecks zu signalisieren. Sie nickte lachend und wischte ihn mit der Serviette ab.

»Nach einer Bratwurst ist der Senf immer überall.«

Georg fand die Rechtsmedizinerin richtig sympathisch. Sie wirkte echt und unverstellt und schien Humor zu haben.

»Sie als Profi wissen natürlich, dass ich mich vor der Obduktion auf nicht viel festlegen mag. Ich nehme an, der Mann ist auf der Treppe gestürzt, was nicht tödlich war. Anschließend war er, wenn nicht ohnmächtig, so zumindest benommen und wurde zu der Stelle bewegt, wo wir ihn gefunden haben. Vielleicht versuchte er zu kriechen, wurde dann aber geschleift. Spuren an seiner Kleidung lassen das vermuten.«

»Der Treppensturz ist auf jeden Fall plausibel, denn er hatte reichlich Bier und Schnaps intus. Vielleicht war es glatt vom Schnee auf den Stufen.«

»Möglich. Und dann hat ihm jemand mit so einem Pflasterstein auf den Kopf gehauen. Mehrmals, bis es tödlich war. So weit meine Hypothese.«

»Und was sagen Sie zum Todeszeitpunkt?«

»Gar nix. Ich brauch erst noch eine Bratwurst. Auf einem Bein kann man nicht stehen.«

»Wenn ich Sie damit bestechen kann, hol ich Ihnen gern eine oder zwei«, bot Angermüller sogleich an.

»Danke, so muss das sein. Ich bin natürlich korrupt. Aber eine reicht, und nehmen Sie meine Semmel mit. Ich brauch keine neue.«

Nachdem Georg ihrer beider Semmeln mit einer frischen Bratwurst hatte füllen lassen, nannte Dr. Knochenhauer zwischen Mitternacht und drei Uhr als wahrscheinlichen Todeszeitpunkt.

»Und was machen Sie jetzt mit Ihrem Wissen? Diskutieren Sie Ihre Theorien zu dem Fall mit dem Bohnsack?«

»Eher nicht. Zum einen fahr ich morgen zurück nach Lübeck, zum anderen spielt der Bohnsack lieber allein.«

Die Rechtsmedizinerin lachte.

»Das haben Sie aber nett ausgedrückt. Ist mir auch schon aufgefallen. Der will immer solo mit seinen tollen Ermittlungserfolgen glänzen. Mir tut nur sein Kollegenteam leid. Merkwürdige Auffassung von Teamarbeit.«

Sie plauderten noch ein Weilchen, die Rechtsmedizinerin kam auf Steffen zu sprechen, und Angermüller verriet ihr, dass er mit ihrem Berufskollegen sogar sehr gut befreundet war.

»Wir haben beide so eine Leidenschaft für gutes Essen und vor allem fürs Kochen – das hat uns zusammengebracht.«

»Stimmt! Mit dem Schmidt-Elm kann man sich ganz wunderbar über diese Themen austauschen. Bei mir bleibt das leider nur Theorie. Ich kann nicht kochen, ich esse nur gern.«

»Das ist doch auch nicht das Schlechteste.«

Frau Knochenhauer förderte ein Kärtchen aus den Tiefen ihrer Anoraktasche.

»Ich geb Ihnen mal meine Karte. Falls es Sie nach Erlangen verschlägt und Sie einen Restauranttipp brauchen.«

»Vielen Dank, man kann ja nie wissen.«

»Na gut, ich muss dann wohl aufbrechen. War nett, Sie kennenzulernen, Herr Angermüller.«

»Ganz meinerseits.«

»Und vergessen Sie auf keinen Fall, dem Schmidt-Elm meine allerherzlichsten Grüße auszurichten.«

Während sich die Rechtsmedizinerin auf den Weg zu ihrem Wagen in Richtung *Ehrenburg* aufmachte, lenkte Angermüller seine Schritte in die *Rosengasse*. Wie stets bei einem Aufenthalt in der alten Heimat gehörte ein Besuch beim herzoglichen Hoflieferanten für Lebkuchen und feines Gebäck zum Pflichtprogramm. Vor allem seinen Töchtern hatten es die mit dunkler Schokolade umhüllten *Goldschmätzchen* angetan, während Steffen und David die buttrigen Ingwertaler und Mandelplätzchen bevorzugten. Auch sein Kollege Jansen genoss die gern mal zum Kaffee.

Die Metzgerei in der Innenstadt, bei der er sonst die echten Bratwürste, auf dem Rost gebraten und eingeschweißt, gekauft hatte, existierte nicht mehr. Auch in Coburg hatten viele der alteingesessenen Geschäfte aufgegeben und sich an ihrer Stelle die unvermeidlichen, überall gleichen Läden überregionaler Ketten angesiedelt. Dann musste er halt auf dem Rückweg beim Metzger in Rödental Halt machen. Der hatte auch gute Ware. Leider konnte er als Bahnreisender ja ohnehin nicht allzu viel mitnehmen. Sonst hätte er sich gerne in den Gewölben der historischen Weinhandlung im ehemaligen herzoglichen *Zeughaus* einige Frankenweine ausgesucht.

Die Stunde war um, als Georg im Café ankam, aber Marga war noch nicht von ihrer Einkaufstour zurück. Er bestellte sich einen Milchkaffee und schaute entspannt auf die wenigen Passanten, die den Marktplatz überquerten. Wie von selbst begannen seine Gedanken um den Mord an Rico zu kreisen. Er wäre schon gern bei den Vernehmungen der Coburger Kripo dabei gewesen und hätte die Reaktionen der Zeugen erlebt, aber das war natürlich völlig unrealistisch, vor allem, solange Bohnsack die Leitung hatte.

Vielleicht sollte er Marein einen kurzen Besuch abstatten, um ihr sein Beileid auszudrücken? Schließlich fühlte er sich schon betroffen vom plötzlichen gewaltsamen Tod des ehemaligen Klassenkameraden, so kurz, nachdem sie sich begegnet waren. Und konnte ja sein, dass er nebenbei etwas Interessantes in Erfahrung brachte. Er googelte auf seinem Handy nach der Adresse.

»Entschuldige die Verspätung, Georg, ich hab mich verplaudert. Die Bedienung in dem Kleiderladen ist eine frühere Kollegin von mir und hat mich ganz super beraten.«

»Das sieht man«, lachte Georg, als er die prall gefüllten Tragetaschen in den Händen seiner Schwester sah.

»Ach, ich komm so selten in die Stadt und da hab ich heut mal richtig zugeschlagen. Und die Salbe aus der *Hofapotheke* für die Mamma hab ich auch besorgt.«

»Na prima. Marga, ich müsst noch was erledigen. Willst du hier auf mich warten und einen Kaffee trinken?«

Allein im Café sitzen, nein, das wollte seine Schwester nicht, das hatte er sich schon gedacht.

»Na gut. Aber ich will der Frau von Rico kondolieren und du kennst die ja gar nicht. Da müsstest du im Auto warten. Ist dir das nicht zu kalt?«

»Geht scho. Ich kann ja auch e bissle spazieren gehen bei dem schönen Wetter.«

Das zweigeschossige Domizil der Wiedeholds lag in *Seidmannsdorf*, im Süden der Stadt, wo am Hang eine Vielzahl solcher stattlicher Einfamilienhäuser stand. Georg stellte den Wagen etwas entfernt von Ricos Adresse ab und verabredete mit Marga, sich in einer halben Stunde wieder hier einzufinden. Außer Marein und Rico standen noch drei männliche Vornamen unter dem auffälligen Schriftzug »Wiedehold« neben der Klingel.

»Ach, Georg, grüß dich.«

In einem locker fallenden langen Kleid öffnete ihm Marein die Tür. Die dunkelbraune Farbe betonte die Blässe ihres Teints, sie sah erschöpft aus.

»Grüß dich, Marein, ich wollte dir einfach nur persönlich mein herzliches Beileid wünschen.«

»Vielen Dank. Das ist sehr lieb von dir, Georg.«

Sie seufzte und wirkte ein wenig unschlüssig.

»Magst du vielleicht reinkommen?«

»Gerne, aber nur kurz. Ich bin mit meiner Schwester verabredet.«

Marein leitete ihn durch den Flur, der wie das ganze Erdgeschoss von bodentiefen Fenstern beherrscht wurde, zu einem großzügigen Wohnraum. Hier gab es als Sitzgelegenheiten eine Auswahl an Sesseln und zwei Sofas, bunt zusammengewürfelt, aber sehr geschmackvoll, einen riesigen Esstisch mit Platz bestimmt für zehn Personen, einen Kamin, ein paar wenige Bücherregale und einen überdimensionalen Flachbildfernseher. Die ganze Einrichtung sprach für einen gewissen Wohlstand. Der Blick fiel durch das viele Glas ungehindert auf die Terrasse und einen weitläufigen Garten, wo die strahlende Wintersonne erste Löcher in den Schnee gefressen hatte.

»Nimm doch bitte Platz«, lud Marein ihn ein, »kann ich dir etwas zum Trinken anbieten?«

»Nein, danke.«

Sie setzten sich einander gegenüber, jeder auf ein Sofa.

»Ja, sag einmal, wie geht es dir denn?«, fragte Georg mitfühlend.

Wieder seufzte Marein. Sie hob hilflos die Schultern.

»Ich weiß es nicht, noch nicht. Ich muss das erst richtig begreifen.«

»Das kann ich verstehen. Wie und wann hast du es erfahren?«

»Die Polizei klingelte heute Morgen bei uns.«

Mareins Augen wanderten umher, als suchten sie einen Halt, von den Teppichen zum Kamin, vom Kamin zum Fernseher, nach draußen in den Garten und wieder zum Teppich. Man hörte jemanden die Treppe herunterspringen, offensichtlich mehrere Stufen zugleich nehmend. Im nächsten Moment stand ein vielleicht 13-,

14-jähriger Junge im Raum, der neugierig zu Angermüller schaute.

»Mamma?«

»Komm doch mal her zu mir«, verlangte Marein, und
zu Georg gewandt, »das ist der Vinzenz, unser Jüngster.
Und das ist der Georg, ein Schulfreund von uns.«

»Hallo, Vinzenz.«

»Hallo.«

Marein legte einen Arm um ihren Sohn, der sich neben
sie auf die Sofalehne gesetzt hatte, und drückte ihn an
sich.

»Was wolltest du denn, Vinzenz?«

»Kann ich rüber zu Markus? Der hat gerade gefragt.«

»Ja, klar, mach nur. Und nimm dein Handy mit, damit
ich dich erreichen kann.«

»Mach ich, Mamma«, der schlaksige Teenager erhob
sich, sagte Tschüss in Richtung Angermüller und verschwand.

»Ist doch richtig, dass er zu seinem Freund geht, oder?
Ach, Georg, ich weiß überhaupt nicht mehr, was richtig
und was falsch ist.«

»Natürlich kann der Junge zu seinem Freund. Das tut
ihm bestimmt gut. Der muss mit dem Verlust ja umgehen
lernen«, beruhigte Angermüller die verunsicherte Frau.

»Was ich fragen wollte«, setzte er das unterbrochene
Gespräch fort, »bevor die Polizei bei dir war, hattest du
gar nicht bemerkt, dass Rico nicht nach Hause gekommen war?«

Sie schaute ihn erstaunt an.

»Wir haben getrennte Schlafzimmer, weißt du.«

Es klang fast entschuldigend.

»Natürlich hab ich mir Sorgen gemacht, vor allem weil

Rico gestern ziemlich viel getrunken hat. Aber er hat öfter mal woanders übernachtet.«

Als sie Angermüllers aufmerksamen Blick bemerkte, fügte sie schnell hinzu:

»Wir haben doch ein Büro in der Stadt. Und manchmal, wenn es spät wird, spät wurde«, verbesserte sie sich, »oder er zu viel Alkohol getrunken hatte, dann ...«

»Ich verstehe«, nickte Georg. Mit sichtbar großer Anstrengung versuchte Marein, die Fassung zu bewahren. Sie war ziemlich durcheinander, das merkte man ihr an, aber sie hatte bisher keine Träne vergossen.

»Wie hast du eigentlich von Rico ... also davon erfahren, Georg?«

»Die Kollegen von der Coburger Kripo haben mich heute Morgen für eine Zeugenvernehmung zum *Greiner* geholt. Der Fritz hatte denen alle genannt, die gestern Abend bei unserem Treffen dabei waren.«

»Sag mal, wo du auch Polizist bist: Haben die dir denn irgendwas gesagt?«

»Was meinst du?«

»Na ja, was genau passiert ist und ob es einen Verdacht gibt, wer Rico das angetan haben könnte?«

Georg verneinte.

»Auch wenn ich ein Kollege bin, ich komm ja aus einem anderen Bundesland, ich habe hier überhaupt keine Befugnis. Wie ihr alle bin ich nur ein Zeuge und bekomme darüber hinaus auch keine Informationen.«

Dass er schon einige ermittlungstechnische Erkenntnisse hatte sammeln können, behielt er für sich. Wozu hätte das auch gut sein sollen, die gerade zur Witwe gewordene Frau mit den teils grausamen Details zu belasten?

»Ich wünsche dir jedenfalls viel Stärke, um mit deinem

Verlust fertig zu werden, Marein. Hast du denn Freunde oder Familie, die sich um dich kümmern können?«

»Ich danke dir. Es gibt unsere Söhne, meine Eltern, Freunde und Nachbarn. Zum Glück bin ich nicht allein.«

Ein zaghaftes Lächeln erhellte kurz ihre Züge.

»Das ist gut zu wissen. Und zögere nicht, die Hilfe anzunehmen, wenn du sie brauchst. Aus Erfahrung weiß ich, die Leute helfen wirklich gern.«

Ein lauter Westminstergong hallte durchs Haus. Marein sprang auf.

»Vielleicht ist das meine Mutter. Die wollte vorbeikommen.«

Als Georg gleich darauf Wortfetzen aufschnappte wie »DNA-Abgleich«, »zur Sicherheit«, »Ausschluss«, schwante ihm nichts Gutes. Schnell stand er vom Sofa auf und ging in Richtung Flur, wo er prompt Bohnsack in die Arme lief.

»Na sag emal, Angermüller, was machst du denn hier?«

»Ich hab der Frau Wiedehold kondoliert, wenn's recht ist. Und ich wollte eh grad gehen.«

»Ach nee, ich dachte, ihr seid gar keine …«

Georg warf dem Coburger Kommissar, der direkt neben Marein stand, einen warnenden Blick zu. Der behielt den Rest seines Satzes für sich.

»Alsdann, Marein, ich wünsche dir noch mal viel Kraft für diese schwere Zeit. Mach's gut.«

»Ich danke dir, Georg. Schön, dass du hier warst. Unser Gespräch hat mir gutgetan.«

»Ade, Angermüller, gute Heimreise«, polterte Bohnsack, »wir sehen uns ja nimmer, denke ich.«

Damit drängte er sich an ihm vorbei ins Wohnzimmer. Sabine Zapf, die sich die ganze Zeit im Hintergrund gehalten hatte, nickte Georg zu, verhalten grinsend.

KAPITEL VIII

Hier im Viertel hatten die Straßen so lustige Namen wie *Am Heck*, *Im Beiboot* oder *Fallreep*. Das Haus der Familie Sidelius, gebaut um das Jahr 1900, war eine schlichte, aber geräumige Villa, typisch für den Stil der damaligen Zeit, und stand im *Achterdeck*. Es war schon dunkel, als Mila und Bonnie die Stufen zum Eingang nahmen und klingelten. Ein lebhafter Wind brachte die Leuchte in Form einer Schiffslaterne über der Tür zum Schwingen. Das Licht, das sie warf, war eher schwach.

Eine laute Stimme und Schritte waren zu hören, dann öffnete Tante Ingeborg die Tür. Ihre Wangen waren gerötet und die weiße Schürze trug deutliche Kochspuren. Kurz spähte sie in die kaum erhellte Dunkelheit, dann erkannte sie die Besucherinnen.

»Kommt rein, Deerns, kommt rein. Schön, dass ihr da seid«, empfing sie die beiden Frauen und strahlte über das ganze Gesicht, »das ist ja vielleicht kalt geworden heute! Very cold, isn't it, Bonnie?«

»It is«, nickte die, schüttelte sich und schlüpfte schnell ins Haus.

»Wie war denn die Fahrt, Mila?«

»Nicht so anstrengend, wie ich befürchtet hatte. Der Verkehr hielt sich in Grenzen, und seit dem Harz lag auch kein Schnee mehr.«

Im Flur stieg Mila sogleich der würzige Geruch von deftigem Eintopf in die Nase.

»Mmh, das riecht ja lecker.«

»Und wie das erst schmeckt! Dann geht euch mal frisch machen, Mädels. Ich sag Bescheid, wenn wir essen können.«

Tante Ingeborg, die große Schwester von Charlys verstorbener Mutter, war Ende 70. Ihr Alter war ihr nicht anzumerken. Sie war eine Person voller Energie, immer nur im Laufschritt unterwegs und sehr gesprächig. Das war ihr offenbar bewusst.

»Stopp, Ingeborg, jetzt hol erst mal Luft und hör auf zu schnacken«, rief sie sich des Öfteren zur Ordnung und ließ anschließend ein lautes Lachen hören.

Auf ihren Neffen Charly hielt sie große Stücke. Als die renovierungsbedürftige Familienvilla zwangsversteigert werden sollte, weil sich Ingeborg nach dem Tod ihres Mannes in einer finanziellen Notlage befand, war es eine Selbstverständlichkeit für Charly, das Haus zu erwerben, die Gläubiger auszuzahlen und die Villa instand zu setzen. Außerdem gewährte er seiner Tante lebenslanges Wohnrecht.

Eine halbe Stunde später rief Ingeborg zum Abendessen, und bald saßen alle in einer großen Runde um den ovalen Tisch im Esszimmer. Mit dabei auch Jasper, Charlys Cousin, der nach dem Tod seines Vaters in sein Elternhaus zurückgezogen war. Seine Freundin und er hatten sich gerade getrennt, und da Patrick, der gemeinsame Sohn, jede zweite Woche bei Jasper verbrachte, war vor allem in den ersten Jahren Tante Ingeborg als betreuende Oma sehr willkommen. Und jetzt war Christopher hocherfreut, in Patrick einen etwa gleichaltrigen Gefährten gefunden zu haben.

In einer Ecke stand der geschmückte Weihnachtsbaum,

die Kerzen brannten, es war angenehm warm und behaglich, ein lebhaftes Stimmengewirr erfüllte den Raum. Auch Jaspers Schwester Annika saß mit ihrem Mann Thierry an der Tafel. Die beiden lebten in Paris, wo sie für ein internationales Technologieunternehmen arbeiteten, waren zu Weihnachten angereist und blieben bis Neujahr.

»Ingeborg, das schmeckt einfach merveilleux«, schwärmte Thierry, »vielen Dank!«

»Wirklich? Na, da hab ich ja Glück gehabt, mein lieber Schwiegersohn. Ich dachte, so ein französischer Gourmet wie du mag nur so'n ganz feinen Kram und keinen norddeutschen Steckrübeneintopf mit Schweinebacke«, lachte Ingeborg.

Es schien allen zu schmecken. Bonnie nahm schon eine zweite Portion, auch Mila mochte das Gericht aus mildnussigen Steckrüben und herzhaftem Räucherfleisch, das besonders an einem kalten Tag wie diesem Leib und Seele wärmte.

Ja, es war ein kalter Tag, aber ihr war ganz warm ums Herz. Die freundliche, offene Atmosphäre um sie herum, die Menschen, die sie einfach so in ihre Gemeinschaft aufgenommen hatten, Tante Ingeborgs herzliche Art – sie hatte sich sofort bei Charlys Verwandtschaft zu Hause gefühlt.

Von Mutter und Vater kannte Mila so einen vorbehaltlosen Umgang mit anderen nicht. Streng war jedermann begutachtet worden, der nicht dem Kreis ihrer Gemeinde zugehörig war. Sie fragte sich, ob sie sich nur nicht erinnern konnte oder ob es tatsächlich nie ein so fröhliches Beisammensein mit ihren Eltern gegeben hatte.

Anekdoten aus der Kindheit von Charly, seiner Cousine und seinem Cousin wurden erzählt, Erinnerungen an Charlys Mutter und Ingeborgs Mann geteilt, mal war man nachdenklich, mal wurde gelacht – die Zeit verging unbemerkt.

»Oh, là, là, das ist ja schon so spät. Sollen wir zum Dessert kommen, oder habt ihr darauf keinen Appetit mehr?«, wollte Thierry wissen.

»Dessert, Dessert!«, riefen Christopher und Patrick und klopften mit ihren Löffeln auf den Tisch, und Jasper meinte:

»Süßes geht doch immer.«

Thierry verschwand in der Küche und brachte eine Auflaufform und eine Schüssel Sahne herein. Ein sanfter Duft nach Butter und Vanille breitete sich aus.

»Voilà, ein *Clafoutis*, eine Spezialität aus meiner Heimat«, erklärte Thierry.

»Und die einzige Speise, die mein Mann höchstpersönlich zubereitet. Die Sahne durfte ich dann wieder schlagen.«

Annika schnitt eine Grimasse.

»Und was ist das?«

Interessiert schaute Charly auf den mit Puderzucker bestäubten goldbraunen Inhalt der Glasform.

»Also, eigentlich wird das bei uns vor allem im Sommer gemacht, wenn es im *Limousin*, wo ich herkomme, frische Kirschen gibt. Es ist so ein Zwischendings von Kuchen und Auflauf und Ingeborg hatte sogar noch selbst geerntete Kirschen im Tiefkühler. Aber man kann es mit fast jedem Obst zubereiten. Am besten schmeckt der *Clafoutis* lauwarm. Die Schlagsahne dazu ist Annikas Idee.«

»Und es ist supereasy zuzubereiten, entspricht genau dem Kochtalent meines Mannes.«

»Bon appétit à tout le monde«, wünschte Thierry, souverän den Spott seiner Frau ignorierend.

Bald waren nur noch das Geräusch der Löffel auf den Dessertschälchen und zufriedene Wohllaute zu hören. Der Teig über den Früchten war leicht und luftig, und sein weicher Geschmack kontrastierte angenehm zum süß-säuerlichen Aroma der Kirschen.

»Das Rezept würde ich sehr gern haben«, bat Mila, die über diverse Variationsmöglichkeiten des Gerichts nachdachte, »wenn du es mir verrätst, Thierry.«

»Aber klar, das bekommst du.«

Als der Nachtisch verspeist war, machte sich bei manchen eine leichte Ermüdung bemerkbar, Thierry gähnte verstohlen.

»Wir sollten dann mal aufbrechen, wir müssen ja noch zu unserem Hotel laufen, Chérie«, erinnerte er seine Frau.

»Thierry, wir brauchen nur fünf Minuten bis dahin.«

»Aber morgen früh wollten wir doch auch noch einkaufen gehen.«

»Mein Mann, die Stimme der Vernunft«, seufzte Annika und stand auf.

Mila verspürte trotz des anstrengenden Tages kaum Müdigkeit. Sie half den Tisch abräumen und verzog sich dann unauffällig auf die Terrasse. Die Büsche wiegten sich im Wind, das aufgeregte Rauschen des Meeres drang bis hierher. Rasch zündete sie sich eine Zigarette an und zog ihre schnell übergeworfene Strickjacke fester. Sie sollte sich endlich das Rauchen abgewöhnen, dachte sie zum xten Mal. Gemütlich war es hier draußen wirklich nicht. In ihrer Kindheit hatte sie westsibirischen Wintern trotzen müssen, da herrschten zuweilen minus 30 Grad. Doch vor allem die Jahre in Hongkong hatten sie der Kälte entwöhnt. Selten einmal fielen dort die Temperaturen im Winter unter 14 Grad plus.

Ihr Blick wanderte zum Himmel, wo Wolkenfetzen den Mond immer wieder verbargen, der von seinem vollen Rund erst eine kleine Ecke eingebüßt hatte. Immer noch war da ein gewisses Unbehagen bei seinem Anblick, doch die Erlebnisse der Nacht zuvor waren am Verblassen. Dabei hatte sie Charly doch so viel erzählen wollen, endlich erzählen wollen! Aber sollte sie sich die gelöste Stimmung wirklich verderben? Gerade jetzt wollte sie nicht einmal daran denken, erst recht nicht darüber reden. Energisch löschte sie ihre Zigarette, kehrte dem Mond den Rücken und ging zurück in die Wärme.

»Mensch, Mamma, wie hab ich deinen Mandelkuchen vermisst. Der schmeckt einfach himmlisch!«

»Den gibt's doch bei uns immer zu Weihnachten. Musste halt nächstes Jahr wieder herkommen.«

Früher hatte die Oma stets im November mit der Weihnachtsbäckerei begonnen. Stollen, Lebkuchen, Plätzchen und eben den Mandelkuchen stellte sie her. Dieses Gebäck war schon damals Georgs Favorit, ein schwerer Teig mit reichlich gehackten Mandeln und Butter, gebacken in einer Bratrohrreine. Noch warm wurde der Kuchen mit flüssiger Butter eingestrichen und mit Puderzucker bestäubt. Der Zutritt in die kleine Kammer, in der die weihnachtlichen Spezialitäten gelagert wurden, war strikt verboten. Georg erinnerte sich noch genau an die köstliche Duftmischung aus Butter, Vanille, Mandeln und weihnachtlichen Gewürzen, die einem jedes Mal in die Nase stieg, wenn die Oma die Tür öffnete, um weitere ihrer Köstlichkeiten unterzubringen.

Seine Mutter hatte die Tradition fortgesetzt, und nun konnte er nach Jahren mal wieder dem geliebten Genuss aus der Kindheit frönen. Der Mandelkuchen hielt sich lange feucht und frisch, hatte fast etwas von Marzipan, und schmeckte, je länger gelagert, umso besser. Als Marga und Georg aus der Stadt zurückkamen, war der Kaffeetisch in der Küche schon gedeckt.

»Wie war des denn bei der Frau von dem Rico Wiedehold? Wie geht'sn der?«, erkundigte sich seine Mutter. Schließlich bekam sie sonst nie Informationen aus erster Hand, wenn sich in der Gegend ein Kriminalfall ereignete. Selbstverständlich hatte Angermüllers Schwester daheim gleich erzählt, dass er Marein aufgesucht hatte.

»Natürlich geht's ihr nicht so gut. Marein muss das erst richtig begreifen, glaub ich. Aber sie scheint gut aufgehoben in ihrer Familie und außerdem viele Freunde zu haben, sodass sie wenigstens nicht allein in dieser schwierigen Situation ist.«

»Und was glaubst du, wer des gemacht hat?«

»Tut mir leid, Mamma, darüber kann ich gar nichts sagen. Ich bin ja nur ein Zeuge wie alle andern und weiß auch nicht mehr.«

»Nä, des is ja wirklich verrückt, was da wieder passiert is. Ausgerechnet jetzt, wo du da bist, und dann a noch bei uns im Dorf!«

»Ja, echt ein dummer Zufall«, bestätigte Georg, »ich bin ganz froh, nicht zuständig zu sein. Schließlich bin ich im Urlaub.«

»Des glaub ich«, versicherte die Mutter und schüttelte ratlos den Kopf.

»Magst du noch e Stückle?«, fragte sie plötzlich übergangslos und deutete auf den Mandelkuchen.

»Danke, Mamma, zwei müssen reichen. Ist ja bald Abendbrotzeit.«

Die Fragen um Ricos Ableben ließen in Wahrheit auch Georg nicht los. Immer wieder ließ er in seinem Kopf die Ereignisse des Vorabends Revue passieren, rätselte über ein mögliches Tatmotiv und ging verschiedene Szenarien durch. Sonderlich beliebt schien der Tote nicht gewesen zu sein, was natürlich noch kein Grund war, jemanden umzubringen. Vielleicht lag die Ursache ja in der Vergangenheit. Außerdem musste der Täter nicht zwangsläufig einer aus ihrer Klassenrunde sein. Wer wusste schon, wo der umtriebige Rico sich überall sonst Feinde gemacht hatte.

Na ja, morgen bin ich hier weg, bis Neujahr hab ich frei, und da hab ich eine Menge andere, schöne Dinge vor, sagte sich Georg. Und der geniale Kollege Bohnsack wird den Fall Rico Wiedehold sicher perfekt lösen. Ich bin in Lübeck erst im neuen Jahr wieder für Mord und Totschlag zuständig.

Es dauerte tatsächlich nicht lange bis zum Abendessen, auf das Georg erstaunlicherweise auch schon wieder Appetit hatte. Es gab *Eig'schnittene* zu den Resten vom Gänsebraten. *Eig'schnittene* hießen hier die übrig gebliebenen, in Scheiben geschnittenen Klöße, die in Butter gebraten wurden. Auf dem Tisch stand auch ein kräftiges Bauernbrot – mit dem frischen Schmalz der Weihnachtsgans und Kuhkäs vom Wochenmarkt, einem traditionell hergestellten Sauermilchkäse, ein Hochgenuss. Dazu passten die von seiner Mutter selbst eingelegten Senfgurken und der Kürbis. Zu den altbekannten deftigen Spezialitäten trank Georg ein kühles Bier – und das Abendbrot war perfekt.

Für ein paar Tage war diese Völlerei ja in Ordnung, aber er ahnte schon, dass sie sich leider auch auf der Waage bemerkbar machen würde. Er müsste zu Hause anfangen, sehr diszipliniert zu leben, nahm er sich zumindest jetzt vor.

»Mamma, ich wollt nachher zum Sturms Hof. Ist das in Ordnung für dich?«

»Klar, mach des ruhig. Ich räum die Küchn auf und setz mich dann mit der Marga vors Fernsehen. Aber bestimmt muss ich bald in mei Bett. Ich bin heut ganz schön müd.«

»Wir können doch alle zusammen abdecken und die Küche aufräumen, dann kommst du schneller aufs Sofa«, schlug Georg vor.

»Des fehlt mer noch!«

Sie halfen trotzdem mit, was die Mutter nach anfänglichem Protest zuließ. Schnell war alles erledigt, und Georg machte sich auf den Weg zu seinen Freunden. Seit dem Mittag war kein Schnee mehr gefallen. Es herrschte trockene, klirrende Kälte. Er schritt weit aus und freute sich, als er hinter der Ecke die Lichter des Biobauernhofs auftauchen sah. Wie immer war die Vordertür nicht abgeschlossen, und er ging gleich durch zur Küche.

»Guten Abend zusammen!«

Georg rieb sich die klammen Finger. Die Wärme tat richtig gut.

»Der Schorsch! Guten Abend, das is ja schön, dass du noch mal vorbeischaust«, freute sich Johannes, der mit Rosi an dem großen Holztisch saß.

»Ehrensache, bevor ich morgen heimfahre. Und ihr beide so allein? Wo sind eure Kinder und die ganzen Praktikanten?«

»Das junge Gemüse wollte heute in die Stadt, mal was erleben«, Rosi lachte, »soweit das in Coburg möglich ist. Ich glaube, sie wollten ins Kino.«

»Hock dich her, Schorsch, was magst du trinken?«

Ein fränkischer Spätburgunder, im Barrique gereift, mit ausgewogenen Tanninen und leichter Vanillenote passte an diesem Winterabend ausgezeichnet. Zu dritt stießen sie an. Bald landeten ihre Gespräche bei den Vorgängen der gestrigen Nacht.

»Der Wiedehold war ja in deiner Klasse. Ihr habt euch doch gestern Abend beim *Greiner* getroffen – und anschließend ist das passiert. Hast du als Profi denn davon was mitgekriegt?«, fragte Johannes.

Georg staunte.

»Woher weißt du das alles?«

»Na ja, du kannst dir vielleicht vorstellen, wie sich die Nachrichten hier im Dorf verbreitet haben – in Lichtgeschwindigkeit!«

»Mir ist vor allem aufgefallen, dass der Rico allgemein ja nicht besonders beliebt zu sein schien. Außer Michi, der schon immer mit Rico sehr eng war, würde ich niemanden aus der Runde als seinen Freund bezeichnen. Ihr kennt doch Michi, den Apotheker?«

Rosi und Johannes nickten.

»Allerdings. Der ist sein bester Kunde. Ich glaube, der schluckt, was ihm in die Finger kommt, zum Wachwerden, zum Schlafen, zum Träumen, wahrscheinlich auch für den Sex, und spült alles mit Alkohol runter«, merkte Johannes an, »ist im Grunde ein armes Schwein.«

»Da hast du wohl recht. Der hat sich auch gestern voll die Kante gegeben«, stimmte Georg zu, »der Rico hatte sich jedenfalls überhaupt nicht verändert. Dem schien völlig wurscht, was die Leute über ihn denken, genau wie früher. Und gestern schien er unbedingt beweisen zu wollen, was für ein uneinsichtiger Macho er nach wie vor ist. Hat alle Frauen blöde angemacht, die Kellnerin angegrapscht und sexistische Sprüche losgelassen. Vor allem Simone war stinksauer.«

»Das kann ich aber verstehen«, bekräftigte Rosi, »Rico war ja zwei Klassen über meiner, und von uns Mädels wollte keine was mit dem zu tun haben. Wir fanden seine übergriffige Art einfach nur ekelhaft.«

»Die haben sich gestern um diese Mondscheinpartys gestritten, die Rico, Michi und noch ein paar andere früher öfter veranstaltet haben. Ich weiß da nix drüber, wurde nie zu einer eingeladen. Hast du eine Ahnung, wie das ablief, Rosi?«

»Ich war auch nie dabei, zum Glück. Ich weiß nur noch, dass die Nelly, so eine begehrte Schönheit aus meiner Klasse, mal mitgemacht hat und hinterher kein Wort darüber erzählen wollte. Es gab reichlich Gerüchte um Alkohol und Drogen bis zu K.-o.-Tropfen. Wer weiß, was die mit den Mädels angestellt haben. Aber wie gesagt, Gerüchte. Auf Nelly jedenfalls schien die Erfahrung fast traumatisierend gewirkt zu haben.«

»Aber der Rico muss ja ein ziemlich erfolgreicher Geschäftsmann gewesen sein, was er so erzählt hat. Ich hab Marein heute kurz besucht, um zu kondolieren. Das Haus, in dem sie mit Rico und den Kindern wohnt oder gewohnt hat, ist nicht grad eine bescheidene Hütte …«

»Halt, halt, halt«, stoppte Johannes seinen Freund, »der Rico war vor allem ein großer Angeber. Und viele seiner Geschäfte waren nicht ganz sauber, was man so hört, oder er hat sie in den Sand gesetzt. Und weil du nach seinen

Freunden gefragt hast: Der auch dir bekannte Anwalt und Strippenzieher Ottmar Fink schien ziemlich eng mit ihm zu sein, was einiges über die Art von Ricos Geschäften aussagt. Vielleicht wollte sich ja einer, den Rico mal über den Tisch gezogen hat, an ihm rächen und hat ihn abgemurkst. Außerdem soll er vor Kontakten ins Milieu nicht zurückgeschreckt sein, wenn er sich einen Vorteil davon versprach, also …«

»Na, solche Erzählungen müsste man erst einmal verifizieren, würde ich sagen. Aber das ist nicht meine Aufgabe. Ich bin hier zum Glück nur auf Heimaturlaub.«

»Was das luxuriöse Haus von Rico und Marein betrifft«, mischte sich Rosi ein, »das haben Mareins Eltern finanziert, du weißt schon, die sind beide Hautärzte mit einer oberschicken Praxis. Die waren anfangs ja gegen die Verbindung der beiden, denn wo Marein das Medizinstudium nicht gepackt hatte, sollte es für ihre Tochter wenigstens ein Mann mit Doktortitel sein. Wenn schon kein Arzt, dann hätte es wohl auch ein Jurist getan.«

Rosi verdrehte die Augen.

»Und wieso haben sie Rico letztlich doch akzeptiert?«

»Na ja, akzeptiert … Es geht eher um die drei Söhne, die er mit Marein gemacht hat. Nach dem zweiten haben ihre Eltern wohl gesagt, ihre Enkel müssten in einer angemessenen Umgebung aufwachsen, und haben dieses Haus für Marein gekauft.«

»Woher weißt du das alles, Rosi?«

»Beim Sport, im Café, in meinem Chor, was weiß ich – es wird doch hier überall getratscht. Die Coburger Flüsterpresse läuft wie geschmiert«, erwiderte Rosi achselzuckend, »ich mag das eigentlich gar nicht, aber du kommst nicht dran vorbei. Und hier im Dorf ist es ja noch viel krasser.«

»Da hast du recht«, pflichtete ihr Georg bei und musste sofort an den gewaltsamen Tod von Rosis Vater vor ein paar Jahren denken und die Vielzahl von Gerüchten, die von allen möglichen Leuten in die Welt gesetzt worden waren.

»Es ist übrigens allgemein bekannt, dass die Ehe der beiden ziemlich am Ende war. Marein glaubte trotzdem immer noch, irgendwas retten zu können, obwohl Rico es total wild getrieben hat. Ich an ihrer Stelle hätte den längst rausgeschmissen«, Rosi war jetzt richtig aufgebracht, »aber Marein hat dieses Arschloch wohl wirklich geliebt.«

»Mensch, Rosi, so kenn ich dich ja gar nicht«, stellte Georg fest. Die Freundin war ihm bisher immer so sanftmütig und geduldig erschienen.

Rosi lachte.

»Ich wollte dich nicht erschrecken, lieber Schorsch. Aber es gibt Themen, da raste ich einfach aus.«

»Was ich bestätigen kann«, grinste Johannes, »ich hab's auch nicht leicht.«

Rosi stieß ihren Mann in die Seite, aber lachte dabei.

Sie diskutierten noch eine Weile die Arbeit der Coburger Polizei. Als Georg seinen Kollegen Bohnsack erwähnte, erinnerte sich Johannes sofort.

»Der hat sich doch dir gegenüber schon damals so merkwürdig verhalten, der Typ, als das mit Rosis Vater passiert ist.«

»Du hättest sein Gesicht sehen sollen, als ich ihm heute bei Marein plötzlich gegenüberstand. Der war so sauer!«

Georg konnte sich ein kleines, böses Lächeln nicht verkneifen.

»Tja, ich weiß auch nicht, was der hat. Angst vor Konkurrenz? Ist einfach nur albern. Ich hätte ihn unterstützen können, wäre ja sowieso inoffiziell, und ich hätte ihm sicherlich nichts von seinem Erfolg streitig gemacht. Allerdings muss er den erst mal haben.«

Er zwinkerte den beiden zu und nahm einen kräftigen Schluck von seinem Spätburgunder.

»Jetzt lasst uns über was anderes reden. Im Winter habt ihr doch nicht so viel zu tun auf eurem Hof ...«

Das spöttische Lachen seiner Freunde überhörte er.

»Wollt ihr mich nicht endlich einmal in Lübeck besuchen?«

KAPITEL IX

Erst am Tag nach ihrer Rückkehr fand Mila abends die Zeit, sich um den aus Coburg mitgebrachten kleinen Karton zu kümmern. Sie benötigte eine Schere, um die mehrfach verknotete Jutekordel zu lösen. Langsam faltete sie die dicke, weiche Pappe auseinander und schaute hinein. Wenn sie auch geglaubt hatte, diese letzte Hinterlassenschaft ihrer verstorbenen Eltern berühre sie nicht, klopfte ihr Herz nun doch ein paar Takte schneller.

Obenauf lag ein Briefumschlag. Mit fliegenden Fingern nahm sie ihn zur Hand, schaute hinein und förderte ein paar Fotos zutage. Sie erkannte darauf ihre Großeltern mütterlicherseits, ihre Eltern als Brautpaar, und eines zeigte sie selbst bei ihrer Einschulung.

Es gab mehrere Bilder von dem kleinen Haus, in dem sie aufgewachsen war, mit dem großen Garten drum herum, wo sie Obst und Gemüse angebaut hatten. Auf einem stand Milas geliebte Oma am Holzzaun, dahinter erstreckte sich die flache Weite der westsibirischen Steppenlandschaft. Sie erkannte die unbefestigte Straße, welche die kleinen Dörfer miteinander verband, die im Sommer zwischen leuchtenden Sonnenblumenfeldern, im Winter in einer endlosen Schneewüste lagen.

Lange schaute Mila auf ein Foto, das sie mit ihrer besten Freundin Mascha zeigte, in ihrer Tracht beim Sommerfest, kurz bevor sie Russland verlassen hatten. Was wohl aus Mascha geworden war?

Das letzte Bild stammte aus Coburg und war bei Milas Taufe entstanden. Es zeigte sie in einem weißen Gewand und mit ernstem Gesicht. Sie war gerade 15 geworden und hatte dem Drängen der Eltern nachgegeben, sich zu ihrem Glauben und ihrer Kirche zu bekennen, obwohl Mila sich in ihrem Inneren längst davon entfernt hatte.

Als Nächstes zog sie ein abgegriffenes Büchlein aus dem Päckchen, die *Glaubensharfe*, das Gesangbuch der deutschen Baptistengemeinden. Es trug deutliche Spuren seines häufigen Gebrauchs durch die Mutter, der das Singen der frommen Lieder eine große Freude war. Als Mila die Seiten aufschlug, fiel ein Kettchen mit einem schlichten Goldkreuz heraus, der einzige Schmuck, den ihre Mutter je getragen hatte.

Auf dem Grund des Kartons lag ein Schreibheft, ein fleckiges Teil mit abgestoßenen Ecken. Die Seiten füllten Rezepte aus den Tagen ihrer Kindheit wie *Riwwelkuchen*, *Kartoffelwurst* oder *Krebli*, von der Oma und der Mutter in ihrer steilen, akkuraten Schrift aufgeschrieben. Über dieses Heft freute sich Mila sehr, denn die meisten der guten Erinnerungen an ihre Kindheit waren mit dem Geschmack geliebter Gerichte verknüpft.

Mila schaute noch einmal genau nach. Das war alles. Mehr gab es nicht in dem Karton. Insgeheim hatte sie eben doch gehofft, noch einen Brief zu finden, ein paar, wenn nicht versöhnliche, so wenigstens freundliche Worte. Mit einem resignierten Seufzen wollte sie alles wieder einpacken, als Charly ins Zimmer kam.

»Na? Was machst du? Störe ich?«

»Nein, du störst nicht.«

»Du hörst dich nicht gerade fröhlich an. Was ist los?«

Er setzte sich neben sie aufs Bett in ihrem Gästezimmer und blickte interessiert auf die ausgebreiteten Sachen neben dem kleinen Karton. Mila zeigte darauf.

»Stell dir vor, das ist alles, was mir von meinen Eltern geblieben ist. Außer den Namen an ihrer Grabstelle, alles, was von ihnen nun noch übrig ist.«

»Du hast ja nie viel darüber erzählt, nur, dass ihr seit über 20 Jahren keinen Kontakt mehr hattet. Hattest du denn etwas anderes erwartet?«

»Ich weiß nicht, vielleicht wenigstens einen Brief mit ein paar persönlichen Worten oder so. Es ist einfach nur traurig, wenn das am Ende alles ist, was einem bleibt, trotz der jahrelangen Entfremdung von meinen Eltern.«

»Du sagtest mir mal, du hättest ihnen immer wieder Briefe geschrieben, aber sie hätten nicht reagiert.«

»Das stimmt. Sie scheinen zumindest manche Briefe aber gelesen zu haben, meinte der Pastor. Meine Mutter hat ihm ja meine Hongkonger Adresse gegeben.«

»Nanu, wer ist das denn?«

Charly hatte das Foto von Milas Taufe in der Hand und studierte es eingehend.

»Bist das etwa du?«

Mila bestätigte mit einem leichten Nicken. Es fiel ihr selbst schwer, sich in dem großen, ziemlich kräftigen Mädchen mit dem ernsten Gesicht wiederzuerkennen. Ihre Eltern achteten streng auf sittsame Kleidung, weshalb Mila immer seltsam altbacken wirkte. Mit ihrem dicken Zopf und den auffällig roten Wangen hatte sie sich in ihrer Haut gar nicht wohlgefühlt. Gegenüber ihren perfekt gestylten Schulkameradinnen kam sie sich wie ein Bauerntrampel vor. Aber den ganzen modischen Firlefanz der anderen hätte sie sich ohnehin nicht leisten können.

»Das war bei meiner Baptistentaufe mit 15. Ich war damals nicht glücklich. Getröstet hab ich mich mit dem Essen bei uns zu Hause. Auf eine Art war das für mich Nahrung für die Seele. Meine Mutter war eine gute Köchin, und ich liebte ihre Teigtaschen in allen Variationen, das fette Schmalzgebäck, die schweren Eintöpfe mit Kohl und Schweinefleisch ...«

Irgendwie hilflos breitete Mila die Arme aus.

»Natürlich wurde ich immer dicker. Und unglücklicher. In der Schule wurde ich gehänselt, heute würde man es wohl Mobbing nennen. Mit meinen Eltern konnte ich über meine Probleme nicht reden. Freundinnen hatte ich auch keine.«

»Das hört sich wirklich sehr traurig an«, äußerte Charly mitfühlend, »wann hat sich das denn geändert?«

»Ungefähr zwei Jahre später, nachdem ich von zu Hause weggegangen war. Erst einmal war ich ja sehr krank, habe stark abgenommen, und schon mit Anfang 20 wurde mein Haar grau. Es war eine harte Zeit. Aber danach konnte ich nach meinen eigenen Vorstellungen leben. Und seitdem sehe ich so aus, wie du mich kennst.«

»Wunderschön siehst du aus! Mit deinen kurzen, grauen Haaren, im Gesicht immer noch ein junges Mädchen, irgendwie sexy, und eine sportliche Figur wie eine Gazelle«, er strich ihr über eine Wange, »an deinen hellen Augen hab ich dich übrigens auf dem Foto erkannt, sie sehen noch genauso aus wie damals!«

»Ach, Charly, bitte hör auf, ich werd ganz rot. Außerdem hast du noch keine Spur von Grau in deinem schwarzen Haar und ein glattes Gesicht wie ein 20-Jähriger. Ich dagegen ...«

Lachend legte er den Arm um Mila.

»Für mich bist du wunderschön, glaub mir, und kannst jedenfalls keine grauen Haare mehr kriegen. Ist doch auch ganz beruhigend«, meinte Charly mit einem Augenzwinkern.

»Ach, verspottest du mich auch noch?«

In gespieltem Ernst schüttelte Mila tadelnd den Kopf.

»So, Schluss jetzt. Wir haben genug in der Vergangenheit gewühlt.«

Sie legte die Kette, das Gesangbuch und das Schreibheft in den kleinen Karton zurück.

»Es gibt da immer noch diesen weißen Fleck in deinem Leben, über den du nie gesprochen hast«, sagte Charly leise, während er Milas Rücken streichelte, »nicht dass ich dich drängen will ...«

Sie hob ihren Blick und sah ihm fest in die Augen.

»Ich weiß.«

Dann schob sie die Fotos in ihren Umschlag und packte sie ebenfalls ein.

»Hab bitte noch ein bisschen Geduld, ich bin bald so weit. Spätestens wenn wir wieder zu Hause sind, erzähle ich dir alles – versprochen.«

Mit seinem kleinen Koffer, viel schwerer als auf der Hinfahrt, und zusätzlich zwei prall gefüllten Stofftaschen voller Coburger Spezialitäten, dazu hausgebackenen Weihnachtskeksen, eingekochter Marmelade, eingelegtem Kürbis und Bohnen sowie einem großen Stück Mandelkuchen hatte Georg am Samstag die Heimfahrt angetreten. Da über Coburg mittlerweile ein Intercity Express nach Hamburg fuhr, erwartete ihn eine entspannte Reise ohne verpasste Anschlüsse und ähnliche Unannehmlichkeiten. Nur in den Regionalzug nach

Lübeck musste er umsteigen, aber der verkehrte alle halbe Stunde.

»Komm doch bald emal wieder her«, hatte seine Mutter ihn aufgefordert, als sie sich an diesem trotz der strahlenden Wintersonne knackig kalten Nachmittag vorm Haus verabschiedeten.

»Und bring die Mädle mit. Wahrscheinlich werd ich die gar nimmer erkenne, so lang hab ich die ned g'sehn.«

Was Julia und Judith anbetraf, lag seine Mutter sicher richtig. Es musste zwei Jahre her sein, dass sie mit zu ihrer Großmutter auf Besuch gekommen waren. Diesen September waren sie 17 geworden. Zwei offene, ziemlich selbstständige Mädchen, erfreulicherweise immer noch mit einer vertrauensvollen Beziehung zu ihren Eltern.

»Richt auch deiner Derya einen schönen Gruß von mir aus.«

Seit dem Frühjahr schon waren sie getrennt, Derya und er, und seit sie nach Hamburg gezogen war, hatten sie sich erst zweimal gesehen, was Georg seiner Mutter erzählt hatte. Schon geraume Zeit also war sie nicht mehr »seine« Derya. Doch die Mutter war nicht zu belehren und ließ sie weiterhin regelmäßig grüßen.

Dieses Mal fiel seiner Schwester Marga der Abschied besonders schwer, schien Georg. Sie, die sonst ihre Gefühle eher versteckte, wollte ihn gar nicht aus ihrer Umarmung lassen.

»Hoffentlich bist du bald emal wieder hier«, seufzte sie, »des war wirklich so ein schönes Weihnachten dies Jahr.«

»Im neuen Jahr besuche ich euch auf jeden Fall bald wieder«, versprach Georg, »mit den Mädels!«

Wenn seine Schwester auch keine großen Ansprüche hatte und sich nie beschwerte, war das Leben allein mit der wortkargen Mutter in ihrem kleinen Dorf sicher nicht einfach. Nun kam die Sorge um die Gesundheit der alten Frau dazu, weshalb Marga sich wahrscheinlich überfordert fühlte. Georg nahm sich vor, sein Wort zu halten und bald herzukommen. Aber auch seiner Schwester Lisbeth wollte er ins Gewissen reden, Marga nicht mit den Problemen der kränkelnden Mutter allein zu lassen.

Er genoss den Blick aus dem Fenster in den tief verschneiten Thüringer Wald unter einem strahlend blauen Himmel, bis sich die Dämmerung über die Landschaft senkte. Georg griff zur Zeitung und bediente sich an dem köstlichen Proviant, mit dem Marga und seine Mutter ihn reichlich versorgt hatten.

Ja, es waren wirklich ein paar schöne Tage in der alten Heimat gewesen, auch die Stunden mit Rosi und Johannes hatten viel Spaß gemacht. Und dennoch …

Das Klassentreffen und seine Folgen beschäftigten ihn mehr, als Georg sich eingestehen wollte. Wie in einer Endlosschleife ging er in Gedanken alles durch, was ihm aufgefallen war. Immer wieder rief er sich den Abend ins Gedächtnis, wer sich wie verhalten, wer mit wem gesprochen und wer mit wem scheinbar Probleme hatte. Von den Männern gaben sich eigentlich nur Ottmar und Michi mit Rico ab, die anderen ignorierten ihn eher. Aber vor allem die Frauen aus der Runde machten aus ihrer Abneigung gegen ihn keinen Hehl. Umso bemerkenswerter, wie loyal sich Marein gegenüber ihrem Mann verhalten hatte. Simone würde dazu wahrscheinlich sagen, unglaublich dämlich und feige. Aber wer konnte schon hinter die Beziehung zweier Menschen schauen?

Natürlich musste der Täter nicht notwendig jemand aus ihrer Abendgesellschaft sein. Nach allem, was Simone erzählt hatte, war Rico in einen Wust von Frauengeschichten verstrickt, ob einvernehmlich oder nicht. Er versprach Mitarbeiterinnen beruflichen Aufstieg gegen Sex, glaubte, sich nehmen zu können, was ihm beliebte, auch gegen den Willen der Frauen. Statt damit an die Öffentlichkeit zu gehen, konnte ein Opfer auch selbst die Initiative ergriffen haben, um seinen Peiniger ein für alle Mal zu stoppen. Und natürlich konnte es Typen geben, die Rico für sein übergriffiges Verhalten gegenüber ihren Partnerinnen zur Rechenschaft ziehen wollten.

Hinzu kam sein großmäuliges Angebertum. Ein integres Geschäftsgebaren schien ihm auch eher ferngelegen zu haben, wie Johannes gestern geschildert hatte. Auf vermeintliche Loser schaute Rico herab und demütigte sie zu ihrem Elend zusätzlich, wie beim Klassentreffen den Christian. Von einem Mangel an Menschen mit einem Motiv konnte also nicht die Rede sein.

Umso mehr ärgerte es Georg, dass Bohnsack so deutlich seine Unterstützung abgelehnt hatte. Natürlich, viel Zeit wäre ihm eh nicht geblieben, aber so ein Brainstorming konnte einen tatsächlich weiterbringen, vor allem unter Fachleuten, wie sie es waren.

Und dann waren da noch diese Vollmondpartys, von denen Simone gesprochen hatte. Davon würde Bohnsack wahrscheinlich gar nichts erfahren, denn wer weiß, ob jemand von den anderen Zeugen dieses Thema für erwähnenswert hielt. Gut, das war mehr als 20 Jahre her, aber konnte man wissen, ob es da nicht doch einen Zusammenhang gab? Und er hätte Bohnsack über dieses Phänomen berichtet. Doch der Kollege hatte seine Hilfe ja abgelehnt. Dann eben nicht. Georg nahm sich vor, bei Gelegenheit in der Coburger Dienststelle anzurufen, um sich nach dem

Stand der Dinge zu erkundigen. Es interessierte ihn schon, wie der selbstgefällige Bohnsack in dem Fall vorankam.

Irgendwo hinter Halle hörte die ein sanftes Licht verströmende weiße Landschaft abrupt auf, und vor den Zugfenstern breitete sich nur noch Schwärze aus.

Georg beendete seine Gedankenspiele und schob seine Verärgerung beiseite. Gegen 20 Uhr würde er in Lübeck ankommen und sich ein Taxi in die kleine Straße nehmen, die auf die Wakenitz zuführte. Hier stand das Haus, in dem er den Großteil seiner Lübecker Zeit verbracht hatte, glücklich verbracht hatte, mit Astrid und den Kindern. Als ihr Zusammenleben immer schwieriger wurde, immer mehr Dissonanzen den Alltag störten, hatten sie beschlossen, getrennte Wege zu gehen. Geschieden waren sie immer noch nicht und kamen, zumindest nach Georgs Einschätzung, inzwischen besser denn je miteinander aus. Und heute würden sie mal wieder alle zusammen einen schönen Abend verbringen. Die Mädels wollten kochen, hatte Astrid ihm verraten. Sie würden Weihnachten nachholen mit Tannenbaum und Lichterschein, Geschenken, Spielen und gutem Essen. Georg freute sich darauf.

KAPITEL X

Unglaublich, wie schnell die Tage sich hier aneinanderreihten. Am 22. Dezember waren sie in Deutschland angekommen, und Mila hatte mit der Familie so ein fröhliches Weihnachtsfest erlebt wie nie zuvor. In ihrer Kindheit hatte es, nicht nur ihrer bescheidenen Lebensverhältnisse wegen, dabei immer an Glanz und Freude gemangelt, denn für ihre gläubigen Eltern war auch dieses christliche Freudenfest eine ernste Angelegenheit.

An Silvester hatten sie noch einmal alle zusammen gefeiert, bevor Annika und Thierry an Neujahr nach Paris zurückgefahren waren. Gemeinsam hatten sie ein köstliches Büffet zubereitet, lustige Spiele gespielt, um Mitternacht miteinander angestoßen und vom Balkon aus das Feuerwerk bewundert. Anschließend wurde ein Bleigießen veranstaltet, und man stärkte sich mit Berliner Pfannkuchen und Kaffee.

Schon lange hatte Mila nicht mehr so viel gelacht und sich richtig gut amüsiert. Die Silvesterpartys im *Mandarin Oriental* oder dem *Shangri La* in Hongkong, wo bei Live-Musik edelstes Essen und bester Champagner serviert wurden, waren nie so fröhlich und ausgelassen gewesen. Auch wenn der Blick von den Dachterrassen auf das Feuerwerk über dem *Victoria Harbour* natürlich grandios war.

Aber lustiger war es bei Tante Ingeborg. Sicher lag es auch daran, dass Mila in Hongkong keine wirklichen Freunde hatte. Sie war nicht besonders begabt im Kontakteknüpfen, und in der internationalen Metropole fand sie es besonders schwierig. Viele Leute hielten sich, beruflich bedingt, nur zeitlich begrenzt in der Stadt auf, lebten in ihrer *Expat*-Blase und hatten oft gar kein Bedürfnis, langfristige Freundschaften einzugehen. Aber wenn Mila ehrlich war, hatte sie außer damals mit ihrer Kinderfreundin Mascha nie wieder mit jemandem so eine Vertrautheit erlebt, von Charly einmal abgesehen. Aber mit ihm war das etwas ganz anderes.

Mit Charlys besten Freunden – der eine noch aus seiner Zeit auf der deutschen Schule, der andere ein Studienkollege – gab es eher selten Verabredungen, die auch die Partnerinnen einschlossen. Und diese Frauen, perfekt gestylte Schönheiten, waren schon nett, aber ihre vom Luxus bestimmten Lebenswelten erschienen Mila, die stets für ihre Existenz hart hatte arbeiten müssen, oberflächlich und fremd. Zwar gehörte Charly auch zu den sehr Vermögenden dieser Stadt, konnte mehr als angenehm leben und nahm seine Privilegien dankbar an, doch war er sich stets seiner sozialen Verantwortung bewusst und hatte nie die Bodenhaftung verloren. Vielleicht hatte er seiner norddeutschen Mutter die ungeschönte, klare Weltsicht zu verdanken. Ohne die hätte es zwischen Mila und ihm auch gar nicht gepasst.

Nachdem sie aus Coburg zurückgekehrt war, hatten sie in der Zeit zwischen den Jahren zahlreiche Ausflüge in die Umgebung unternommen. Charly bereitete es ein Riesenvergnügen, Mila die Orte zu zeigen, an denen er als Kind und Jugendlicher so oft seine Ferien verbracht hatte.

Heute war nun schon der zweite Januartag, und sie saßen in Tante Ingeborgs Esszimmer bei Kaffee und Kuchen. Ein angenehmer Duft nach Zimt, Vanille und Banane lag in der Luft. Mila hatte am Morgen in der Küche ein paar der überreifen Früchte entdeckt und sie sogleich zu einem Kuchen verarbeitet.

»Das *Banana Bread* gibt's auch in meinem Café. Ich hoffe, ihr mögt es.«

Mila sah in die Runde.

»Schmeckt prima, aber ist das eine Spezialität aus Deutschland in deinem deutschen Café?«, fragte Tante Ingeborg erstaunt.

»Das wohl nicht«, lachte Mila, »manche sagen, es stammt von den Philippinen, andere, dass es aus den USA kommt. Gehört bei uns inzwischen zum Standard in vielen Bäckereien. Wir sind zwar ein deutsches Café, aber Hongkong-Style – irgendwie mischt sich hier alles.«

»Verstehe. Jedenfalls weiß ich jetzt endlich, was ich mit den sehr reifen Bananen machen kann, die keiner mehr essen will. Stimmt's, Patrick?«

Ingeborgs Enkel, dessen Mund gerade mit Bananenbrot blockiert war, nickte grinsend.

»Du solltest endlich mal nach Hongkong kommen, Ingeborg«, empfahl Charly seiner Tante, »du liebst doch auch gutes Essen, und kulinarisch ist in Hongkong die ganze Welt zu Hause, zuvorderst natürlich die Küchen aus Asien, aber eben auch aus anderen Ecken der Welt. Es ist ein richtiges Paradies für Feinschmecker. Und dann vermischen sich die Esskulturen, der eine schaut das vom anderen ab, und es entsteht etwas Neues. Heute nennt sich das ›Fusionsküche‹. In Hongkong gibt's das mindestens seit Kolonialzeiten.«

»Ach ja, mein Junge, schon deine Mutter hat immer versucht, mich zu euch zu locken. Ich bin nun mal keine Reisetante. Fünf Stunden im Flieger auf die Kanaren waren für mich schon eine Qual. Und nach Hongkong dauert's zwölf oder sogar 14? Ohne mich! Nee, Kinners, da kommt ihr man lieber öfter hierher.«

Das fand Mila eine sehr gute Idee. Sie konnte sich eine Reise an die Ostsee, vielleicht auch mal im Sommer, sehr gut vorstellen.

»Ihr entschuldigt mich bitte. Ich muss jetzt eine Runde drehen. Es ist gerade trocken draußen, und ich brauche ein bisschen Bewegung.«

Mila stand auf und ging sich umziehen. Charly hatte keine Lust auf eine Joggingrunde signalisiert, also lief sie allein los. Sie mochte die Gegend, in der sich die Villa Sidelius befand. Am Hang oberhalb eines kleinen Parks standen zwischen historischen Häusern vom Anfang des letzten Jahrhunderts mittlerweile moderne Gebäude, mehr oder weniger mit dem alten Bestand harmonierend. Viele der historischen Villen in Seebäderarchitektur, die heute fest bewohnt wurden, waren früher nur als Sommerhäuser genutzt worden. Auch Thomas Mann verbrachte als Kind glückliche Sommertage in Travemünde und schickte später Familienmitglieder seiner »Buddenbrooks« hierher in die Sommerfrische.

Als Mila auf die *Strandpromenade* traf, blies ein kräftiger Wind. Unter dem trüben Himmel lag der leere Strand, es waren kaum Leute unterwegs. Sie sah sich um. Irgendwie hatte sie auf einmal den Eindruck, dass ihr jemand folgte. Doch sie konnte niemanden entdecken, und so lief sie einfach weiter. Am Ende ihrer Runde bog sie in den *Godewindpark* ein und konnte sich wieder nicht des Gefühls erwehren, dass ihr da irgendwer auf den Fersen war. Sie lief ein paar Schritte und drehte sich dann abrupt um. Nichts und niemand. Als sie sich zurück in ihre Laufrichtung wandte, stand ihr wie aus dem Boden gewachsen ein Mann im Weg, der unmittelbar in ein lautes Lachen ausbrach.

»Oh nee, Charly, was machst du denn hier? Du hattest doch keine Lust zum Laufen?«

»Ja, das dachte ich, bis du so schwungvoll losgesprintet bist. Das hat mich angesteckt, und ich hab mich schnell umgezogen und bin dir hinterher.«

»Und ich hab schon gedacht, mich verfolgt irgendein finsterer Perverser.«

»Ich wollte dich nicht erschrecken, nur überraschen.«

»Ist dir nicht so ganz gelungen. Aber dann wollen wir doch mal sehen, wer als Erster am Haus ist!«, rief Mila plötzlich, machte Tempo und gewann das Rennen knapp vor Charly.

»Moin, Georg, frohes Neues!«

»Danke, danke, das wünsch ich dir auch, Claus«, antwortete Angermüller, »hier, hab dir was mitgebracht.«

Er warf dem Kollegen das Tütchen mit dem Coburger Gebäck zu.

»Klasse, danke! Mal wieder was richtig Leckeres zum Kaffee.«

»Und wie hast du es ohne mich hier ausgehalten?«

»Gerade man so. Während du in deinem Heimaturlaub gefaulenzt hast, war hier die Sau los.«

»Ach, wirklich?«

Neugierig sah Angermüller zu seinem Kollegen. Es war der erste Arbeitstag nach dem Urlaub, sodass er seinen Informationsrückstand noch nicht hatte aufholen können.

»Dann leg mal los.«

»Kaffee?«, fragte Jansen aber zuerst.

»Danke, im Moment nicht«, lehnte Angermüller das freundliche Angebot ab. Nur selten wagte er sich an Jansens Gebräu, und dann auch nur, um den Kollegen nicht gänzlich zu verstimmen. Der hielt stur an seinem bitteren Filterkaffee aus der uralten Maschine fest trotz des beeindruckenden italienischen Espressovollautomaten, der mittlerweile gleich danebenstand.

Endlich ließ sich Claus Jansen mit einem gut gefüllten Kaffeepott an seinem Schreibtisch nieder und nahm einen großen Schluck.

»Ah, das tut gut«, seufzte er wohlig und schloss die Augen. Dann öffnete er die Tüte mit den Keksen.

»Mensch, Claus, erzähl, was war los?«

»Also, wir fahnden nach einem Mehrfachtäter, der psychopathische Züge trägt, des Weiteren nach einem Mann, der an Silvester seine Frau mit einer Konfettikanone beschossen hat. Und flüchtig ist ebenso ein gewisser Störtebeker, angeblich ein Freibeuter ...«

»Jetzt ist aber mal gut«, unterbrach Angermüller kopfschüttelnd, »hast du noch Restalkohol von Silvester im Blut, oder was?«

Jansen biss in ein Mandelplätzchen und grinste zufrieden.

»Es war hier total ruhig. Du hast gor nix verpasst.«

»Das ist doch auch mal schön. Dafür gab es in meinem Dorf einen Mord.«

Sein Partner warf Georg einen schrägen Blick zu.

»Ach, ernsthaft jetzt? War da nicht schon mal was, als du dort zu Besuch warst? Gibt's da irgendwie einen Zusammenhang, Georg?«

»Claus, reiß dich zusammen! Genau den flachen Witz hat unser dortiger Kollege auch gemacht«, beschwerte sich Angermüller, »das war nichts als ein blöder Zufall ...«

Er berichtete Jansen von dem Klassentreffen und seinen Folgen.

»Nachdem er mit mir gesprochen hatte, wollte mich der Herr KHK Bohnsack so schnell wie möglich loswerden. Obwohl ich ihm vielleicht ein paar interessante Hinweise hätte liefern können. Schließlich bin ich in der Materie nicht ganz unerfahren. Aber der wollte unbedingt verhindern, dass ich mich in seine Ermittlungen einmische. Komischer Typ.«

»Jeder, wie er mag.«

Mit einem Schulterzucken beendete Jansen das Thema, das ihn nicht besonders zu interessieren schien.

»Und, Georg, hast du Silvester ordentlich Party gemacht?«

»Du etwa?«

Claus Jansen, fast zehn Jahre jünger als Angermüller, hatte ein recht aufregendes Beziehungsleben geführt, am Wochenende stets gerne ausgiebig gefeiert, bis es zwischen ihm und einer Kollegin gefunkt hatte.

»Nee, wir waren ganz gemütlich bei Freunden. Erst gab's Raclette, dann haben wir Spiele gespielt, Sekt getrunken, bisschen geböllert, das war's.«

So ändern sich die Zeiten, staunte Angermüller. Der Einfluss von Anja-Lena, einer sympathischen jungen Kommissaranwärterin aus ihrer Dienststelle, war bei seinem Partner nicht zu übersehen.

»War aber richtig lustig. Hat Spaß gemacht«, bekräftigte Jansen, der die Gedanken seines Kollegen zu erraten schien.

»Bei mir war's auch eher geruhsam«, berichtete Georg, »Steffen hat ein unglaublich köstliches Silvestermenü gezaubert, und wir haben uns ganz gemütlich ins neue Jahr gegessen.«

Bei der Erinnerung an die butterweiche, aromatische Lammkeule lief Georg das Wasser im Munde zusammen. Auch die Cointreau-Torte mit ihrem dunklen, von Orangenstückchen durchsetzten Schokoladenüberzug, die David zum Nachtisch gereicht hatte, war ein absoluter Gaumenschmaus. Doch es gab ein weiteres Highlight, das Georg gerne an den Silvesterabend denken ließ …

Eigentlich war auch Astrid zu dem Menü geladen. Doch sie hatte abgesagt. Astrid wollte ihre Mutter in ihrem ersten Witwenjahr an Silvester nicht allein lassen. Sie hatte sogar ihre beiden Schwestern überzeugen können, dass sie den Jahreswechsel alle gemeinsam mit ihrer Mutter begehen sollten. Georg war froh, dieses Familientreffen vermeiden zu können – nicht wegen seiner Schwiegermutter Johanna, die er mittlerweile zu schätzen gelernt hatte, sondern wegen Astrids unerträglicher Schwestern.

Als er sich zu Steffen und David aufmachte, erwartete er einen genussvollen, ruhigen Abend zu dritt und war mehr als überrascht, wer ihm die Tür öffnete.

»Hello, George, how are you?«

Groß und schlank, den Kopf voller rotblonder Locken, strahlte sie ihn an und umarmte ihn zur Begrüßung.

»Wie lange ist das her, George? Drei Jahre?«

»Elizabeth!«

»Liz bitte!«

»Klar, Liz! Das ist ja eine Überraschung. Wie schön!«

Vor drei Jahren hatten Steffen und David geheiratet. Georg und Davids Schwester, genannt Liz, waren die Trauzeugen gewesen, und sie hatten sich blendend verstanden. Doch seitdem waren sie sich nicht mehr begegnet. Nur hin und wieder hatten sie sich gegenseitig Grüße ausrichten lassen. Umso mehr hatten sie sich nun zu erzählen. Es wurde ein sehr munterer Silvesterabend, und Georg begann zu hoffen, dass sie diesmal die Gelegenheit hätten, ihre Beziehung zu vertiefen. Diese Hoffnung wurde leider enttäuscht, da Liz am nächsten Abend zurück nach London fliegen wollte. Doch sie schworen sich, in Kontakt zu bleiben und dass bis zu ihrem nächsten Wiedersehen nicht wieder so viel Zeit vergehen würde.

Mit einem stillen Lächeln vertiefte sich Angermüller in die Akten der Altfälle, denen sie sich mangels aktueller Ermittlungen widmen konnten.

»Muss ja wirklich ein Traum gewesen sein, euer Silvestermenü«, spottete Jansen, »du grinst, als hättest du was geraucht.«

»Nur keinen Neid, Claus.«

Ihr erster Arbeitstag im neuen Jahr verlief ohne besondere Vorkommnisse, wenn man einmal davon absah, dass Thomas Niemann vom KI anlässlich seines Geburtstages ein Riesenpaket mit Kuchen für alle spendierte. Bei dieser Gelegenheit fiel Kollege Andreas Meise mal wieder unangenehm auf, als er einer jungen Mitarbeiterin, die neu war und niemanden kannte, auf die Pelle rückte und ihr schmierige Komplimente machte. Sie schien nicht in der Lage, sich dagegen zu verwahren.

Ameise, wie sie den Kriminaltechniker hinter seinem Rücken nannten, war nicht gerade groß, und an seiner Bürotür prangte die Abkürzung A. Meise. Als Spezialist für Spurensuche am Boden war er eine Kapazität und unverzichtbarer Teil ihres Teams. Aber sein Männlichkeitsgeprotze vor Kolleginnen und seine herabwürdigenden Äußerungen gegenüber allen Menschen, die in seiner

Vorstellung nicht irgendeiner nebulösen Norm entsprachen, war schlicht unerträglich.

»Na, Andreas, gut ins neue Jahr gekommen? Wie geht's deiner lieben Frau?«, rief Jansen quer durch den Raum, dem die Verunsicherung der Neuen aufgefallen war. Ameise sandte ihm nur einen bösen Blick. Anspielungen auf seine Frau, eine gar nicht unsympathische, ziemlich resolute Person, liebte er gar nicht. So erhob er sich kurz darauf von seinem Platz und verzog sich. Der wird sich auch nie ändern, dachte Angermüller, der sofort Rico an jenem Abend beim *Greiner* vor Augen hatte.

Draußen war es grau, windig und kalt. Im Besprechungsraum saßen die Kollegen gemütlich bei Kaffee und Kuchen. Man quatschte, man lachte, da stürmte ihr Chef herein.

»Frohes Neues allerseits, sollte ich das jemandem noch nicht persönlich gewünscht haben. Na, ihr habt's ja gemütlich …«

»Selbstverständlich bist du auch eingeladen, Chef«, beeilte sich Thomas Niemann zu versichern, »zu meiner Geburtstagsrunde.«

»Danke, danke«, Harald Appels befand sich wieder einmal im Hochdruckmodus, »also deshalb gehst du nicht an dein Telefon, Angermüller, weil du hier beim Kaffeekränzchen sitzt.«

Georg überhörte die Rüge seines Chefs, der ohnehin gleich fortfuhr:

»Die Zentrale hat den Anruf angenommen. Eine Anfrage um Amtshilfe aus Coburg. Man hat ausdrücklich nach dir verlangt, Angermüller.«

»Ach nee. Haben die was Genaueres gesagt?«, fragte Georg ziemlich erstaunt.

»Es geht um ermittlungsunterstützende Abklärungen, konkreter wurden die nicht. Du sollst bitte zurückrufen. Hier ist die Nummer.«

»Okay, ich kümmere mich.«

»Kannst ja gelegentlich berichten, worum es geht«, fügte der Chef an. Mit Sicherheit plagte ihn jetzt schon die Neugier, was die Kollegen aus Franken von seinem Mitarbeiter wollten.

Georg nahm den Zettel aus Appels Hand. Er war mindestens ebenso gespannt wie sein Chef, zu erfahren, warum die Coburger Kripo um Amtshilfe ersuchte. Er zog sich in sein Büro zurück und griff sogleich zum Telefon.

»Hallo, Kollege Bohnsack«, grüßte er aufgeräumt, nachdem sich der andere gemeldet hatte, »ein frohes neues Jahr wünsche ich! Was kann ich für dich tun?«

Umständlich erläuterte Bohnsack die Gründe seines Anrufs.

Offensichtlich steckten die Ermittlungen im Fall Rico Wiedehold fest. Eine knappe Woche war seit der Tat vergangen. Die Ergebnisse der Obduktion, die Auswertungen der Spurensicherung sowie die Vernehmungen sämtlicher Zeugen hatten wohl keinerlei weiterführende Hinweise ergeben.

»Und da klammert man sich natürlich an jeden Strohhalm. Wir haben ganz von vorne angefangen, und jetzt gibt es da … na ja, eine Spur wäre zu viel gesagt, aber zumindest etwas, dem wir nachgehen müssen. Und da kommt deine Dienststelle ins Spiel, Angermüller.«

Er hörte dem Kollegen Bohnsack aufmerksam zu.

»Alles so weit klar, wir kümmern uns. Ich melde mich, sobald wir das überprüft haben«, schloss Georg das Gespräch und legte auf. Das waren wirklich erstaunliche Neuigkeiten.

»Na, was wollen deine Bayern von uns?«, fragte Jansen, der inzwischen in seinem Büro nebenan saß.

»Du glaubst es nicht! KHK Bohnsack aus Coburg bittet uns um Amtshilfe. Da musste er aber weit über seinen Schatten springen«, feixte Angermüller, »lass uns am besten gleich los. Wir sollen für die was überprüfen. Im Übrigen sind wir im Coburger Land vor allem Oberfranken, zu Bayern gehören wir nämlich erst seit 1920. Erläutere ich dir gelegentlich gerne näher, wenn es dich interessiert.«

»Ach nee, danke, so genau will ich das auch nicht wissen«, wies Jansen das freundliche Anerbieten zurück und schnappte sich seine Jacke, »denn man tau.«

KAPITEL XI

Die Türklingel schrillte durchs Haus.

»Bonnie, could you please open the door?«, rief Mila nach unten, wo Bonnie in der Küche hantierte.

»Yes Ma'am.«

»Thank you.«

Sie griff sich ein warmes Sweatshirt zur Jeans und rubbelte mit dem Handtuch durch ihre feuchten Haare. Die heiße Dusche hatte nach dem Joggen gutgetan. Alle anderen waren ausgeflogen, nur sie und Bonnie waren zu Hause geblieben. Mila hörte, wie Bonnie die schwere Eingangstür öffnete und mit jemandem verhandelte.

»Ma'am, there are visitors for you«, rief sie jetzt.

»Coming!«

Besuch für mich? Während sie die Stufen nach unten nahm, überlegte Mila, wer das sein könnte. Eigentlich kannte sie hier niemanden von außerhalb der Familie. Bonnie stand an der geöffneten Haustür und wies auf die zwei Männer, die im trüben Licht draußen warteten.

Der jüngere der beiden war mittelgroß, schmal, hatte eine formlose Kurzhaarfrisur und trug eine abgewetzte Lederjacke, der andere … Verwirrt sah Mila den ziemlich großen, kräftigen Mittvierziger an, der lockiges, dunkles Haar und einen Dreitagebart hatte. Und der ihr merkwürdig bekannt vorkam.

»Vielen Dank, Bonnie«, rief sie der Haushälterin zu, die sich in die Küche zurückzog, wo sie bei den Vorbereitungen für das Abendessen war.

»Guten Tag, was kann ich für Sie tun?«, erkundigte sich Mila sachlich und zwang sich, ihre Stimme möglichst ruhig klingen zu lassen.

»Guten Tag, mein Name ist Angermüller, das ist mein Kollege Jansen. Wir sind von der Kriminalpolizei Lübeck«, stellte der Große sie beide vor, »Frau Mila Lao?«

Mila nickte nur. Sie verstand kein Wort. Polizei? Lübecker Polizei? Und vor allem: Angermüller! Wie kam der hierher? Er hatte doch keinen Zwillingsbruder in Lübeck, oder?

»Dürfen wir einen Moment reinkommen, Frau Lao? Wir würden Ihnen gern ein paar Fragen stellen.«

In Milas Kopf rasten die Gedanken. Sollte sie sich zu erkennen geben? Sollte sie Angermüller sagen, dass sie ihn erkannt hatte, er ihr erst vor drei Tagen begegnet war? Sie beschloss, erst einmal abzuwarten.

»Bitte sehr.«

Sie trat zur Seite, ließ die Männer hereinkommen und führte sie ins Esszimmer, wo sie an dem großen Tisch ihr gegenüber Platz nahmen.

»Sie sind also Frau Mila Lao, wohnhaft in Hongkong? Ist das richtig?«

»Ja, das stimmt.«

»Können Sie uns sagen, wo Sie sich zwischen dem 26. und 27. Dezember aufgehalten haben?«

Das wurde ja immer rätselhafter.

»Entschuldigung?«, fragte Mila irritiert nach. »Können Sie mir sagen, weshalb Sie das interessiert?«

Angermüller hob seinen Blick.

»Ja, nun«, er räusperte sich, »wir wurden von den Kollegen der Kripo in Coburg um Amtshilfe gebeten. Wir sollen Sie als Zeugin vernehmen. Wo also haben Sie sich an besagtem Datum aufgehalten?«

Zwar war Milas Frage damit nur unbefriedigend beantwortet, aber wahrscheinlich wussten sie längst, wo sie gewesen war.

»Ich war mit Bonnie, unserer Haushälterin, die Sie eben reingelassen hat, in Coburg.«

»Bonnie?«

Dieser Jansen sah in seine Unterlagen.

»Sie meinen Frau Bonnie Guo?«

»Genau.«

»Wo haben Sie gewohnt?«

»Wir haben im *Gasthof Greiner* übernachtet, in Niederengbach. Ich wollte Bonnie ein bisschen ländliche Folklore bieten.«

Bei dieser Erklärung gelang Mila sogar ein kleines Lächeln.

»Wann sind Sie im Gasthof angekommen, wann abgefahren?«

Sie bemühte sich, ihre Angaben so präzise wie möglich zu gestalten. Angermüller nickte.

»Reserviert hatten Sie die Zimmer für eine weitere Nacht. Wie kam es, dass Sie dann doch schon am nächsten Tag in aller Frühe abgereist sind?«

Tja, die Polizei hatte genau nachgeforscht.

»Die Angelegenheiten, die ich in Coburg zu regeln hatte, haben weniger Zeit in Anspruch genommen als gedacht. Mein Termin ließ sich vorziehen, und so konnten wir schon am nächsten Tag hierher zurück. Nur Bonnie war enttäuscht. Die hätte gerne noch einen Tag länger Sightseeing gemacht«, schloss Mila. Bisher hatte Angermüller den Abend in der Gaststube nicht erwähnt, konstatierte Mila. Er hatte ihr ja auch den Rücken zugewandt, als er in dieser Runde beim *Greiner* gesessen hatte. Nur beim Hereinkommen hatte Mila ihn erkannt. Aber wahrscheinlich hatte er sie gar nicht wahrgenommen. Sie fühlte sich ziemlich sicher.

»War das alles?«

»Dürften wir erfahren, was Sie in Coburg zu regeln hatten?«, wollte Angermüller wissen, ohne auf Milas Worte einzugehen.

»Meine Eltern, die dort die letzten Jahre gelebt haben, sind beide verstorben. Es ging um den Nachlass, Bestattungskosten und so was.«

»Verstehe, mein Beileid«, murmelte Angermüller etwas betreten. Mila bedankte sich mit einem kurzen Kopfnicken. Der andere Polizist saß die ganze Zeit nur stumm dabei und verfolgte aufmerksam die Unterhaltung. Hin und wieder machte er sich Notizen in ein winziges Heftchen. Und er beobachtete Mila konzentriert aus dem Augenwinkel, was sie ziemlich unangenehm fand.

»Was haben Sie nach Ihrer Ankunft am Abend des 26. Dezember im Gasthof gemacht?«, nahm Angermüller den Faden wieder auf.

»Wir haben dort zu Abend gegessen und das wunderbare Bier getrunken, so ab 19.30 Uhr, denke ich. Dann sind wir früh schlafen gegangen. Der Jetlag von dem Flug aus Hongkong saß einem immer noch in den Knochen, weshalb ich schon um 21 Uhr oder so verdammt müde war.«

Mila seufzte.

»Dafür war ich um 4.30 Uhr putzmunter. Deshalb bin ich bald aufgestanden, konnte meine Termine glücklicherweise vorziehen und schon am Freitag zurück nach Travemünde fahren.«

»Haben Sie an dem Abend oder in der Nacht im *Gasthof Greiner* irgendetwas Besonderes bemerkt? Oder am nächsten Morgen? Ungewöhnliche Geräusche, Personen, die sich auffällig verhielten, drinnen oder draußen?«

Und ob ihr etwas aufgefallen war! Schon lange nicht mehr hatte sie das Erlebte so aufgerüttelt wie an diesem Abend, hatte sie eine so unruhige Nacht erlebt …

»Wie gesagt, ich war so was von müde. Die lange Autofahrt hatte ich ja auch hinter mir. Ich bin in mein Bett und sofort eingeschlafen, nur leider eben sehr früh aufgewacht.«

Mit ausdruckslosem Gesicht schüttelte Mila den Kopf.

»Aber verraten Sie mir, was passiert ist? Warum Sie mir alle diese Fragen stellen?«

»Könnten wir zuvor mit Frau Guo sprechen, bitte?«

»Kein Problem. Sie ist nebenan in der Küche.«

Der Beamte mit Namen Jansen holte Bonnie herein, die letztlich Milas Angaben bestätigte und anschließend mit einem hoheitsvollen Nicken in der Küche verschwand.

»Entschuldigung«, Milas Ton war etwas ungehalten, »Sie haben mir immer noch nicht gesagt, warum Sie das alles von uns wissen wollen.«

Angermüller und sein Kollege wechselten einen Blick.

»Sagt Ihnen der Name Rico Wiedehold etwas?«

Bevor sie antwortete, musste Mila sich räuspern.

»Nicht dass ich wüsste.«

»Der Mann ist Opfer eines Tötungsdelikts geworden. Die Kripo in Coburg ist auf der Suche nach Zeugen, die sich in der Nacht der Tat im *Gasthof Greiner* und Umgebung aufgehalten haben.«

»Ein Mord? Das ist ja furchtbar.«

Ihre Stimme klang plötzlich dünn und fremd.

Doch die Männer achteten nicht mehr auf sie, nickten sich zu und erhoben sich. Auch Mila stand auf.

»Das war es dann auch schon, Frau Lao.«

Auf dem Weg nach draußen erkundigte sich Angermüller:

»Wann fliegen Sie zurück nach Hongkong?«

»Wahrscheinlich Mitte Januar, damit wir zum chinesischen Neujahrsfest zu Hause sind.«

»Dann wünschen wir noch schöne Tage in Travemünde und sagen vielen Dank für Ihre Zeit, Frau Lao.«

»Danke Ihnen, kein Problem.«

Freundlich verabschiedete Mila die Beamten und schloss hinter ihnen die Tür. Tief ausatmend lehnte sie sich mit dem Rücken dagegen. Ihr zitterten die Knie. Hatte sie einen Fehler gemacht?

Über die Feiertage hatte er es sich richtig gutgehen lassen. Kulinarische Genüsse ohne Ende, allerdings mit viel zu viel Fleisch, wie Georg mit schlechtem Gewissen zugeben musste. Dagegen musste er was tun. Heute bereitete er zum Abendessen einen Kürbisauflauf und Reis. Während im Ofen die Kürbisstücke in einer fruchtigen Tomatensauce unter Mozzarella buken und der Jasminreis seinen wunderbaren Duft zu verströmen begann, putzte er einen zarten Eichblattsalat. Vor dem Küchenfenster war es richtig ungemütlich. Ein böiger, kalter Wind zerrte an den Sträuchern im Vorgarten. Drinnen war es angenehm warm und ruhig. Zufrieden hob Georg sein Glas Sangiovese gegen das Licht und ließ dann genüsslich den dunklen, beerigen Rotwein, den ihm kürzlich sein Weinhändler empfohlen hatte, über Zunge und Gaumen fließen. Wirklich ein feines Gewächs und dazu gar nicht mal teuer.

Es klingelte an seiner Wohnungstür. Eigentlich erwartete er keinen Besuch.

»Liz! Was für eine schöne Überraschung«, rief er freudig, als er sie erblickte, »ich dachte, du wolltest schon gestern zurückfliegen?«

»Hello, George, ich hab's mir anders überlegt. Darf ich reinkommen?«

Liz grinste und gab ihm einen Kuss auf die Wange. Von draußen brachte sie Frische und Kälte mit.

»Aber klar doch! Ich freu mich.«

Während Georg ihr den Mantel abnahm, spähte sie nach allen Seiten.

»Ich bin doch neugierig, hab ja dein Reich noch nie gesehen.«

»Viel gibt's da nicht zu sehen. Ich hab nicht so eine edle Behausung wie dein Bruder und sein Mann. Komm doch gleich mit in die Küche. Ich mache gerade Abendessen.«

»Oh, ich wollte dich nicht stören.«

»Du störst doch nicht! Ich freu mich wirklich sehr, dass du gekommen bist. Setz dich doch.«

Georg war so beglückt über ihren Besuch, dass er gar nicht aufhörte zu reden.

»Trinkst du ein Glas Rotwein? Ich hab da einen ausgezeichneten Sangiovese. Und natürlich kannst du gern zum Essen bleiben, das reicht mindestens für zwei. Es gibt Kürbisauflauf und Reis, vorher Salat und ein bisschen Brot, ich mach noch einen Frischkäse-Dip, dann werden wir bestimmt satt.«

»Daran zweifle ich nicht. Cheers, George!«, lachte Liz. »Lass uns erst mal anstoßen.«

»Du bleibst doch zum Abendessen?«

»Gerne, aber bitte keinen Aufwand. Lass uns in der Küche bleiben. Hier ist es so richtig gemütlich.«

Während sie erzählte, was sie mit David und Steffen an

Neujahr unternommen hatte, bereitete Georg das Dressing für den Salat, schnitt Brot auf und deckte den Tisch. Gerade als er ihr gegenüber Platz genommen hatte, schlug erneut die Klingel an.

»Nanu, was ist denn hier heute los? Entschuldige mich kurz.«

Als er erkannte, wer da vor seiner Tür stand, staunte er nicht schlecht.

Das war nun wirklich blöd gelaufen, dachte Georg, während er mit seinem Besuch im Zimmer der Mädchen eines der Betten frisch bezog. Er hatte sich damit abgefunden, Liz frühestens in ein paar Wochen oder Monaten wiederzusehen, und jetzt war diese großartige Frau völlig überraschend zu ihm nach Hause gekommen, es war wie ein Wunder! Und dann wurde ihm derart die Tour vermasselt.

»Das ist das Zimmer meiner Töchter, wenn sie bei mir sind. Kommt jetzt aber nicht mehr so oft vor, sind ja schon fast erwachsen.«

»Wenn die Mädels flügge werden, jaja, das kenn ich auch.«

Georg schüttelte noch einmal die Decke auf.

»So, ich hoffe, das Jugendbett ist auch für einen ausgewachsenen Mann einigermaßen bequem.«

»Mach dir keinen Kopf, Schorsch, das ist ganz wunderbar! Und tut mir echt leid, dass ich dich so überfallen habe. Ist das wirklich okay für dich?«

»Ist völlig okay. Ich hab dich eingeladen und du bist gekommen. Alles gut.«

Natürlich war gar nichts gut. Der Frust und die Enttäuschung waren ihm bestimmt anzusehen. Aber er war ja selbst schuld. Er wusste gar nicht mehr, wie oft er seine Einladung in Franken wiederholt hatte, nicht nur Simon gegenüber. Dass der sich so spontan auf den Weg machen würde, damit war ja nicht unbedingt zu rechnen gewesen. Als er vorhin bei diesem unwirtlichen Wetter mit seiner Reisetasche in der Dunkelheit vor der Tür stand, konnte Georg ihn nicht einfach wieder wegschicken. Liz hatte die Situation natürlich sofort erfasst und sich bald nach dem Abendessen zu dritt verabschiedet. Sie wollte noch bis Freitag in Lübeck bleiben, und Georg hoffte, sie würden sich unter besseren Vorzeichen noch einmal treffen können.

»Wollen wir noch einen Schluck nehmen?«, fragte Georg versöhnlich seinen Gast, dem wahrscheinlich seine leichte Verstimmung nicht entgangen war.

»Vielen Dank auch noch für die Kiste Frankenwein. Der kommt genau richtig, der Silvaner. Ich war ja mit dem Zug in Coburg, und da war es schwierig mit dem Transport. Wir bleiben jetzt aber beim Rotwein, oder?«

Als sie gleich darauf in der Küche beim Sangiovese saßen, brachte Simon ihr Gespräch bald auf den Mord an Rico Wiedehold.

»Was erzählt man sich denn so darüber in Coburg? Wer war's?«, fragte Georg launig.

Simon lachte.

»Ach, Schorsch, du kennst ja die Waschweiber bei uns, weibliche wie männliche. Die Spekulationen schießen wild ins Kraut. Ich glaub, die Kripo tappt nach wie vor im Dunkeln. Aber stell dir vor, die haben Simone ernsthaft verdächtigt!«

»Ach ja? Hat sie das erzählt?«

Angermüllers Gast nickte heftig.

»Dieser Bohnsack meinte, sie hätte an dem Abend mit Rico eine Auseinandersetzung gehabt, und wollte wissen, warum. Weil er ein sexistisches Arschloch ist, hat Simone da gesagt. Und daraufhin hatte er sie auf dem Kieker.«

»Ich glaub eigentlich nicht, dass die wirklich denken, Simone hätte was mit Ricos Tod zu tun«, beschwichtigte Angermüller, »das war doch nur so eine Routinebefragung. Die haben alle, die an dem Abend dabei waren, vernommen. Dich doch sicher auch?«

»Ja, schon. Aber weißt du, wer die Polizei erst auf Simone gebracht hat?«, empörte sich Simon. »Marein!«

»Na ja, was soll ich dazu sagen? Du musst auch Marein verstehen. Die hat gerade ihren Mann verloren, egal, was man von ihm halten mag, für sie ist es wahrscheinlich ein furchtbarer Schock. Und mit dem Streit zwischen Simone und Rico, das war ja nicht mal gelogen.«

»Glaubst du denn auch, Simone könnte es gewesen sein?«

»Nein, das glaub ich nicht. Und der Bohnsack bestimmt auch nicht.«

Zufrieden stellte ihn Angermüllers Erklärung nicht, das war Simon anzumerken.

»Ich denk ja, das war jemand, den die überhaupt nicht auf dem Schirm haben.«

»Wie kommst du darauf?«

»Ach, nur so«, wiegelte Simon ab, »weißt du denn irgendwas, Schorsch?«

»Wie kommst du drauf, dass ich was wissen könnt?«

»Na ja, so als Kollege vom großen Kommissar Bohnsack ...«

Simon verzog spöttisch sein Gesicht.

»Tsss, der Bohnsack, der weiht mich doch nicht in die Geheimnisse seiner Ermittlungen ein. Höchstens, wenn er unsere Hilfe braucht, aber sonst …«

»Hat er euch denn um Hilfe gebeten?«

Die Frage erstaunte Angermüller. Ihre Begegnung auf dem Marktplatz in Coburg fiel ihm ein und Simons Verhalten, als er von Ricos Tod erfuhr.

»Warum interessiert dich das?«

»Na ja, der Rico war nicht gerade mein Freund, aber immerhin hab ich ihn gut gekannt, und ziemlich lange. Und es ist echt ein komisches Gefühl, dass er von irgendjemandem umgebracht wurde, wo man eben noch mit ihm zusammengesessen hat. Da wüsste man schon gern, von wem …«

»Das kann ich verstehen. Doch da kann ich dir leider nicht helfen«, bedauerte Georg. Über seine aktuellen Ermittlungen durfte und wollte er nichts ausplaudern. Schon gar nicht gegenüber jemandem, der im weitesten Sinne in den Mordfall Rico Wiedehold verwickelt war.

»Aber sag, bist du eigentlich nur gekommen, weil ich dich eingeladen hab? Oder hat dich noch was anderes hierhergeführt?«

Die Frage trieb Georg tatsächlich immer noch um. Dass jemand so spontan die Einladung eines ehemaligen Schulkameraden annahm, mit dem ihn nicht einmal eine enge Freundschaft verband, fand er zumindest ungewöhnlich.

»Ich hab noch Urlaub bis Heiligdreikönig, und du weißt ja, die Bürgermeisterwahlen … Bevor es in die heiße Phase geht, dachte ich, ein Tapetenwechsel wär nicht schlecht, um dafür Kraft zu tanken. Ich wusste aber nicht so recht, wohin. Und ich geb's zu, da kam deine Einladung gerade recht. Bingo, hab ich gedacht«, lachte Simon, »du hast ja so geschwärmt von der Stadt und von der Ostsee. Jetzt schau ich mir das mal an und lass mir ein bisschen frischen Wind um die Nase wehen.«

»Frischen Wind wirst du garantiert haben. Aber ich fürchte, du hast die falsche Jahreszeit für einen Besuch gewählt. Schon seit Tagen haben wir richtig ekelhaftes Schmuddelwetter.«

»Es gibt kein falsches Wetter, nur falsche Kleidung, oder? Darauf hab ich mich eingerichtet.«

»Das ist schon mal gut. Wie lange wirst du bleiben?«

»Ich denke, ich fahre Samstag zurück. So hab ich noch den Sonntag zu Hause, und am Montag kann ich dann richtig durchstarten.«

»Was planst du denn für deinen Wahlkampf, und wie sieht dein Wahlprogramm aus?«

Sie sprachen eine Weile über Simons Vorstellungen und ob er als parteiloser Kandidat gute Chancen haben würde.

»Dann drück ich dir die Daumen, da kommt so einiges auf dich zu. Ich hoffe, deine kleine Auszeit tut dir gut. Was hast du in Lübeck so vor?«

»Was wahrscheinlich alle Touristen machen: Holstentor, Altstadt, Thomas Mann, Niederegger, Travemünde, Ostseeküste ...«

»Immerhin hast du dich vorbereitet und hast ein paar Ziele, bravo!«, lobte Georg seinen Gast. »Leider werde ich kaum Zeit haben, dich zu begleiten. Heute war mein erster Arbeitstag nach dem Urlaub.«

»Das ist kein Problem. Ich lasse mich einfach so treiben, das stelle ich mir ganz erholsam vor. Ich habe extra den Wagen genommen, weil ich mir auch die Umgebung anschauen will. Mein 1er BMW ist zwar nicht mehr der Jüngste, aber immer noch zuverlässig.«

»Na gut. Aber in der Lübecker Altstadt brauchst du wirklich kein Auto fürs Sightseeing. Das behindert dich eher beziehungsweise kommst du gar nicht überall hin. Und die Wege sind sowieso relativ kurz.«

»Das habe ich mir auch gedacht. Aber falls ich mal aufs Land fahren will, Holsteinische Schweiz und so.«

»Okay, verstehe. Vielleicht können wir an einem Abend mal was zusammen unternehmen«, meinte Georg und dachte an Elizabeth. Ein Treffen mit ihr ginge natürlich in jedem Fall vor.

»So, ich muss morgen früh raus«, Georg stand auf, »ich leg dir einen Wohnungsschlüssel auf den Küchentisch, dann kannst du kommen und gehen, wann du willst. Zum Frühstück findest du sicher was im Kühlschrank, da ist der Brotkasten, da steht die Kaffeemaschine. Ich wünsch dir eine gute Nacht. Schlaf gut.«

»Vielen Dank, Schorsch, dir auch gute Nacht.«

Als er kurz darauf im Bett lag, ließ Georg sich diesen Tag durch den Kopf gehen. Da war das Telefonat mit Bohnsack und die anschließende Vernehmung von Mila Lao und ihrer Haushälterin. Die Lao hatte sehr distanziert gewirkt und irgendwie undurchschaubar, nicht anders diese Frau Guo. Der Termin war nötig geworden, weil die Coburger Kollegen es offensichtlich versäumt hatten, gleich am vergangenen Freitag die Daten sämtlicher Übernachtungsgäste beim Greiner zu überprüfen. So hatte Bohnsack ihm das jedenfalls erklärt. Das konnte man nur als grobes Versäumnis bezeichnen.

So recht wusste Georg nicht, was er von Mila Lao halten sollte. Trotz der einfach zu beantwortenden Fragen hatte die Frau auf eine Art verunsichert auf ihn gewirkt.

Nun gut, so überraschend mit der Polizei konfrontiert zu werden, verunsicherte wohl die meisten Menschen. Das musste nicht unbedingt auf ein schlechtes Gewissen hindeuten.

Was ihn aber noch mehr beschäftigte: Mila Lao, Bonnie Guo und er hatten sich höchstwahrscheinlich zur gleichen Zeit in der Gaststube beim *Greiner* aufgehalten. Aber offensichtlich hatten sie sich gegenseitig nicht wahrgenommen. Gut, der Raum war recht groß, nicht sehr hell beleuchtet, und an dem Abend war echt der Teufel los gewesen. Mutmaßlich hatte ja auch Simon gleichzeitig mit Mila Lao beim *Greiner* gesessen. Manchmal gab es wirklich total verrückte Zufälle. Jedenfalls konnte er Bohnsack morgen nur melden, dass sich keine Verdachtsmomente gegen Frau Lao oder ihre Reisebegleiterin ergeben hatten.

Seine Gedanken richteten sich wieder auf den Besuch von Elizabeth. Das war eine tolle Überraschung gewesen, und es hätte ein richtig schöner Abend werden können, wenn, ja, wenn Simon nicht plötzlich aufgetaucht wäre. Aber selbst schuld. Georg erinnerte sich sehr gut, welche Einladungen er in Coburg ausgesprochen hatte, vielleicht beflügelt vom guten fränkischen Bier, nicht nur gegenüber Simon. Jetzt hätte er sich dafür ohrfeigen können. Aber wer rechnete denn damit, dass der erste Besuch schon drei Tage später auf der Matte stehen würde?

Wie auch immer, morgen früh musste er erst einmal mit Bohnsack telefonieren. Simon würde sich allein auf seine Stadterkundung begeben müssen. Es war echtes Dreckwetter vorhergesagt. Georg hegte die schwache Hoffnung, dass das seinen Logiergast vielleicht zu früherer Heimfahrt treiben würde. Auch für den Abend plante er vorerst keine Zeit für Simon ein, denn falls es klappte, ging eine Verabredung mit Elizabeth in jedem Fall vor. Er löschte das Licht.

KAPITEL XII

»Die schmecken unglaublich gut, Mila«, lobte Tante Ingeborg, »und diese *Manty* hast du als Kind in Russland
immer gegessen?«

»*Immer* wäre leicht übertrieben. Die Zubereitung ist
ziemlich zeitaufwendig. Meistens hat meine Oma das übernommen. Sie war überhaupt eine tolle Köchin. Und wahnsinnig flink beim Herstellen von gefüllten Teigtaschen.
Ja, *Manty* gehören wirklich zu meinen Lieblingsspeisen.«

»Kann ich noch eine Portion bekommen?«, meldete sich
Christopher und schob ein »Bitte« hinterher, als Charly
ihm einen entsprechenden Blick zuwarf.

»Aber klar. Die magst du wohl?«

Der Junge nickte.

»Die sind so ähnlich wie die *Jaozi* bei uns. Ich glaube,
nur mit anderen Gewürzen, aber echt lecker.«

Mila füllte seinen Teller mit noch ein paar der würzig
gefüllten Nudeln und schob ihm die Schälchen mit Schnitt-
lauch und saurer Sahne hin, die man über die *Manty* gab.

»Genau, Christopher. Solche Nudeltaschen gibt es fast
überall in Asien, von China, Japan bis zur Türkei ...«

»Und in Italien gibt's Ravioli!«, rief Patrick und hielt
Mila seinen geleerten Teller ebenfalls für einen Nachschlag
hin. »Vielleicht hat ja Marco Polo das Rezept mitgebracht.«

»Ja, vielleicht. Jedenfalls hätte ich dieses Abendessen
ohne Bonnies Hilfe heute nicht so schnell hinbekommen.
Cheers, Bonnie!«

Die Haushälterin hob ihr Bierglas.

»Cheers!«

Auch wenn sie kaum Deutsch verstand, hatte sie erfasst, worum es ging.

»It's easy, just like *Jaozi*, no problem«, kommentierte sie schulterzuckend.

Die Ablenkung tat Mila gut. Charly wusste noch gar nichts vom Besuch der Polizei, der sie mehr durcheinandergebracht hatte, als sie sich eingestehen wollte. Wie waren die auf sie gekommen? Bisher hatte sie noch keine Gelegenheit gehabt, mit ihm allein zu sprechen. Ihr Mann hatte meist eine sehr nüchterne Betrachtungsweise für die Dinge und löste Probleme ganz pragmatisch.

Auch wenn sie sich sagte, keine Panik, was habe ich mit dieser Geschichte zu tun, wühlte sie das Ganze erneut auf. Dabei hatte sie gedacht, sie könne nach ihrem Besuch in Coburg ein dunkles Kapitel ihres Lebens endgültig abschließen – und nun verfolgten sie die alten Geschichten bis hierher.

»Luckily the police questioning was rather quick. Otherwise I could not have prepared the *Jaozi* for dinner in time«, fügte Bonnie zufrieden hinzu. Das hätte nicht passieren dürfen, dachte Mila. Charly sollte das von mir erfahren.

»Was wollte die Polizei denn hier?«

Erstaunt sah Tante Ingeborg von Mila zu Bonnie, die als Einzige vor dem Abendessen zu Hause gewesen waren.

»Polizei?«, wunderte sich auch Charly. »Hattet ihr die gerufen, Mila? War hier irgendwas los?«

»Aber nein, keine Sorge«, beruhigte ihn Mila, und es gelang ihr sogar ein amüsiertes Lachen, »hier ist alles in bester Ordnung. Die haben uns nur im Auftrag der Coburger Kripo ein paar Fragen gestellt.«

»Und wieso das?«, fragte Charly leicht irritiert.

»Stellt euch vor, genau in der Nacht, die wir in dem Gasthof auf dem Dorf übernachtet haben, ist da jemand ermordet worden«, erläuterte Mila so unbefangen wie möglich, »und die haben uns dazu als Zeuginnen vernommen.«

»Wirklich?«, wunderte sich Ingeborg. »Wie gruselig!«

»Wir haben glücklicherweise davon überhaupt nichts mitbekommen und erst heute durch die Polizei davon erfahren.«

»Aber das ist doch jetzt schon eine Woche her«, überlegte Charly, »und da befragen die euch erst heute? Find ich ja merkwürdig.«

»Keine Ahnung, warum das so lang gedauert hat. Da haben die Kommissare nichts dazu gesagt.«

Mila machte eine kleine Pause. Sie wollte gern das Thema wechseln.

»Und was habt ihr heute so unternommen?«

»Wir waren auf der *Passat*«, berichtete Christopher von ihrem Besuch auf dem *Priwall*, vor dem die Viermastbark als ein Travemünder Wahrzeichen lag.

»Stell dir vor, da kann man drauf übernachten! Das würde ich total gerne mal machen. Ist bestimmt voll gemütlich in so einer Zweier-Kajüte. Vielleicht können ja Patrick und ich für ein paar Tage da hinziehen, oder, Papa?«

Der Junge und auch sein Großcousin waren von der Idee total begeistert.

»Ja, mal sehen«, sagte Charly, »wir haben doch gesagt, wir werden das in aller Ruhe recherchieren. Außerdem haben wir noch eine Menge anderer Sachen vor. Wir wollten auch für ein paar Tage nach Hamburg. Du willst in dieses *Miniatur Wunderland*, eine Hafenrundfahrt machen, auf den *Michel* steigen ...«

»Das schaffen wir alles, Papa. Wir sind doch noch so lange hier!«

Charly lachte.

»Na ja, so lang sind zwei Wochen auch nicht.«

Mila hoffte, Charlys Interesse am Besuch der Polizei hatte sich erledigt, denn weder wollte sie weiter über das Thema reden noch länger darüber nachdenken.

Als das Abendessen beendet war, schob Mila leise ihren Stuhl zurück. Auf den fragenden Blick ihres Mannes bedeutete sie ihm mit einer Geste, dass sie zum Rauchen nach draußen gehen wollte. Feuchtkalte Luft empfing sie. Mila zündete sich eine Zigarette an und sog den Rauch ein. Es schmeckte ihr nicht. Es schmeckte ihr ja schon eine Weile nicht mehr. Im Grunde hätte sie sofort mit dem Rauchen aufhören können, aber sie nutzte ihre vorgebliche Sucht für ihre kleinen Fluchten, wenn sie mal wieder das Bedürfnis hatte, allein zu sein.

Tief ausatmend, richtete Mila ihren Blick nach oben. Der Himmel war so gut wie sternenlos, nur ab und zu blitzte hinter treibenden Wolkenfetzen der abnehmende Mond auf. Sie löschte die nur halb aufgerauchte Zigarette. Bis vor wenigen Stunden hatte sie sich bereit gefühlt, Charly ihre ganze Geschichte zu erzählen. Doch die Geister der Vergangenheit, die sie gebannt zu haben glaubte, suchten sie nun plötzlich wieder ungebremst heim.

Seinen Logiergast bekam Georg nicht zu Gesicht, als er am nächsten Morgen zum Dienst aufbrach. Na ja, Simon hatte Urlaub und konnte es sich leisten, schön lange zu schlafen. Allerdings meinte Georg, ihn schon telefonieren gehört zu haben.

Wie vorhergesagt war der Tag nass, windig und kalt. Georg schwang sich auf sein Fahrrad. Auf der Straße sah er Simons schon etwas älteren 1er BMW mit Coburger Kennzeichen stehen. Von seiner Wohnung in der Nähe vom Am Brink bis zur Possehlstraße brauchte er nur wenige Minuten. Trotzdem war er froh, als er in seinem warmen Büro im K1 anlangte, das nur durch einen kleinen Flur von Jansens getrennt wurde, der gerade genussvoll seinen ersten Kaffee schlürfte.

»Morgen, Claus, gibt's was Neues?«

»Moin, nich dass ich wüsste, Kollege.«

Jansen kam mit seiner Kaffeetasse herüber und setzte sich auf eine Ecke von Angermüllers Schreibtisch.

»Aber sech mol, dass diese Mila Lao und ihre Begleiterin gleichzeitig mit dir in dem Wirtshaus in deinem Dorf waren, ohne dass einer den anderen bemerkt haben soll, ist schon abgefahren, oder? Ich musste da immer wieder dran denken.«

Georg hatte Jansen gleich nach ihrem Besuch in der Villa Sidelius auf diesen erstaunlichen Umstand hingewiesen.

»Geht mir auch so. Vielleicht hab ich sie ja sogar dort gesehen. Aber da war an dem Abend so ein Trubel, so eine Masse von Leuten, da hast du einzelne gar nicht so genau wahrnehmen können. Aber das hab ich dir ja schon gestern gesagt.«

»Tscha, gibt eben dolle Zufälle manchmal.«

»Allerdings. Irgendwie rückt mir momentan meine Heimat hier auf den Pelz. Stell dir vor, seit gestern Abend hab ich Besuch von einem aus meiner Klasse.«

»Übernachtet der etwa bei dir?«

»Mmh …«, Angermüller verzog sein Gesicht, »ich Hornochse hab die halbe Klasse eingeladen …«

»Du machst Sachen!«

»Da hast du recht. Aber jetzt ruf ich bei den Kollegen in Coburg an und geb denen durch, was wir gestern bei der Vernehmung erfahren haben.«

»Nämlich nix«, brummelte Jansen und verzog sich an seinen Schreibtisch.

Der Kollege Bohnsack war in einer Besprechung, erklärte die freundliche Dame aus der Zentrale. Erst am späten Vormittag rief er zurück. Anders als Angermüller ihn bisher erlebt hatte, war der Coburger ausnehmend freundlich und gesprächig. Der Lübecker Kommissar berichtete von ihrem Besuch in Travemünde.

»Ja, mehr gibt's leider nicht zu sagen. Ich fürchte, da konnten wir euch nicht so richtig weiterhelfen«, schloss Georg seine Ausführungen.

»Trotzdem danke dafür, Angermüller.«

»Wie sieht's denn mit den Ergebnissen der Spurensicherung aus? Haben die keine Fußspuren oder sonstige Abdrücke im Schnee gefunden? Es hatte doch unglaublich viel geschneit in der Nacht.«

»Leider hatte der Schneefall erst nach Mitternacht richtig eingesetzt, sodass keine signifikanten Reifen- oder Schuhabdrücke zu finden waren.«

»Und was ist mit DNA?«

»Auf der Kleidung des Opfers fanden sich Spuren von der Ehefrau und einem der Söhne, was ja erwartbar war. Fremd-DNA gab es auch, aber ohne Treffer in der *DAD*. Leider.«

Bohnsack hielt einen Augenblick inne.

»Also, ich habe aber doch noch ein Anliegen: Es wäre

ganz prima, wenn ihr noch mal zu dieser Frau Lao fahren könntet ...«

»Aber was soll das bringen, Kollege? Oder habt ihr inzwischen neue Erkenntnisse?«, wunderte sich Georg. Auch durchs Telefon bemerkte er, wie Bohnsack sich wand.

»Ja, also, der Grund, warum ich gestern eure Unterstützung angefragt hatte, ist ... wie soll ich das sagen ... war ein Hinweis auf diese Frau Lao.«

»Was für ein Hinweis?«

»Dass sie in der Mordnacht im Hotel war und sehr früh am Morgen aufgebrochen ist, obwohl sie einen Tag länger hatte bleiben wollen.«

»Hat euch das der Fritz Greiner gesteckt?«

»Nicht direkt. Der hat uns das nur bestätigt und wusste auch, dass Mila Lao nach Travemünde wollte, wie ihr Mann heißt und so weiter. Sie war ja nicht allein im Gasthof, sondern mit dieser Bonnie Guo. Die scheint ziemlich redselig, hatte wohl öfter mit dem Fritz gequatscht und eine Menge erzählt.«

»Du sagst, das ist ›nicht direkt‹ vom Fritz Greiner gekommen. Wie meinst du das? Was für eine Art von Hinweis war das denn?«

»Anonym.«

»Wie? Anonym?«

»Wir erhielten einen Anruf an Silvester. ›Es geht um den Mord in Niederengbach. Überprüfen Sie, warum Mila Lao nach der Mordnacht so schnell wieder abgereist ist.‹ Wir haben als Erstes mit dem Fritz gesprochen, die Angaben verifiziert und herausgefunden, dass ein Charles M. Lao in Travemünde als Besitzer eines Hauses im Grundbuch steht. Und da bist du mir natürlich sofort eingefallen.«

»Und wer hat bei euch angerufen? Konntet ihr das nachverfolgen?«

»Es wurde ein Prepaid-Handy benutzt, Teilnehmer nicht feststellbar. Und da wurde wohl gleich nach dem Anruf die SIM-Karte rausgenommen.«

»Und sonst? Mann oder Frau?«

»Es war eine weibliche Stimme. Aber ziemlich sicher ein Sprachcomputer.«

»Da hat sich aber jemand Mühe gegeben«, staunte Angermüller.

»Allerdings«, stimmte Bohnsack zu, »und gestern früh kam schließlich noch ein Anruf.«

»Ach, und was hat er oder sie diesmal erzählt?«

»›Es geht um den Mord in Niederengbach‹ war wieder der erste Satz. Und wir sollten Mila Laos Vergangenheit noch mal genau durchleuchten.«

»Das klingt ja wirklich nicht sehr konkret.«

»Na ja …«

Wieder folgte eine kleine Pause. Das nervt, dachte Georg, dem Bohnsack muss man wirklich alles aus der Nase ziehen. Dabei dachte ich, er will unsere Unterstützung.

»Wir sollen ihre Coburger Vergangenheit durchleuchten«, sagte Bohnsack schließlich.

»Ach so«, machte Angermüller überrascht, »und hat euer Anonymus auch ein paar Details genannt?«

»Nur den früheren Namen von Mila Lao: Ihr Geburtsname lautet Maria Reichert. Wir haben das auch schon nachgeprüft. Sie kam, gerade 15-jährig, in den 90er-Jahren mit ihren Eltern als Russlanddeutsche aus der ehemaligen Sowjetunion nach Coburg. Sie und die Eltern gehörten zur hiesigen Baptistengemeinde.«

»Uns hat sie gestern zwar gesagt, dass ihre verstorbenen Eltern die letzten Jahre in Coburg gelebt haben, aber nichts von sich selbst erwähnt.«

»Der jetzige Pastor hat uns von Frau Laos Besuch letzte Woche berichtet und dass sie ihm gesagt hatte, dass sie schon vor mehr als 20 Jahren aus Coburg weggegangen ist. Die Eltern hatten wohl schon damals den Kontakt zu ihrer Tochter abgebrochen.«

Georg hörte aufmerksam zu und schrieb die wichtigsten Punkte mit.

»Also dann scheint es doch so, als ob der oder die Unbekannte glaubt, dass es eine Verbindung von der Frau zu Rico Wiedehold gibt, oder?«, überlegte Angermüller.

»Genau das denken wir auch«, pflichtete ihm Bohnsack bei, »Mila Lao hat wohl ungefähr drei Jahre in Coburg verbracht. Sie ist aufgeführt in einem Verzeichnis der Baptisten-Gemeinde, ging damals noch zur Schule. Mehr konnten wir bisher dazu nicht ermitteln.«

»Wo hat sie nach ihrem Weggang aus Coburg gelebt?«

»Auch dazu haben wir nur bruchstückhafte Informationen. Ihre erste Station war Hamburg. Wo sie anschließend gelebt hat, wissen wir nicht. Nur, dass sie irgendwann nach Hongkong gezogen ist und da vor zwei Jahren diesen Herrn Lao geheiratet hat.«

»Hat das alles der Greiner erzählt?«

»Nein«, Bohnsack lachte, »ein bisschen was haben wir auch recherchiert. Wenn du ›Mila Lao Hongkong‹ eingibst, findest du im Netz eine Menge Infos über eine feudale Hochzeit, nämlich die von Mila und Charles Lao. Der Mann kommt aus einer bekannten Familie von Hongkong-Chinesen und scheint sehr wohlhabend zu sein. Ach ja, und seine Mutter stammte aus Travemünde.«

»Interessant«, meinte Angermüller, »okay, Rolf, dann versuchen wir unser Glück bei Frau Lao. Und wenn ihr noch was rausfindet über ihre Zeit in Coburg, gib uns bitte schnellstens Bescheid.«

»Wird gemacht, Kollege.«

Nachdenklich legte Angermüller das Telefon weg. Maria Reichert – wo, wusste er nicht, aber den Namen hatte er irgendwann schon einmal gehört …

»Na?«

Gespannt lugte Jansen um die Ecke seines Büros.

»Auf geht's, Claus. Wir müssen noch mal nach Travemünde.«

KAPITEL XIII

Ein bedrohlich aussehendes Violett färbte den Himmel und tauchte die Gegend in ein düsteres Zwielicht. Sie hatten es gerade noch unter das Vordach über der Haustür geschafft, als sich ein heftiger Graupelschauer über Travemünde entlud und Blitz und Donner die Luft erfüllten.

»Können die vielleicht mal die Tür öffnen?«, murrte Jansen gereizt, spähte durch das kleine Fenster in der Haustür und drückte erneut energisch auf die Klingel. Ihr Standort bot alles andere als einen echten Schutz vor dem wilden Wetter.

»Vielleicht ist keiner zu Hause?«

»Ach was, ich hab da doch schon jemanden um die Ecke watscheln sehen.«

Die Tür wurde einen Spaltbreit geöffnet, und die energische kleine Asiatin vom Vortag musterte sie streng.

»What's the matter? Are you in a hurry?«, fragte sie nicht gerade freundlich.

Angermüller bemühte seine Englischkenntnisse und erklärte geduldig ihr Anliegen.

»May we come in?«

»Ma'am is not here.«

Bevor die Tür sich wieder schloss, war aus dem Hintergrund eine Männerstimme zu vernehmen. Die Frau zog sich zurück, und ein großer, schlanker Mann stand im Eingang. Er hatte tiefschwarzes Haar, asiatische Züge, grüßte freundlich und fragte mit leicht nordischem Akzent:

»Moin, kann ich Ihnen vielleicht weiterhelfen? Aber kommen Sie doch erst mal hier rein«, bat er, »sonst müssen wir Ihnen noch Fön und Handtücher bringen.«

Im Windfang zückten die Kommissare ihre Dienstmarken und stellten sich vor.

»Wir würden gern Frau Mila Lao sprechen. Wir waren gestern schon einmal hier und …«, begann Angermüller.

»Ich weiß Bescheid«, unterbrach ihn der Mann, »mein Name ist Charles Lao. Meine Frau hat mir von Ihrem Besuch gestern erzählt und was da in dem Gasthof in Franken passiert ist. Leider ist sie im Moment nicht da. Kann ich ihr was ausrichten?«

»Danke, wir müssten mit ihr persönlich sprechen. Wann erwarten Sie Ihre Frau zurück?«

Herr Lao zückte sein Handy und schaute nach der Uhrzeit.

»Eigentlich müsste sie bald hier auftauchen. Wir waren mit dem Wagen unterwegs, und ich habe sie an der *Vorderreihe* rausgelassen. Sie wollte noch was besorgen, etwas frische Luft schnappen und zu Fuß hierherkommen. Aber bei dem Wetter hat sie sich vielleicht ins *Café Niederegger* geflüchtet. Lübecker Marzipantorte, Sie wissen schon«, lachte er, »wollen Sie wiederkommen oder wie sollen wir das machen?«

»Am besten ruft Ihre Frau uns an, sobald sie zurück ist. Hier ist meine Karte«, antwortete Angermüller, »dann kommen wir noch mal vorbei.«

»Okay. Aber wissen Sie was, ich versuch, Mila auf dem Handy zu erreichen. Vielleicht ist sie ja schon auf dem Weg, und mehr als 20 Minuten braucht man nicht zu Fuß hierher.«

Doch gleich darauf steckte Charles Lao das Telefon wieder in seine Hosentasche.

»Sie geht leider nicht ran«, bedauerte er, »also ich sag ihr, sie soll sich umgehend bei Ihnen melden.«

»Vielen Dank, das ist sehr freundlich. Auf Wiedersehen, Herr Lao.«

So schnell dieses Wintergewitter aufgezogen war, so schnell war es vorbei, und die Kommissare kamen trocken zurück zu ihrem Wagen.

»Die Gegend gefällt mir irgendwie.«

Wohlgefällig ließ Angermüller beim Einsteigen seinen Blick schweifen.

»Die vielen historischen alten Villen, dort ist gleich der kleine Park, und zum Strand ist es auch nicht weit. Hier lässt sich's aushalten.«

Jansen saß schon im Auto und trommelte auf das Lenkrad. Die Betrachtungen seines Kollegen über diesen beschaulichen Teil Travemündes interessierten ihn nicht so recht.

Heller war es immer noch nicht geworden, der heftige Wind rupfte nach wie vor heftig an Bäumen und Sträuchern, und sogar das Auto schaukelte in den Böen.

»Und nu?«, fragte Jansen.

Angermüller hob ratlos die Schultern.

»Ist doch bald Mittag, und wenn wir sonst nix vorhaben«, überlegte sein Partner, »ich könnte was zwischen die Kiemen vertragen.«

»Gute Idee, ich auch. Lass uns gleich in Travemünde was essen. Wird ja nicht so lang dauern, bis diese Frau Lao nach Hause kommt.«

Jansen gab Gas, und Georg holte sein Handy heraus und schaute, ob vielleicht eine Nachricht eingegangen war. Er hätte es schon schön gefunden, Liz vor ihrer Abreise noch einmal zu sehen. Eine plötzliche Vollbremsung riss ihn aus dem Sitz, und im nächsten Moment wurde er unsanft von seinem Sicherheitsgurt gestoppt. Ein entgegenkommender schwarzer Wagen schaffte es nach einem halsbrecherischen Überholmanöver nur ganz knapp, ihnen nach rechts auszuweichen.

»So ein Tüffel!«, schimpfte Jansen. »Hat der keine Augen im Kopp, oder wat? War doch klar, dass das riskant ist. Diese Straßenpanzer denken, sie haben immer Vorfahrt. Die sind die Pest!«

»Sag mal, was hatte der für ein Kennzeichen?«

»Vergiss es, zu spät, den können wir nicht mehr drankriegen.«

»Irgendwie dachte ich ...«

»Wat dachtest du?«

»Ach, nix. Wird Zeit, dass wir was zu essen kriegen. Ich glaub, ich hab so einen Hunger, dass ich schon halluziniere«, lachte Georg, der im ersten Moment geglaubt hatte, ein Coburger Nummernschild gesehen zu haben.

Sie fanden einen Parkplatz auf der *Vogteistraße* in der Altstadt und machten sich zu Fuß auf die Suche nach einem Restaurant. Vereinzelt schwangen Weihnachtsdekorationen im Wind, viele Restaurants und Läden waren geschlossen, in den Straßen waren kaum Leute unterwegs. Überhaupt machte die Stadt bei dem unwirtlichen Wetter keinen sehr einladenden Eindruck. Die Feiertage waren vorbei und die meisten Gäste abgereist, nur wenige wetterresistente Touristen nutzten die günstigen Preise der Nebensaison.

Die Kommissare entschieden sich für ein Restaurant in der *Vorderreihe* mit Blick auf den Vorplatz der *Priwallfähre*. Die umfangreiche Karte bot für wirklich jeden etwas, von Fisch über Fleisch zu Nudeln und Pizza bis Flammkuchen. Diese bunte Mischung machte Angermüller erst einmal misstrauisch. Sollte all das frisch zubereitet sein, ohne Fertigzutaten?

Eingedenk der weihnachtlichen Völlerei schaute er nach dem Angebot an Salatvariationen. Doch dann entschied er sich lieber für schlichte Matjesfilets auf Schwarzbrot mit kleiner Salatbeilage. Da konnte nicht allzu viel schiefgehen.

Jansen bestellte ein Schnitzel mit Pommes.

»Ich brauch heute mal wieder 'ne ordentliche Portion Fleisch«, murmelte er entschuldigend. Er war seit Längerem bemüht, sich den Vorstellungen der ernährungsbewussten Anja-Lena anzupassen, und gönnte sich nur selten einen Rückfall in seine alten Gewohnheiten.

»Ich hab doch gar nichts gesagt.«

»Aber ich weiß, was du denkst.«

Manchmal konnte Jansen empfindlich wie eine Mimose sein.

»Ist doch deine Sache. Ich ess halt nicht gern Fleisch, von dem ich nicht weiß, wo es herkommt.«

Als gleich darauf das Essen serviert wurde, stürzte sich der Kollege mit Heißhunger auf das riesige Schnitzel. In gewisser Weise auch beneidenswert, dachte Angermüller. Obwohl Claus Jansen solche Monsterportionen in unglaublicher Geschwindigkeit verdrückte, war er ein eher schmächtiger Typ. Selbst der Berg Pommes auf seinem Teller würde bei ihm keinen Schaden anrichten.

Angermüller legte sein Besteck weg. Den Beilagensalat aus Eisberg, dicken Gurkenscheiben und blasser Tomate unter Klecksen von rosa Fertigdressing rührte er lieber nicht an. Aber der Matjes hatte gar nicht schlecht geschmeckt. Der Kommissar sah auf die Uhr. Sie hatten inzwischen Kaffee vor sich stehen. Ihre Mittagspause zog sich schon über eine Stunde, ohne dass Mila Lao sich bei ihnen gemeldet hatte.

»Irgendwie doof, hier so rumzusitzen«, maulte Jansen. Angermüller sah, dass das linke Bein seines Kollegen heftig zu wippen begonnen hatte. Jansens Geduld wurde mal wieder auf eine harte Probe gestellt.

»Mann, Mann, Mann! Und das ist nicht mal unser Fall!«

»Hab ich dir eigentlich schon erzählt, dass dieser Charles Lao ganz schön viel Geld haben muss?«

»Nee«, antwortete Jansen und schien an weiteren Informationen nur mäßig interessiert.

»Das hat mir der Bohnsack erzählt. Der Mann stammt aus einer reichen Hongkonger Familie. So richtig reich, wenn du weißt, was ich meine.«

»Schön für ihn.«

»Und seine Mutter war Deutsche, stammte von hier. Deshalb spricht der auch so perfekt Deutsch, obwohl er ja sehr chinesisch aussieht. Die Familienvilla hier in Travemünde gehört ihm auch.«

Claus Jansen zeigte keine Reaktion und leerte ungerührt seine Kaffeetasse. Da schlug Angermüllers Handy an.

»Na siehst du, unsere Zeugin meldet sich schon«, kommentierte der Kommissar erfreut und nahm das Gespräch an.

»Hallo? Einen Moment bitte.«

Georg stand vom Tisch auf und bedeutete Jansen, dass er zum Telefonieren lieber nach draußen ging.

Der Anruf kam nicht von Mila Lao.

»Grüß dich, Steffen, was gibt's?«

»Sag mal, Schorsch, so unzuverlässig kenne ich dich gar nicht. Edelgard Knochenhauer hat mir heute eine Mail geschickt. Ich soll dir einen schönen Gruß von ihr sagen.«

Oh ja, wie peinlich, die Rechtsmedizinerin aus Erlangen hatte ihm mehrmals aufgetragen, ihren Lübecker Kollegen von ihr zu grüßen, und er hatte es hoch und heilig versprochen.

»Entschuldige, ich hatte mir das fest vorgenommen, aber als wir uns am Silvesterabend gesehen haben, da war mir das total entfallen.«

»Ich verstehe. Da warst du irgendwie etwas abgelenkt, glaube ich.«

Georg überhörte den feinen Spott seines Freundes.

»Tut mir leid. Ist eine sehr sympathische Person, deine Kollegin. Bestimmt hätte ich dir ihre Grüße noch ausgerichtet«, bemühte sich Georg klarzustellen, »aber wollte die Knochenhauer nur kontrollieren, ob ich dich gegrüßt habe, oder gab es einen weiteren Grund für ihre Mail?«

»Sie hat von einem Mordfall geschrieben, der sich während deines Urlaubs ereignet hat – in deinem Heimatdorf. Davon hast du gar nichts erzählt!«

Steffen klang ein bisschen vorwurfsvoll.

»Stimmt. Aber an Silvester bei euch hab ich irgendwie überhaupt nicht mehr an diese Geschichte gedacht.«

»Ich weiß, du warst abgelenkt«, wiederholte Steffen süffisant, »wie auch immer, Edelgard hat gehört, dass ihr inzwischen Amtshilfe leistet, und da der Coburger Ermittler wohl kein Teamplayer ist, soll ich dir ihre Kontaktdaten geben. Du kannst dich jederzeit bei ihr melden. Für alle Fälle, meint sie.«

»Das ist sehr freundlich, ihre Visitenkarte hab ich eh schon. Im Moment wüsste ich nicht, dass wir Bedarf haben. Aber gut zu wissen, danke.«

»Ich leite dir ihre Mail einfach mal weiter«, schlug Steffen vor und kam gleich zu einem anderen Thema.

»Was war denn gestern Abend bei dir los? Liz kam etwas frustriert nach Hause. So früh hatten wir sie gar nicht zurückerwartet.«

Georg ging nicht auf das Frotzeln seines Freundes ein.

»Ich sag dir, das war vielleicht eine Überraschung, als plötzlich Simon in der Tür stand! Wir waren zusammen in der Schule, doch nie besonders enge Freunde. Aber ich Depp hab ihn bei einem Klassentreffen an Weihnachten großzügig zu mir nach Lübeck eingeladen. Und nicht nur Simon ...«

»Du machst ja Sachen, Schorsch! Dann hoffen wir mal, er bleibt dein einziger Gast.«

»Das hoffe ich auch«, lachte Georg, »gut, Steffen, ich muss dann mal wieder. Wir sehen uns.«

»Ja sicher, da musst du endlich berichten, in welches Verbrechen du in deiner Heimat verwickelt bist, Schorsch.«

»Diesem Verdacht muss ich energisch widersprechen, lieber Steffen. Das ist nur einer dieser verrückten Zufälle, die das Leben so bereithält. Aber versprochen, ich melde mich bald.«

Als er Georg hereinkommen sah, stand Jansen sofort auf.

»Wollen wir dann mal los?«

»Wohin, Claus? Das am Telefon war nicht Mila Lao.«

175

»Wir sollten trotzdem noch mal dahin fahren. Macht doch auch keinen Sinn, hier rumzuhocken – und wer weiß, vielleicht ist sie längst zurück und hat nur keinen Bock, erneut mit der Polizei zu sprechen.«

»Ja, okay. Vielleicht hast du recht.«

Wieder schaute die chinesische Haushälterin misstrauisch durch den Türspalt.

»Ma'am is not yet at home«, erklärte sie sofort, »or do you want to talk to Sir?«

Die Haustür wurde ganz aufgezogen. Charles Lao trug eine Steppjacke und hatte sich einen Schal umgelegt.

»Ach, Sie sind's. Meine Frau ist leider immer noch nicht zurück, und ans Handy geht sie auch nicht, vielleicht ist der Akku leer. Ich will gerade los, schauen, wo sie bleibt. So groß ist Travemünde eigentlich nicht, aber sie kennt sich noch nicht sehr gut aus«, er lachte, »vielleicht hat sie sich ja verlaufen.«

»Kann man nie wissen«, nickte Angermüller.

»Kennen Sie sich denn gut aus hier?«

»Ziemlich gut, ja. Meine Mutter ist in diesem Haus aufgewachsen, und ich habe früher oft meine Ferien hier verbracht«, erklärte Charles Lao.

»Na, dann drücke ich die Daumen, dass Sie Ihre Frau bald finden.«

»Danke! Und ich sag Mila Bescheid, dass sie sich dann sofort bei Ihnen melden soll.«

Während die Beamten zu ihrem Wagen gingen, lief Charles Lao in flottem Tempo an ihnen vorbei in Richtung Innenstadt. In Gedanken versunken sah Angermüller ihm nach.

»Na, wovon träumst du, Kollege?«

»Von nichts. Mir ging nur grad was durch den Kopf.«

»Sag schon.«

Das Signal seines Handys enthob Georg einer Antwort. Erwartungsvoll nahm er den Anruf an.

Georgs Tonfall machte sofort klar, dass es nicht Mila Lao sein konnte. Stumm zeigte er Jansen, dass der schon mal zum Auto vorgehen sollte.

»Warum bist du denn so verdammt gut gelaunt?«, fragte sein Kollege, als Angermüller wenig später zu ihm in den Dienstwagen stieg.

»Bin ich das?«

»Wenn du dich sehen könntest! Du grinst von einem Ohr zum andern.«

»Ich hab heute Abend einen Termin.«

»Soso, einen Termin ...«

Mehr sagte Jansen nicht, warf einen schrägen Seitenblick auf Georg, und auch der blieb stumm, bis sie eine halbe Stunde später die Polizeidirektion in der Possehlstraße erreichten.

»Merkwürdig, dass diese Mila Lao sich immer noch nicht gemeldet hat, findest du nicht auch?«

Durchs Fenster seines Büros schaute Angermüller in den bedeckten Himmel.

»Ja, is merkwürdig. Aber is auch bald Feierabend, und ich will heute nicht noch mal nach Travemünde gurken«, stellte Claus Jansen nebenan klar.

»Stimmt, das muss nicht sein. Ich will auch noch was fürs Abendessen einkaufen gehen.«

Ohne große Begeisterung widmeten sie sich ihren Akten, während draußen langsam die Dämmerung einsetzte. Das Telefon schrillte und Angermüller griff sich den Hörer. Er lauschte dem Anrufer, dann sagte er: »Okay, schick ihn bitte hoch.«

»Vor zwölf habe ich meine Frau an der *Vorderreihe* abgesetzt. Und wie Sie wissen, am frühen Nachmittag hab ich mich auf die Suche gemacht, bin alle infrage kommenden Straßen abgelaufen, hab Restaurants und Cafés abgeklappert, ohne Erfolg. Jetzt sind bald fünf Stunden vergangen, und weder hat sie sich gemeldet noch erreiche ich sie auf ihrem Handy«, Charles Lao saß auf einem Stuhl vor Angermüllers Schreibtisch und strich sich nervös über das dichte Haar, »ich bin kein Schwarzseher, aber da muss etwas passiert sein. Deshalb bitte ich um Ihre professionelle Unterstützung.«

Manche Angehörige wurden sehr früh unruhig und schalteten die Polizei ein, wenn ein Familienmitglied nicht zur verabredeten Zeit nach Hause kam. Oft tauchte die Person dann aber zwei Stunden später wohlbehalten wieder auf, was die Kollegen, die ohnehin mit Aufgaben ohne Ende belastet waren, immer ziemlich frustrierte. Doch dieser Fall lag anders, fand Angermüller.

»Ja, Herr Lao, das verstehe ich. Bevor wir die Formalien für eine offizielle Vermisstenanzeige erledigen, würde ich Ihnen zuvor gern ein paar Fragen stellen.«

»In Ordnung, fragen Sie.«

»Hat Ihre Frau nach ihrer Rückkehr aus Franken etwas zu dem dortigen Mordfall gesagt?«

»Nein. Erst nach dem Gespräch mit Ihnen hat sie das erwähnt. Ich nehme an, sie hatte bis dahin gar nichts davon mitbekommen.«

»Hat sie sonst etwas über ihren Aufenthalt in Coburg erzählt?«

Der Mann überlegte.

»Sie hat nicht viel darüber geredet. Mila war dorthin gereist, um die Angelegenheiten ihrer verstorbenen Eltern zu regeln. Die haben ihr kaum was hinterlassen, aber für meine Frau war der Besuch dort wichtig, weil sie seit Jahren keinen Kontakt mehr hatten. Die Eltern waren sehr religiös, und darüber hatten sie sich wohl entzweit. Mila wollte einen Schlussstrich ziehen, hatte wenigstens im Nachlass auf ein versöhnliches Zeichen gehofft, was es nicht gab … aber das ist ein anderes Thema … Mehr fällt mir dazu jetzt nicht ein.«

»Ihre Frau hat in ihrer Jugend in Coburg gelebt?«

»Ja, für ein paar Jahre, nachdem sie mit ihren Eltern aus Russland gekommen war. Aber ich weiß kaum etwas darüber. Sie hat nicht gern darüber gesprochen, wahrscheinlich wegen der schwierigen Beziehung zu ihren Eltern. Ich weiß nur, es muss eine sehr schwere Zeit für sie gewesen sein.«

»Verstehe«, nickte Angermüller, »und die Reise nach Coburg verlief wie geplant?«

Charles Lao zuckte mit den Schultern.

»Soweit ich das beurteilen kann, ja. Es ging alles viel schneller als gedacht, weshalb Mila schon einen Tag früher zurückkommen konnte.«

»Dann erst mal vielen Dank, Herr Lao. Für die Vermisstenanzeige melden Sie sich bitte beim KDD, der befindet sich im ersten Stock. Vielleicht können wir ja das Handy Ihrer Frau orten. Ich kündige Sie telefonisch bei den Kollegen an, und die leiten dann alles Weitere in die Wege. Das wird sich bestimmt schnell aufklären.«

Angermüller begleitete den Besucher zum Aufzug.

»Sagen Sie bitte, wie lautet der Geburtsname Ihrer Frau?«

»Maria Reichert. Das klingt für mich völlig ungewohnt. Ich hab sie gleich als Mila kennengelernt, passt auch viel besser zu ihr«, lächelte er, »finde ich jedenfalls.«

Angermüller verabschiedete sich, wünschte viel Glück und ging langsam ins Büro zurück. Sein Gesicht hatte diesen grübelnden Ausdruck, der Jansen sofort nachfragen ließ, was Sache sei.

»Ich weiß auch nicht«, kam es zögerlich, »da ist zum einen der Geburtsname von Mila Lao, den mir der Bohnsack heute Vormittag gesagt hat …«

»Wie lautet der denn?«

»Maria Reichert, und irgendwas in meinem Kopf sagt mir, den hab ich schon mal gehört.«

»Und zum andern?«

»Ich hab das eigentlich nicht für plausibel gehalten, aber ich frage mich langsam, ob sie nicht doch was mit dem Mord in Niederengbach zu tun hat.«

»Hä?«, machte Jansen völlig verblüfft. »Wie kommste jetzt da drauf?«

»Na ja, die überstürzte Abreise aus dem Gasthof, die anonymen Hinweise. Ich bin inzwischen überzeugt, da muss es eine Verbindung geben«, schlussfolgerte Angermüller, »und dass ihr Mann keinen Schimmer über ihre Coburger Vergangenheit hat, finde ich auch merkwürdig. Die sind immerhin schon zwei Jahre verheiratet. Und jetzt ist sie verschwunden. Wer weiß, vielleicht wurde ihr das zu heiß mit unseren Befragungen und sie hat sich davongemacht.«

KAPITEL XIV

Mila schwitzte. Sie konnte nichts sehen und sich nicht bewegen. Wie gern wäre sie die dicke Steppjacke losgeworden. Doch ihre Hände waren, ebenso wie ihre Füße, gefesselt. Man hatte ihr die Augen verbunden, und etwas war über ihren Kopf gestülpt, eine Art Sack oder Beutel aus Stoff. Vielleicht hatte man darin Zwiebeln transportiert, denn so ein Geruch stieg Mila penetrant in die Nase. Halb saß sie, halb lag sie auf etwas, an dessen Armlehnen ihre Hände befestigt waren. Wie lange schon, konnte sie nicht sagen.

Sie erinnerte sich noch, wie sie um die Mittagszeit das kleine Café in Travemünde verlassen hatte. Das Wetter hatte sich beruhigt, und sie brauchte ein bisschen Bewegung. Langsam war sie auf Umwegen in Richtung Villa gegangen. Plötzlich hatte sie jemand von hinten gepackt, ihr etwas unangenehm süßlich Riechendes vor die Nase gehalten, sodass ihr schwarz vor Augen geworden war.

Irgendwann war sie hier aufgewacht, mit zugeklebtem Mund, in dem sie einen widerlichen Geschmack wahrnahm. Im ersten Moment war sie in Panik geraten, allein und hilflos in der Dunkelheit. Wo bin ich? Wer hat mich hierhergebracht und warum? Ihr Herz schlug staccato, sie bekam kaum noch Luft.

Ganz ruhig! Denk an autogenes Training, denk ans Atmen beim Yoga, versuchte sie sich selbst runterzubringen. Aber es brauchte eine ganze Weile, bis es ihr endlich gelang, die Panik zu verdrängen und ihrem Atem einen gleichmäßigen Rhythmus zu geben.

Später öffnete sich eine Tür. Durch eine winzige Öffnung in der Augenbinde schimmerte Helligkeit. Jemand hatte ihr das Klebeband vom Mund abgezogen, ziemlich grob, was sehr schmerzhaft war, aber zumindest bekam sie nun besser Luft. Außerdem hatte man sie aus einer Wasserflasche trinken lassen. Ihre Augen blieben verbunden.

Mila konzentrierte sich ganz auf ihr Gehör. Aber sie fand nicht heraus, ob mehr als eine Person mit ihr im Raum war. Sie nahm all ihren Mut zusammen und begann Fragen zu stellen. Wo war sie? Wer hatte sie betäubt und hierhergebracht? Warum? Was wollte man von ihr?

Sie bekam keine Antwort, aber offensichtlich wurde ihre Fragerei dem- oder derjenigen zu viel, denn ihr Mund wurde wieder mit Klebeband versiegelt. Gleich darauf hörte sie die Tür, es wurde dunkel im Raum und sie war allein. Hätte ich bloß gesagt, ich will diese Jacke ausziehen, jammerte sie stumm, mir ist so verdammt heiß.

Im nächsten Moment war ihr, als ob im Nebenraum jemand sprach. Telefonierte die Person? Sie vermeinte nur eine Stimme auszumachen, und die klang sehr gedämpft zu ihr. Trotzdem glaubte Mila, eine gewisse Aufgeregtheit herauszuhören.

Sie war voller Adrenalin, spürte jeden einzelnen Herzschlag, doch sie zwang sich zu nüchternem Nachdenken.

Tatsächlich erschien ihr nur eine Erklärung plausibel. Man hatte sie entführt, um sie gegen ein Lösegeld freizupressen. Doch konnte das stimmen? In Hongkong war Charly eine stadtbekannte Persönlichkeit, da war sein Reichtum ein offenes Geheimnis, aber hier in Deutschland? Soweit ihr bekannt war, wusste niemand außer der

Familie über seinen Aufenthalt in Travemünde Bescheid. Mila zermarterte sich das Hirn, wer hinter dieser Aktion stecken könnte – ohne Erfolg.

Etwas später hörte sie, wie eine schwere Tür ins Schloss fiel. Und dann folgte Autotürenschlagen, ein Knirschen auf Kies, ein Motorgeräusch und anschließend Stille, bis auf den Wind, der ums Haus toste.

Es lag schon eine ganze Weile zurück, dass Georg das Haus seiner Freunde während eines Urlaubs der beiden gehütet hatte, doch viel hatte sich in der Küche seither nicht verändert, sodass er ohne Probleme alle Utensilien und Zutaten, die er benötigte, finden konnte. Ohnehin verfügte er in der Hinsicht über den Instinkt des versierten, leidenschaftlichen Kochs.

Natürlich war bei Steffen alles vorhanden, was das Herz eines Küchenhandwerkers begehrte, perfekte Gerätschaften, ergonomische Arbeitsplätze, Grundzutaten in bester Qualität und eine beeindruckende Gewürzsammlung. In diesem Luxus war das Kochen ein Hochgenuss. Und fast fragte sich Georg, ob es nicht ein Sakrileg war, so etwas Einfaches wie gerösteten Rosenkohl mit Mehlspatz'n und Chilibutter zuzubereiten. Aber Liz hatte sich *Brussels Sprouts* gewünscht, ausdrücklich ohne Fleisch oder Fisch dazu, und selbstverständlich erfüllte ihr Georg ihren Wunsch.

»Erstens liebe ich Rosenkohl und Vijay zuliebe versuche ich, mich mehr und mehr vegetarisch zu ernähren. Die jungen Leute heute sind beim Essen ja so viel bewusster als wir.«

»Vijay? Hast du einen Sohn?«, fragte Georg leicht überrascht.

»Vijay ist das Kind meiner besten Freundin Fiona. Die ist vor zwei Jahren an Krebs gestorben, da war Vijay 18. Ich kümmer mich ein bisschen um ihn. Sein Vater lebt wieder in Indien. Wegen Vijay muss ich auch morgen Abend unbedingt zurück in London sein. Da gibt er mit seiner Band ein Konzert in einem wirklich angesagten Club.«

»Das versteh ich, so was ist wichtig. Kenn ich von meinen Mädels.«

Während Georg noch schnell eine Thunfischcreme mit Kapern als Vorspeise mischte und die Zutaten für die Chilibutter bereitstellte, putzte Liz das Gemüse. Außerdem hatte sie aus der umfangreichen Sammlung ihrer Gastgeber einen wunderbaren Riesling geöffnet, mit dem sie auf ihren letzten Abend anstießen.

Als Liz am Nachmittag angerufen hatte, war Georgs Freude groß gewesen. Er hatte so gehofft, sie vor ihrer Abreise noch einmal zu treffen – allein zu treffen. Steffen und David waren in Hamburg im Theater und wollten in der Stadt übernachten. Einem langen Abend, einer langen Nacht zu zweit stand also nichts im Wege.

»Und was macht dein Besuch aus der Heimat?«

»Ich habe keine Ahnung«, meinte Georg aufgeräumt, »ich habe Simon heute überhaupt nicht zu Gesicht bekommen. Heute Morgen war er noch im Bett, und als ich nach dem Dienst kurz zu Hause war, hab ich ihn auch nicht angetroffen. Nur benutztes Geschirr stand in der Küche rum. Da er sich den ganzen Tag nicht gemeldet hat, gehe ich davon aus, es geht ihm gut und er amüsiert sich.«

Bei dem Stichwort »Geschirr« fiel Georg ein, dass er sich über die Anzahl der benutzten Gläser und Teller in seiner Küche gewundert hatte. Simon konnte natürlich Besuch mitbringen, keine Frage. Doch er hatte gedacht, sein Coburger Gast würde außer ihm niemanden in Lübeck kennen. So genau hatte er die Geschirrteile allerdings auch nicht angeschaut und nachgezählt. Vielleicht irrte er sich ja und Simon hatte einfach nur einen etwas großzügigeren Umgang mit Tellern, Tassen, Gläsern. Manchmal hat meine kriminalistische Herangehensweise an die Dinge etwas leicht Paranoides, dachte Georg selbstkritisch.

Die Stunden vergingen unbemerkt. Sie genossen das Essen und tranken den köstlichen Riesling. Zum Dessert überraschte Liz mit einer Auswahl handgemachter Pralinen aus einer kleinen Manufaktur in der *Fleischhauerstraße*.

Die Gesprächsthemen wollten ihnen nicht ausgehen. Sie fanden so unglaublich viele Übereinstimmungen in ihren Ansichten, ihren Vorlieben, die Stimmung zwischen ihnen war fast schon euphorisch zu nennen. Und sie kamen sich näher, immer näher – bis sich ein Schlüssel im Schloss der Haustür drehte und Steffen und David gut gelaunt in die Küche traten.

»What a surprise!«, rief Liz erstaunt. »Wolltet ihr nicht in Hamburg übernachten?«

»Wollten wir, Schwesterchen, aber dann dachten wir, das können wir dir an deinem letzten Abend nicht antun«, erklärte David.

»Und ich möchte endlich erfahren, in welches Verbrechen du in deiner Heimat verwickelt wurdest, lieber Schorsch!«

Steffen zwinkerte seinem Freund zu. Auch die anderen waren natürlich neugierig geworden. Notgedrungen erzählte Georg eine Kurzversion der Ereignisse in Niederengbach. Inwieweit sich die Ermittlungen inzwischen auf seine Zuständigkeit erstreckten, behielt er für sich, und Steffen, der davon wusste, fragte auch nicht nach.

Das Gefühl vertrauter Zweisamkeit, das Liz und ihn zuvor beherrscht hatte, war verschwunden. Georg hatte kein Bedürfnis auf Steffens Anspielungen, der das sicher nicht böse meinte, ihn damit aber irgendwie verunsicherte. Liz schien es ähnlich zu gehen. Also übten sie sich in freundschaftlicher Distanz.

Gegen 1 Uhr spürte Georg, dass er ziemlich müde war. Und da eh alles anders gelaufen war als erhofft, wollte er jetzt nur noch nach Hause. Außerdem musste er am nächsten Morgen ja wieder zum Dienst. Er sagte tschüss zu Steffen und David, Liz begleitete ihn nach draußen. Sie umarmten sich lang und anhaltend.

»Schade«, sagte Liz bedauernd, als sie sich losließen.

»Wirklich schade«, bestätigte Georg mit einem Seufzer.

»Nun schau doch nicht so traurig, George, wir machen kein Drama draus! Du kommst einfach bald mal zu mir.«

Sie gab ihm einen Klaps auf den Arm.

»See you in London! Very soon!«

Liz schaute ihm ins Gesicht.

»It's a deal?«

»Aber ja, versprochen!«

Zum Abschied gab sie ihm einen langen Kuss.

»Und nächstes Mal werden wir auch zusammen frühstücken!«, erklärte sie mit einem Augenzwinkern, drehte sich um und verschwand im Haus.

Ihre Angst und die Ausweglosigkeit ließen Milas Gedanken rasen, zugleich tropfte die Zeit quälend langsam. Immer noch schwitzte sie in ihrer Steppjacke und bekam im nächsten Moment Gänsehaut vor Kälte. Ihr schien eine Ewigkeit vergangen, bis irgendwann von draußen erneut Motorenlärm an ihr Ohr drang. Dieses Mal erkannte sie zwei unterschiedliche Fahrzeuge. Dann schlug zweimal eine Autotür, Schritte knirschten auf dem Kies, jemand kam ins Haus.

Es dauerte nicht lange und die Zimmertür wurde geöffnet. Milas Angst steigerte sich. Was erwartete sie? Was hatte man mit ihr vor? Sie hörte einen Lichtschalter, jemand trat zu ihr und löste die Augenbinde.

Mila blinzelte in die ungewohnte Helligkeit, die eine Stehlampe vor ihr verbreitete, deren drei Strahler auf sie gerichtet waren. Im Halbdunkel dahinter stand ein Mann, dessen Gesicht einer verzerrten Fratze glich. Fast war sie beruhigt, als sie erkannte, dass es nur eine verknautschte Clownsmaske war, die er über dem Kopf trug.

Er setzte sich rittlings auf einen Stuhl außerhalb des Lichtkreises ihr gegenüber. Erst jetzt entdeckte sie die Pistole, die er in der Linken hielt. Die meinen es wirklich ernst, dachte sie panisch und warf einen erschrockenen Blick auf den Clown. Ihm entging das wohl nicht, denn er legte die Waffe hinter sich auf einem Tisch ab.

»Und jetzt erzähl mal. Wer bist du? Wie heißt du?«

Es war das erste Mal, dass er das Wort an sie richtete. Seine Stimme klang durch die Maske merkwürdig dumpf und verzerrt. Schnell beugte er sich vor und riss ihr mit einem Ruck das Klebeband vom Mund, sodass Mila kurz aufschrie.

»Verzeihung, geht leider nicht anders«, nuschelte er, »so, nun beantworte meine Fragen.«

»Sie wissen doch, wer ich bin, sonst wäre ich nicht hier. Haben Sie meinen Mann schon kontaktiert?«

»Warum sollten wir das?«

»Um ein Lösegeld zu fordern. Deshalb haben Sie mich doch gekidnappt.«

»Was du alles weißt …«

»Ich bin mir sicher, mein Mann wird zahlen. Je früher Sie Kontakt aufnehmen, desto besser, sonst wird er vielleicht die Polizei …«

»Quatsch, Polizei! Wie heißt du? Was hast du gemacht?«

Auch wenn Mila nicht verstand, weshalb der Mann ihr diese Fragen stellte, hielt sie es für besser, sich darauf einzulassen.

»Ich heiße Mila Lao. Ich wohne in Hongkong. Dort betreibe ich ein Café. Aber was ich gemacht habe?«, sie stockte. »Ich weiß ehrlich gesagt nicht genau, was Sie meinen.«

»Das war die falsche Antwort«, schnauzte sie der Clown an.

Mila hatte keinen Schimmer, worauf der Mann hinauswollte, variierte nur ein paarmal ihre Formulierungen. Der Typ schüttelte ungehalten den Kopf.

»Seit wann nennst du dich Mila Lao?«

»Wie bitte?«

Mila begriff erst nicht.

»Ich heiße Mila Lao, seit ich mit Charles Lao verheiratet bin. Vorher war mein Name Mila Reichert«, antwortete sie schließlich wahrheitsgemäß. Er fragte ein paarmal nach, doch was sollte sie anderes sagen?

Natürlich hatte sie Angst, er könnte die Geduld verlieren und sie mit der Waffe bedrohen. Doch im Gegenteil, sie hatte den Eindruck, dass sie ihn komplett verunsicherte. Irgendwann stand er wortlos auf, griff sich die Waffe und schloss die Tür hinter sich.

Gleich darauf hörte sie zwei unterschiedliche Stimmen flüstern, erregt flüstern. Vielleicht stritten sie sich? Bestimmt standen auch die Entführer unter großer Anspannung, und Mila nahm sich vor, so kooperativ wie möglich zu sein, um sie nicht noch mehr zu stressen. Das würde nur sie selbst gefährden.

Zum ersten Mal sah Mila sich um. Sie befand sich in einem Wohnraum, skandinavisch eingerichtet, eigentlich ganz gemütlich. Währenddessen wurde die Unterhaltung draußen immer lauter. Lautstark wurde eine Tür zugeworfen, jemand stieg in ein Auto und fuhr mit aufheulendem Motor über knirschenden Kies davon. War das jetzt ein gutes oder ein schlechtes Zeichen, überlegte Mila gerade noch, als ihr plötzlich Pizzaduft in die Nase stieg.

Wenig später balancierte der Clown ein Tablett herein.

»Pizzaservice«, verkündete er durch seine Maske, »wenn du vernünftig bist, darfst du selbstständig essen.«

Mila nickte.

»Mir ist so heiß. Dürfte ich bitte meine Jacke ausziehen?«

Er löste ihre Armfesseln und half ihr aus dem warmen Kleidungsstück. Anschließend stellte er ihr den Teller mit mundgerechten Häppchen auf die Knie.

»Vielen Dank, ich bin satt«, gab Mila wenig später Bescheid. Sie hatte sich gehorsam ein paar Bissen reingezwungen, aber von Hunger konnte nicht die Rede sein.

»Dürfte ich mal zur Toilette?«

Als das erledigt war, band er sie wieder auf dem Sessel fest, stellte keine Fragen mehr und benahm sich ihr gegenüber fast fürsorglich.

»Ich kleb dir nicht wieder was auf den Mund. Hier hört dich sowieso keiner, wenn du schreist. Aber du bist ja eh vernünftig, oder?«

Mila nickte artig. Sie konnte sich nicht vorstellen, dass dieser Mann ein professioneller Entführer war, so zuvorkommend und rücksichtsvoll, wie er sich ihr gegenüber benahm.

»So, wir reden morgen weiter. Jetzt gibt's noch eine Tasse Tee und dann wird geschlafen.«

Der Wind hatte nachgelassen, die Nacht war trocken. Georg trat in die Pedale und benötigte keine Viertelstunde vom Burgfeld nach Hause. Er bog gerade in seine schmale Wohnstraße ein, da kam ihm mit voll aufgeblendeten Scheinwerfern so eine dicke Karre entgegen, die ihn zwang, ganz nach rechts auszuweichen, denn sonst hätte sie ihn zumindest gestreift.

»Geht's noch?«, rief Angermüller wütend, stoppte und drehte sich um. Er hatte nicht übel Lust, diesen rücksichtslosen Menschen anzuzeigen. Doch keine Chance, das Nummernschild zu erkennen, denn der schwarze Wagen bog gerade um die nächste Ecke und war sogleich in der Dunkelheit verschwunden.

Georg schloss die Wohnungstür auf. In der Küche brannte Licht. Simon war dabei, das gebrauchte Geschirr in die Spülmaschine zu räumen. Sofort war Georg versucht, die Anzahl an Gläsern zu überschlagen, und schimpfte sich gleichzeitig für seine Kontroletti-Mentalität.

»Hallo, Schorsch, mit dir hab ich gar nicht gerechnet. Ich dachte, du kommst heute Nacht nicht nach Hause«, äußerte Simon überrascht.

Das hab ich auch gedacht, stimmte Georg innerlich zu, der Simon eine entsprechende Notiz in der Küche hinterlassen hatte.

»Grüß dich, Simon. Hab's mir anders überlegt. Hattest du trotz des fiesen Wetters einen schönen Tag in der Hansestadt?«

»Ich kann mich nicht beklagen. War nur unterwegs. Zwischendurch hab ich hier eine kleine Mittagspause gemacht und bin dann bis heute Abend auf Achse gewesen.«

Die frische Nachtluft hatte Georg wieder munter gemacht.

»Wollen wir noch was zusammen trinken?«

»Warum nicht? Bin zwar ziemlich kaputt, aber jetzt noch ein schönes Glas Wein wäre gar nicht schlecht.«

Kurz darauf saßen sie in der Küche, wo Georg einen Lübecker *Rotspon* öffnete und dazu gleich dessen Geschichte erzählte, wonach im späten Mittelalter Fässer mit rotem Bordeaux auf dem Seeweg in die Hansestadt gelangten. Nach der Lagerung in den feuchten Kellern und salzhaltiger Luft entdeckte man, dass der Wein ein ganz spezielles Aroma entwickelt hatte.

»Der schmeckt gar nicht schlecht. Und solchen speziellen Bordeaux gibt's hier noch heute?«

»Selbstverständlich. Und falls du ein paar Flaschen *Rotspon* als Souvenir mitnehmen willst, kann ich dir ein Kontor in der *Mengstraße* empfehlen. Aber jetzt erzähl mal«, forderte Georg seinen Gast auf, »was hast du den ganzen Tag so getrieben?«

Den Vormittag über hatte Simon die Lübecker Altstadt erkundet. Er nahm seinen Stadtführer zur Hand und nannte alle Highlights, die bei einer touristischen Erkundung nicht fehlen durften. Irgendwie vermisste Georg in Simons Aufzählung ein persönliches Urteil, vielleicht auch ein wenig die Faszination, die ihn selbst an vielen Ecken seiner Wahlheimat immer noch packte. Bei Simon klang alles ziemlich nüchtern.

»Bist du denn auch mal eingekehrt bei dem Dreckwetter?«

»Irgendwo hab ich einen Kaffee getrunken, und dann war ich in diesem Marzipan-Café ...«

»Und hast ein Stück Torte genossen?«

»Nee, nur für Simone Marzipan gekauft, die mag das so gern.«

»Die Marzipan-Torte solltest du aber unbedingt noch probieren, die gehört einfach dazu. Hast du hier zu Hause denn was gegessen?«

»Du willst es ja genau wissen«, wunderte sich Simon, »ja, ich hatte mir beim Bäcker was geholt ...«

»Und heute Nachmittag, wo warst du da noch?«

»Da bin ich in Richtung Küste gefahren, wie hieß das noch? Niendorf? Und dann noch weiter, Timmendorfer Strand und so.«

»Hat's dir gefallen?«

»Nicht schlecht, aber du hattest natürlich recht, das Wetter ist nicht gerade ideal im Moment. Bei Sonnenschein sähe es besser aus. Bin trotzdem ein Stück spazieren gegangen. Die Seeluft tat gut. Und bei dir so?«

»Normaler Polizistenalltag.«

»Irgendwas Interessantes?«

Georg lachte.

»Du denkst wohl auch, wir spielen jeden Tag Tatort?«

»Na ja«, grinste Simon, »irgendwas Neues aus Coburg?«

»Nicht unser Revier. Da müsstest du schon beim Bohnsack anrufen«, antwortete Georg und wunderte sich, »der Fall scheint dir ja nicht aus dem Kopf zu gehen.«

»Na ja, das ist der erste Mord an jemandem, den ich persönlich kannte. Du als Profi kannst das wahrscheinlich gar nicht verstehen.«

»Mag sein, aber sag mal, was ganz anderes: Hast du wenigstens irgendwo schön Fisch gegessen heute?«

Simon schüttelte den Kopf.

»Keine Scholle mit Bratkartoffeln? Na sag mal!«, kommentierte Georg.

»Meine Güte, du horchst mich ja aus«, lachte Simon, »wirst du von der örtlichen Gastronomie bezahlt?«

»Ich bin nicht bestechlich«, antwortete Georg, »aber morgen Abend bekoch ich dich, damit du hier oben wenigstens einmal einen ordentlichen Fisch probierst! Du bist doch morgen Abend noch da, oder?«

»Hm, mal sehen«, machte Simon, »aber wahrscheinlich ja. Wollte noch in die *Holsteinische Schweiz* und später in die Lübecker City, vielleicht *Rotspon* kaufen.«

»Gute Idee, dann prost!«

»Prost, Schorsch, und vielen Dank für deine Gastfreundschaft!«

KAPITEL XV

Während Simon sich noch nicht blicken ließ, in seinem Zimmer aber wieder zu telefonieren schien, machte sich Angermüller am nächsten Morgen gegen halb 9 mit dem Fahrrad auf den Weg zum Behördenhochhaus. Beim Blick in den Himmel entdeckte er blaue Wolkenlücken, hinter denen sogar die Sonne zu ahnen war. Wenigstens heute zeigt sich der Norden von seiner schönen Seite, da hat Simon ja Glück, freute sich Georg. Zwischendurch rätselte er von Neuem, ob er den Namen Maria Reichert nicht doch schon einmal gehört hatte.

»Moin«, grüßte Jansen, der ihn erwartet zu haben schien.

»Sech mol, du hast doch gestern erzählt, dass dieser Charles Lao so verdammt reich ist?«

»Stimmt.«

»Und dass seine Mutter aus Travemünde stammt und er dort oft seine Ferien verbracht hat?«

»Stimmt auch.«

»Was ich mich frage, ist, ob er hier alte Freunde oder Bekannte hat, also, ob es Leute gibt, die ihn kennen und wissen, dass er in Hongkong Immobilien in Millionenwert besitzt. So manche Heiopeis könnte das auf dumme Gedanken bringen.«

»Da hast du natürlich recht«, nickte der Kriminalhauptkommissar langsam, »aber woher weißt du denn das mit dem Immobilien-Millionär?«

»Schon mal was vom Internet gehört?«

»Ja, irgendwie. Ich dachte nur, du hast was gegen Nerds ...«, stichelte Angermüller.

Jansen schnalzte nur abfällig mit der Zunge.

»Dann sag: Was schlägst du vor?«

»Lass uns als Erstes gleich mit dem stinkreichen Herrn Lao reden. Ob er noch Kontakt zu Jugendfreunden von hier hat, ob ihm jemand begegnet ist, wer alles weiß, dass er in der Stadt ist und so weiter.«

»Gute Idee. Das sollten wir machen«, stimmte Angermüller seinem Partner zu. Der platzte fast vor Energie.

»Vielleicht hat sich ja sogar schon jemand bei ihm mit Lösegeldforderungen gemeldet. Und mit der typischen Ansage, keine Polizei, du weißt schon.«

»Hm, vielleicht. Ich will erst noch in Coburg anrufen. Der Bohnsack weiß ja noch gar nicht, dass Mila Lao seit gestern unauffindbar ist.«

Der Coburger Kommissar war nicht erreichbar, weshalb Angermüller um baldigen Rückruf bat.

»Komm jetzt, der hat ja deine Handynummer. Lass uns nach Travemünde fahren«, drängelte Jansen.

»Ich komm ja schon, Claus.«

»Außen rum oder durch den Tunnel?«

»Wo weniger Stau ist. Du bist der Chauffeur.«

»Stau ist hier eigentlich überall«, meinte Jansen lakonisch.

Schon beim Abbiegen von der *Geniner Straße* auf die *Kronsforder Allee* mussten sie minutenlang an der Ampel stehen, es ging nur schrittweise vorwärts. Claus Jansen traktierte mit allen zehn Fingern das Lenkrad, während Angermüller sich die neben ihnen wartenden Autos mitsamt ihren Insassen besah.

»Claus«, sagte er plötzlich, »fährst du bitte hier rechts.«

»Wieso dat denn? Ich wollte da so'n Schleichweg nehmen, außerdem hab ich mich schon auf der linken Spur eingeordnet.«

»Bitte hier rechts und setz dich vor den roten Golf«, wiederholte Angermüller bestimmt, ließ das Fenster runter, setzte das Blaulicht aufs Dach und nahm die Polizeikelle zur Hand.

»As du meinst, Berta«, gab Jansen widerwillig nach und setzte sich bei der nächsten Grünphase in einem waghalsigen Manöver vor den Golf. Georg hielt die Kelle nach draußen, und auf Höhe einer breiten Ausfahrt kamen beide Wagen schließlich zum Stehen.

»Na, jetzt bin ich aber gespannt. Ich hoffe, du hast eine gute Erklärung dafür.«

Ein schräger Blick traf Angermüller, als er aus dem Auto stieg.

Die Frau am Steuer ließ das Fenster herunter.

»Entschuldigung, hab ich irgendwas falsch …«, sie stutzte. »Georg! Boah, ich hab mich ja so erschrocken!«

Sie klopfte sich mit der flachen Hand auf das Brustbein und atmete laut aus.

»Was ist denn los? Was machst du hier?«

»Grüß dich, Simone, schon vergessen? Ich wohne hier.«

»Weiß ich doch. Diese Aktion eben hat mich nur ziemlich durcheinandergebracht.«

»Aber was machst du hier, wenn ich fragen darf?«

»Du hast uns doch so vorgeschwärmt von Lübeck, schon vergessen? Tolle Stadt, tolle Gegend und so. Und der Simon ist ja auch hier. Er wohnt bei dir, hat er geschrieben, da dachte ich …«, sie lächelte, als sie Georgs Miene sah, »aber keine Angst, ich hab mir übers Internet eine Unterkunft gebucht.«

Warum redet sie so viel und so schnell, überlegte Georg, sie ist doch sonst nicht so hektisch.

»Weißt du, was Simon heute so vorhat?«

»Vorhin hat er noch geschlafen, als ich los bin. Er wollte mal Richtung Holsteinische Schweiz, hat er zumindest gestern Abend gesagt. Ruf ihn doch an, wenn du ihn treffen willst.«

Simone nickte, irgendwie nicht überzeugt.

»Wann bist du eigentlich hier angekommen?«

»Jetzt.«

»Echt? Du bist mitten in der Nacht in Coburg losgefahren? Und das bei dieser Witterung?«

Das fand Georg nun wirklich merkwürdig. Sie warf ihm einen entschuldigenden Blick zu.

»Ach weißt du, bei uns hat es seit Neujahr getaut. Der ganze schöne Schnee ist so gut wie weg. Die Straßen waren frei, ich hab tolle Musik gehört und bin super durchgekommen.«

Simone wirkte total aufgekratzt. Sie musste schon vor drei losgefahren sein. Nur um in dieser unattraktiven Jahreszeit Lübeck kennenzulernen? Oder war das neu entflammter Liebe geschuldet, dass Simone ihrem Exmann hinterhergefahren war?

»Hör, Simone, ich bin im Moment im Dienst und muss jetzt weiter. Aber was hältst du davon, wenn wir uns zu meiner Mittagspause in der Stadt treffen? Vielleicht hat Simon ja Lust mitzukommen, wenn ihr euch zusammentelefoniert habt. Hast du meine Handynummer?«

»Hab ich. Und deine Adresse auch.«

»Hat Simon dir die gegeben?«

»Nein, deine Schwester Marga. Von der soll ich dich übrigens schön grüßen.«

»Danke, dann schick mir doch gleich mal deine Nummer aufs Handy, damit wir kommunizieren können.«

»Mach ich. Und jetzt leg ich mich erst mal schlafen. Bin doch etwas erschöpft von der Fahrt.«

»Was war das denn jetzt?«

Kopfschüttelnd musterte Claus Jansen seinen Kollegen.

»Treibst du immer so einen Aufwand, um fremde Damen anzumachen?«

»Ach, Claus, das ist eine lange Geschichte. Ich hab dir doch erzählt, dass Simon, dieser Typ aus meiner Schulklasse, überraschend bei mir aufgetaucht ist.«

»Und?«

»Die Dame in dem roten Golf ist Simone, seine Exfrau.«

»Echt jetzt?«

Sogar der stets so coole Jansen schien sich zu wundern.

»Und dann heißt die auch noch Simone«, amüsierte er sich.

Sie nahmen ihren ursprünglichen Weg nach Travemünde wieder auf. Angermüller grübelte noch eine ganze Weile über Simones überraschendes Auftauchen, bis sich kurz vor dem Herrentunnel sein Handy meldete.

»Guten Morgen, schön, dass du dich so schnell meldest, Bohnsack. Ich wollte dich informieren, dass Mila Lao seit gestern Mittag nicht auffindbar ist. Ihr Mann hat den ganzen Nachmittag nach ihr gesucht, ohne Erfolg. Gegen Abend hat er uns eingeschaltet. Nach Mila Lao wird jetzt offiziell gefahndet.«

»Habt ihr schon Hinweise, was mit der Frau passiert sein könnte?«, wollte der Coburger Kollege wissen.

»Zwei Möglichkeiten: Entweder wurde sie entführt, weil jemand ihren reichen Ehemann zur Kasse bitten will, oder, das ist bisher nur so ein Gedanke, sie hat etwas mit dem Tod von Rico Wiedehold zu tun und sich einer Festnahme entziehen wollen.«

»Vielleicht liegt ihr damit gar nicht so falsch«, erwiderte Rolf Bohnsack lebhaft, »wir haben mittlerweile nämlich sehr interessante Erkenntnisse gewonnen ...«

Konzentriert lauschte Angermüller den Ausführungen des Kollegen, nickte ab und zu und äußerte Erstaunen.

»Wirklich? Das ist ja echt unglaublich!«

Schließlich verabschiedete er sich.

»Okay, Bohnsack. Mal schau'n, was daraus wird. Ich werde berichten. Ciao und bis bald.«

Tief in Gedanken packte Angermüller sein Handy weg und starrte in die Helligkeit, die sie beim Verlassen des Tunnels schlagartig umfing. Nur wenige Wolkenschleier zogen über den Himmel und ließen die Sonne fast ungehindert strahlen.

»Mensch, Georg, nun sag schon!«, forderte Jansen voller Ungeduld, »wat hat er vertellt, der Oberfranke?«

Bevor Georg etwas sagte, schüttelte er ungläubig seinen Kopf.

»Die Coburger Polizei hat inzwischen herausgefunden, welche Schule Mila Lao besuchte. Ihr vollständiger Geburtsname war außerdem Maria Ludmila Reichert. Sie war auf derselben Schule wie ich.«

»Na, das ist ja abgefahren!«

»Kommt noch besser: Sie war in meiner Klasse.«

»Eieiei.«

Auch Jansen war ziemlich baff.

»Jetzt, wo du das weißt, kommt dir Mila Lao denn irgendwie bekannt vor?«

»Ja, schon. Der Name Ludmila hat mich drauf gebracht. Ich hatte nicht viel mit ihr zu tun in der Schule. War irgendwie ein sehr zurückhaltendes Mädchen.«

»Kannst du dich erinnern, wie sie damals ausgesehen hat?«

»Nur ziemlich dunkel. Sie war dicker, hatte Zöpfe, aber sonst? Jedenfalls sah sie völlig anders aus als heute.«

»Mit anderen Worten«, überlegte Jansen, »jetzt gibt es tatsächlich eine Verbindung von ihr zu dem Mordopfer. Dann hatte sie vielleicht wirklich einen Grund abzuhauen.«

»Möglich. Ich muss diese Information erst mal einsortieren. Ansonsten machen wir weiter nach Plan.«

Zehn Minuten später erreichten sie ihr Ziel und wurden von Charles Lao freudig begrüßt. Doch seine Hoffnung, etwas über den Verbleib seiner Frau zu erfahren, mussten Angermüller und Jansen leider enttäuschen.

»Sie konnten also Milas Handy nicht orten? Darauf hab ich so sehr gehofft.«

»Tut mir wirklich leid«, bedauerte Angermüller.

»Sie können sich vielleicht vorstellen, dass ich mehr als beunruhigt bin. Heute Mittag sind es 24 Stunden, dass Mila nicht zurückgekommen ist … Ich hatte so sehr gewünscht, Sie bringen gute Nachrichten.«

»Natürlich, das verstehe ich, Herr Lao. Die Fahndung läuft, und ich gehe davon aus, dass wir bald Erfolg haben. Wir sind dran. Dürfen wir Ihnen noch ein paar Fragen stellen?«

»Natürlich, kommen Sie rein.«

Sie nahmen wieder an dem großen Tisch im Esszimmer Platz.

»Ich würde gern auf den Lebensabschnitt Ihrer Frau in Coburg zurückkommen«, begann Angermüller, »Sie meinten, sie hätte nicht viel von damals erzählt. Aber ein wenig vielleicht schon?«

»Ich weiß zwar nicht, was das mit ihrem Verschwinden zu tun haben soll, aber bitte …«

Der Ehemann der Vermissten war ziemlich ungehalten, was Angermüller in dieser Stresssituation aber völlig normal fand.

»Mila hatte ein schlechtes Verhältnis zu ihren Eltern. Die waren sehr streng und sehr religiös. Mila sagt, es war die unglücklichste Zeit ihres Lebens. Irgendwie ist der Konflikt eskaliert, Mila wurde sehr krank und hat mit 17 ihr Elternhaus verlassen. Erst danach, so sagt sie es, führte sie ein Leben, wie sie es wollte. Jahrelang hatte sie überhaupt keinen Kontakt. Vor einigen Jahren versuchte sie sich wieder anzunähern, aber ihre Eltern haben darauf nicht reagiert.«

»Dann war der jetzige ihr erster Besuch in Coburg, nachdem sie die Stadt verlassen hatte?«

»Ja, so hat sie das gesagt.«

»Was hat sie darüber berichtet? Hat sie Freunde oder Bekannte von früher erwähnt, jemanden getroffen?«

»Nein. Es gab wohl auch niemanden. Mila war nur bei dem Pastor, der sich um die Bestattung ihrer Eltern und die Auflösung des Haushalts gekümmert hatte. Außerdem hat er ihr ein Päckchen übergeben, da waren Dinge wie ein Gesangbuch, eine Kette und Fotos von früher drin. Das war der ganze Nachlass. Und auf dem Friedhof war Mila auch noch, am Grab ihrer Eltern.«

»Danke.«

Angermüller räusperte sich.

»Auch wenn Ihnen das komisch vorkommt, Herr Lao, muss ich Sie das fragen: Könnte es sein, dass dieser Besuch in Coburg, die intensive Beschäftigung mit der Vergangenheit, mit ihren Eltern bei Ihrer Frau irgendeine Kurzschlussreaktion ausgelöst hat?«

Mehr als befremdet schaute Charles Lao den Frager an.

»Ob Sie sich was angetan hat, meinen Sie?«

Ein bitteres Lachen folgte.

»Das ist völlig absurd. Es war ganz das Gegenteil: Mila kam irgendwie gelöst von dieser Reise zurück, als hätte sie endlich einen Schlussstrich unter den belastenden Teil ihrer Vergangenheit gezogen.«

Seine Besorgtheit konnte Charles Lao nur schlecht verbergen. Ihm schienen Angermüllers Fragen wie die ganzen Ermittlungen in eine total falsche Richtung und viel zu langsam zu laufen.

»Haben Sie denn wenigstens irgendeinen Verdacht, was hinter Milas Verschwinden stecken könnte?«

»Sagen wir mal so, wir ermitteln in alle Richtungen.« Angermüller war die schwammige Allerweltsformulierung selbst peinlich, aber was konnte er anderes sagen?

»Uns beschäftigt die Frage, inwieweit Sie in Travemünde Beziehungen aus der Vergangenheit haben, Jugendfreunde, Bekannte? Wer weiß, außer Ihren Verwandten, dass Sie und Ihre Familie sich gerade hier aufhalten?«

»Worauf wollen Sie hinaus?«

»Nun ja, Sie sind recht wohlhabend. Das kann manche Leute auf dumme Gedanken bringen.«

Einen Moment blieb Herr Lao stumm.

»Ach, Sie denken an eine Entführung, eine Erpressung

von Lösegeld? Das kann ich mir nicht vorstellen, wirklich nicht«, stellte er dann mit Nachdruck klar.

»Sind Sie in den letzten Tagen jemandem begegnet, den Sie von früher kennen?«

Charles Lao schüttelte vehement den Kopf.

»Na ja, stimmt nicht so ganz«, sagte er nach einem Moment des Nachdenkens und schaute zu den Kommissaren.

»Wir waren an Silvester nachmittags spazieren, unten auf der *Travepromenade*. Da stand an so einem Kiosk ein Trupp Männer, die tranken Bier und Schnaps und waren ziemlich laut. Es war an dem Tag ja kalt und feucht, was denen aber nichts auszumachen schien. Sie sahen ein bisschen, na ja, runtergekommen aus. Einer nickte mir plötzlich zu und fing an zu winken. Erst später ist mir eingefallen, dass ich ihn von früher kenne. Das war Marc, Marc Jütters, ein lustiger Typ, großer Techno-Fan damals. Der wollte unbedingt DJ werden, war dann eine Weile tatsächlich auf Tour. Letztendlich hat's aber nicht geklappt mit der DJ-Karriere. Er kam irgendwann hierher zurück, aber ich hatte ihn da schon aus den Augen verloren.«

Mila Laos Mann verzog das Gesicht.

»Aber das kann ich mir wirklich nicht vorstellen, dass Marc jemanden entführen würde, um Lösegeld zu erpressen.«

»Wir werden das selbstverständlich prüfen, Herr Lao. Gibt es noch andere Leute in Travemünde, die Sie von früher kennen können?«

»Vielleicht. Wissen Sie, das waren ja alles nur Ferienfreunde, ein paar Jungs aus der Nachbarschaft. Wir waren noch Schüler, das ist ewig her. Später war ich nicht mehr so häufig hier, und da hab ich mich meistens nur mit Nicolai getroffen, die anderen höchstens mal zufällig gesehen.«

»Trotzdem, können Sie uns Namen nennen? Wir sollten jeder noch so winzigen Spur nachgehen.«

»Wenn Sie meinen«, seufzte Charles Lao, »der Einzige, von dem ich sogar eine E-Mail-Adresse habe, ist dieser Nicolai Mayer. Wir schreiben uns ein-, zweimal im Jahr eine Mail. Aber der lebt und arbeitet schon ewig in der Schweiz und hat keine Verbindung mehr nach Travemünde. Also, Nicolai, nein ...«

»Und was ist mit den anderen Jungs von früher?«

»Ich weiß nur noch von zweien die Vornamen, Jens und Tilman. Es gab noch einen, den nannten wir nur Skibbe, aber das war ein Spitzname. Die wohnten alle hier in der Umgebung.«

»Wer könnte uns genauer darüber Auskunft geben?«

»Am besten wahrscheinlich mein Cousin Patrick, vielleicht auch meine Tante.«

Der Cousin hatte berufliche Termine in Hamburg und die Tante besuchte eine Freundin in Kiel, beide wurden erst am späten Nachmittag zurückerwartet.

»Dann sollten wir mit den beiden sprechen. Aber dann müssen wir das auf später verschieben«, meinte Angermüller bedauernd. »Fällt Ihnen sonst noch etwas ein? Gab es in den letzten Tagen etwas Ungewöhnliches, auffällige Leute in der Gegend, fremde Autos?«

»Da ich hier nicht ständig wohne, kann ich das schlecht beurteilen. Mir fällt allerdings ein, dass es vorgestern beim Joggen einen, nun ja, Zwischenfall gab. Wobei ›Zwischenfall‹ ist eigentlich übertrieben.«

»Was ist passiert?«

»Meine Frau war erst allein losgelaufen, ich bin später dazugekommen. Im *Godewindpark* hab ich sie getroffen, und da sagte Mila, sie hätte das Gefühl gehabt, verfolgt zu werden. Es war aber niemand zu sehen. Wir haben beide darüber gelacht ...«

»Denken Sie bitte noch mal nach. Derartige Kleinigkeiten könnten wichtig sein«, bat Angermüller.

Der Mann gab sich wirklich Mühe, das war zu spüren, doch er musste passen.

»Sie haben ja unsere Telefonnummern, wenn Ihnen doch noch was wichtig vorkommt, melden Sie sich einfach. Erst recht, falls jemand Kontakt zu Ihnen aufnimmt. Dann erst mal vielen Dank.«

Angermüller und Jansen standen auf, auch Charles Lao erhob sich.

»Ach, Herr Lao, eine Bitte noch: Dürften wir uns die Fotos mal ansehen, welche die Eltern Ihrer Frau hinterlassen haben?«

Der Angesprochene zuckte mit den Schultern.

»Wenn Sie glauben, die helfen Ihnen weiter. Ich geh sie holen.«

»Das kann man nie wissen«, antwortete Angermüller, »danke.«

Als Charles Lao ihm den kleinen Stapel in die Hand drückte, schaute ihn der Kommissar zusammen mit Jansen schnell durch. An einer Aufnahme blieb sein Blick länger hängen.

»Wahrscheinlich können Sie mir nicht sagen, wann das gemacht wurde?«

»Doch. Danach habe ich Mila auch gefragt. Das war zu ihrer Baptistentaufe, so mit 15.«

»Ah ja. Vielen Dank, Herr Lao«, damit gab Angermüller die Fotos zurück, »dann sehen wir uns wahrscheinlich heute Nachmittag. Und wenn irgendwas ist, melden Sie sich bei uns.«

»Hast du denn auf diesen Bildern eben was entdeckt?«, fragte Jansen, als sie allein draußen vor dem Haus standen.

»Nee, aber jetzt weiß ich, wie die Maria Reichert aus meiner Klasse ausgesehen hat.«

»Du sprichst von dem Foto des dicklichen Mädchens mit dem Zopf?«

»Genau«, bestätigte Angermüller langsam, »Maria war nicht so lange bei uns, die Jüngste in der Klasse, sehr freundlich, sehr brav, unglaublich schüchtern. Man hat sie kaum bemerkt. Aber sie war ungeheuer fleißig, eine gute Schülerin. Umso mehr haben wir uns gewundert, dass sie ein halbes Jahr vor dem Abi plötzlich die Schule geschmissen hat. In der Mila Lao von heute hätte ich sie jedenfalls nie wiedererkannt.«

»Ich an deiner Stelle wahrscheinlich auch nicht. Die hat sich wirklich total verändert«, erklärte Jansen. »Und jetzt?«

»Zum Kiosk auf der *Travepromenade*?«

»Okay, is halb 11, da können wir erst mal 'n Kleinen nehmen«, zwinkerte Jansen seinem Kollegen zu.

Tatsächlich stand um diese Uhrzeit schon ein Grüppchen Trinker an einem der Stehtische beim Bier. Die Kommissare wiesen sich aus und ernteten halb respektvolle, halb sensationslüsterne Aufmerksamkeit.

»Oha, zwei Amtspersonen«, kommentierte ein Weißhaariger in dickem Norwegerpullover, »was haben wir denn verbrochen?«

»Das werden wir bald feststellen«, antwortete Jansen nicht ganz ernst, »wir würden gern mit dem Marc Jütters sprechen. Ist der hier?«

»Jawoll, hier, zur Stelle!«, salutierte ein Mittelgroßer mit strähnigem Blondhaar.

»Können wir kurz mit Ihnen allein sprechen?«

»Aber klar, Herr Kommissar«, sagte der Mann, leerte sein Bierglas in einem Zug und stellte es schwungvoll auf den Tisch zurück. »Wo soll ich hin?«

Angermüller und Jansen begaben sich mit Jütters an einen etwas entfernt stehenden Tisch. Ob die Purpurröte seines Gesichtes an Sonne und Wind oder zu viel Alkohol lag, war schwer auszumachen, wahrscheinlich an allem zusammen.

»Sie heißen Marc Jütters und stammen aus Travemünde?«, begann Jansen.

»Genau.«

»Sagt Ihnen der Name Charles Lao etwas?«

»Aber klar, Sie meinen Charly, unseren Schinesen. Der war früher immer in den Sommerferien hier. Wir haben damals viel Spaß zusammen gehabt. Ist aber schon ewig her.«

»Haben Sie Charles Lao in letzter Zeit mal getroffen?«

»Nee, getroffen nicht. Aber ich glaub, er ist vor ein paar Tagen mit einer Frau die Promenade hier langmarschiert. Ich hab ihn gegrüßt, aber er hat nicht reagiert. Vielleicht hat er mich nicht erkannt. Wie gesagt, ist ein Weilchen her.«

Irgendwie resignierend zuckte er mit den Schultern. Seine Kleidung war nicht sehr sauber und wirkte im Ganzen ziemlich abgerissen.

»Wo haben Sie sich gestern zwischen 12 und 15 Uhr aufgehalten, Herr Jütters?«, wollte Claus Jansen wissen.

»Das kann ich Ihnen ganz genau sagen«, grinste der Mann, wobei er eine unschöne Zahnlücke zwischen den oberen Schneidezähnen präsentierte, »ich war hier, wo sonst? Dat is quasi meine Wohnstube.«

»Gibt's dafür Zeugen?«

»Erstens der Ulli, zweitens der Andi, drittens der Hartmann.«

Der Mann nahm für die Aufzählung seine fünf Finger zur Hand, deren Nägel ausgeprägte schwarze Dreckränder aufwiesen.

»Die stehen alle da drüben, ach nee, der Andi fehlt heute. Und natürlich Hansi, der Wirt. Bei dem haben wir uns nämlich an den Tresen gesetzt, als es plötzlich so doll zu pladdern anfing. War ein richtig netter Nachmittag.«

Er hielt inne.

»Warum fragen Sie das alles eigentlich? Ist irgendwas mit Charly?«

»Nein, alles in Ordnung. Reine Routine, Herr Jütters«, meinte Angermüller beruhigend. Sie erledigten sämtliche Formalien, ließen sich von den anwesenden Zeugen Jütters' Alibi bestätigen und verabschiedeten sich. Auf dem Weg zu ihrem Wagen tauschten Angermüller und Jansen einen Blick des Einvernehmens. Beim besten Willen konnte sich keiner von beiden diese armselige Figur als ausgebufften Entführer vorstellen.

KAPITEL XVI

Mila konnte sich nicht erinnern, wann sie zum letzten Mal solche gemeinen Kopfschmerzen gequält hatten. Es war, als ob ihr gleich der Schädel platzen würde. Sie schien sehr tief geschlafen zu haben, ziemlich lange und wie betäubt. Letzteres war wohl wörtlich zu nehmen. Sie war sich sicher, dass der Clown etwas in den Tee gemischt hatte. Schon der Geschmack war ihr merkwürdig vorgekommen und sicher rührte daher auch ihr grässlicher Brummschädel.

Beim Aufwachen hatte sie jeden einzelnen Knochen von der unbequemen Lage auf dem Sessel gespürt. Wahrscheinlich war inzwischen Freitag, genau wusste sie es nicht, auch nicht, welche Tageszeit gerade herrschte. Sie trug keine Augenbinde mehr, doch es war immer noch dunkel, da die Fensterläden bis zum Anschlag heruntergelassen waren. Durch einen Spalt unter der Zimmertür sah sie es zwar hell schimmern, doch im Flur hatte gestern Abend schon das Licht gebrannt.

Gleich nach dem Aufwachen war die Angst zurück und erzeugte in ihr einen gewaltigen Druck. Dabei wollte sie ihrem Entführer gegenüber ruhig und unaufgeregt agieren. Also streckte und dehnte sie sich, soweit das mit ihren gefesselten Gliedmaßen überhaupt möglich war, versuchte in einen ruhigen Atemfluss zu kommen und sich für die nächste Begegnung mit dem Clown zu wappnen.

In Lübeck setzte Jansen seinen Kollegen am *Kohlmarkt* ab. Georg lief über die *Breite Straße* zum *Café Niederegger*, wo er sich mit Simone verabredet hatte. Er entdeckte sie im ersten Stock an einem Tisch direkt vorm Fenster mit freiem Blick auf das Lübecker Rathaus mit der berühmten Renaissancetreppe.

»Hallo, Simone, ist das nicht schön hier? Jetzt sitzt du inmitten touristischer Lübecker Highlights.«

»Hallo, Georg, ja, wirklich. Das war eine gute Idee.« Gut gelaunt sah sie sich um.

»Es duftet so wunderbar nach Kaffee. Und die Kuchentheke ist ein Traum. Und dann im Untergeschoss noch die ganzen Marzipan Leckereien! Da muss ich mir auf die Finger hauen, um nicht tonnenweise einzukaufen.«

Sie wirkt entspannter als am Morgen, ging es Georg durch den Kopf. Vielleicht war sie nur kaputt von der langen Fahrt gewesen.

»Wie ist deine Unterkunft?«, wollte er wissen, nahm auf einem Stuhl ihr gegenüber Platz und griff nach der Speisekarte.

»Wirklich ganz sympathisch. Ich bin in so einem kleinen Hotel in der *Beckergrube*. Gefällt mir gut.«

»So, was nehm ich denn mal?«, überlegte Georg, der inzwischen recht hungrig war, »ah, ich weiß: Erst ein Süppchen, dann gönne ich mir ein schönes Stück Torte.«

»Das ist geschickt, das mach ich auch.«

»Schön. Und hast du Simon erreicht, kommt er auch?«

Simones heiterer Gesichtsausdruck verschwand schlagartig.

»Ich hab ihn leider nicht erreicht.«

»Vielleicht ein Funkloch? Wenn er irgendwo in der

Pampa unterwegs ist, kann das schon mal vorkommen. Dann lass uns bestellen.«

Der hungrige Georg hatte eine Kellnerin herangewinkt, der sie ihre Wünsche mitteilten.

»Ach, Georg«, seufzte Simone plötzlich und sah todunglücklich aus. Ihre muntere Miene war wohl nur mühsam aufrechterhaltene Fassade.

»Was ist denn, Simone? Ist was passiert?«

»Ich weiß es nicht, Georg. Ich mach mir Sorgen um Simon. Schon seit unserem Treffen beim *Greiner* war er irgendwie so, wie soll ich das sagen, so grüblerisch?«

»Irgendwie nachdenklich?«

»Ja, genau. Ich glaub, der Mord an Rico hat ihn total fertiggemacht, obwohl er mit dem ja gar nicht viel am Hut hatte. Im Gegenteil, er mochte ihn nicht.«

»Was spricht man eigentlich so dazu in Coburg?«

»Tja, die Polizei hat mich ordentlich in die Mangel genommen«, Simone schüttelte ihren Kopf, »Marein hatte denen meine Auseinandersetzung mit Rico geschildert. Inzwischen hat sie sich bei mir entschuldigt.«

»Wie geht's ihr so?«

»Ihre Eltern, ihre Söhne unterstützen sie, wo sie können, und sie hält sich tapfer. Aber zurück zu Simon«, sie knetete ihre Hände, »weißt du, Georg, der hat manchmal so einen Hang zum Weltschmerz. Am Mittwoch hat er mir jedenfalls getextet, dass er hierherfährt. Ganz spontan. Er müsse was regeln und den Kopf frei kriegen vor dem Kampf ums Bürgermeisteramt …«

»Das hat er mir auch gesagt. Klingt doch plausibel.«

Simone verdrehte die Augen.

»Es gibt keinen weniger spontanen Menschen als Simon. Ich glaube, der hat plötzlich Panik wegen dieser Bürger-

meistergeschichte bekommen. Schon bevor er sich hat auf-
stellen lassen, hab ich ihm gesagt, dass er das nicht machen
muss. Ich kenn doch seine chronischen Selbstzweifel.«

Gedankenverloren begann Simone mit dem Löffel in
ihrer Süßkartoffelsuppe zu rühren, welche die Kellnerin
mittlerweile vor sie gestellt hatte. Der hungrige Georg ließ
rücksichtsvoll sein Büsumer Krabbensüppchen unberührt,
auch wenn es ihm der köstliche Duft schwermachte, der
daraus in seine Nase stieg.

»Was kann er hier denn regeln? Das ist doch alles
Quatsch. Er hat noch geschrieben, dass er gut angekommen ist – und das war's. So kurz angebunden, das ist sonst
auch nicht seine Art«, sie machte eine kleine Pause, »am
schlimmsten ist aber, dass er seither überhaupt nicht auf
meine Nachrichten und Anrufe reagiert. Ich find das
irgendwie komisch.«

»Weiß er, dass du in Lübeck bist?«

Sie schüttelte den Kopf.

»Ich bin letzte Nacht spontan losgefahren«, sie lächelte
gequält, »wirklich ganz spontan, und hab erst versucht, ihn
anzurufen, als ich hier war. Aber wie gesagt …«

Georg überlegte einen Moment.

»Wenn er wirklich Zweifel an seiner Kandidatur
bekommen hat, wird ihm das vor allem dir gegenüber
sehr unangenehm sein, weil du ihm ja schon vorher abgeraten hast.«

Simone schien nicht ganz überzeugt von Georgs Argu-
mentation.

»Warum muss er sich auch unbedingt um diesen Scheiß-
Bürgermeisterjob bewerben? Braucht er das für sein Ego?«,
brach es aus ihr heraus. »Entschuldige, aber ich hab geahnt,
dass er wieder Probleme kriegen wird!«

»Ganz ruhig, Simone, wir kriegen das bestimmt hin. Ich schlag vor, du versuchst nicht mehr, ihn zu erreichen, auch wenn dir das schwerfällt.«

»Warum soll ich ihn nicht anrufen?«

»Weil er heute Abend zum Essen zu mir nach Hause kommt. Das haben wir so verabredet. Und du bist auch eingeladen. Wenn er aber weiß, dass du kommst, will er dir vielleicht aus dem Weg gehen. Wenn ihm was anderes dazwischenkäme, würde er Bescheid geben. Zuverlässig ist er nämlich.«

»Wie man's nimmt«, kommentierte Simone skeptisch.

»Du magst doch Fisch?«

Leicht irritiert bestätigte Simone.

»Na prima. Das wird klappen, glaub mir. Du sitzt nachher in meiner Küche als Überraschungsgast, und da werdet ihr ja wohl ins Gespräch kommen.«

Es dauerte einen Moment, dann nickte Simone.

»Okay, Georg, das ist zumindest eine Idee. Dann machen wir das so. Hoffentlich behältst du recht.«

»Bestimmt.«

Georg tätschelte beruhigend Simones Hand.

»Dann lass uns unsere Suppe essen, bevor sie kalt wird.«

Kein Zweifel, irgendwo in einem Nebenraum unterhielten sich zwei Männer. Im Gegensatz zum Vortag bemühten sie sich jedoch nicht, leise zu reden, im Gegenteil. Sie schienen zu streiten, es klang nach Wut und Aggression, zumindest der eine war sehr laut. Leider waren sie nicht nah genug, dass Mila ihre Worte verstehen konnte. Ob sie sich wohl in einer Küche befanden? Ab und zu klapperte Geschirr, und auf einmal kroch Kaffeeduft trotz der verschlossenen Tür zu ihr. Laute Musik verhinderte plötzlich, dass Mila den Stimmen weiter lauschen konnte. Doch der Klangteppich konnte nicht das Geräusch übertönen, als etwas zu Boden fiel und zerbrach, auch nicht das wütende Brüllen danach.

Plötzlich herrschte wieder vollkommene Stille. All das gab Mila gar kein gutes Gefühl. Im nächsten Moment wurde das Licht eingeschaltet, und der Clown betrat mit einem Tablett das Zimmer. Sie blinzelte geblendet.

»Guten Morgen, oder besser Mittag! Du hast ja wahnsinnig lang geschlafen. Hier kommt ein spätes Frühstück. Danach fällt dir das Denken bestimmt leichter.«

Für die Auseinandersetzung, die Mila gerade mitbekommen zu haben glaubte, wirkte er ziemlich entspannt. Er stellte seine Last auf dem Tisch ab, löste ihre Fesseln und ließ sie zur Toilette gehen. Auf dem kurzen Weg dorthin begegnete ihnen niemand, doch Mila meinte, die Anwesenheit einer weiteren Person zu spüren. Anschließend band der Clown ihre Füße wieder fest und stellte das Tablett mit einem Teller belegter Brötchen mit Käse und Marmelade vor Mila ab. Auch ein Glas Wasser und eine Tablette befanden sich darauf.

»Wie trinkst du deinen Kaffee?«

»Haben Sie schon mit meinem Mann gesprochen?«

»Ach, Mädchen, was sollen wir denn mit dem?«

Der Clown schüttelte irgendwie traurig seinen Maskenkopf und goss Kaffee in eine Tasse.

»Schwarz oder mit Milch?«

»Mit Milch bitte«, murmelte Mila resigniert.

Er gab Milch dazu und stellte den Kaffeepott aufs Tablett.

»Du hast Kopfschmerzen, oder?«

Mila nickte. Klar, dass er das wusste, schließlich hatte er ihr wahrscheinlich das Zeug in den Tee gerührt.

»Nimm die. Die hilft.«

Er deutete auf die Tablette. Einmal mehr wunderte sich Mila über sein fast schon mitfühlendes Verhalten. Ihre Angst legte sich ein wenig.

Wieder nahm er rittlings auf dem Stuhl ihr gegenüber Platz.

»Wo waren wir gestern stehen geblieben?«

Zunehmend nervös suchten Milas Augen nach seiner Pistole, konnten sie aber nirgendwo entdecken. Sie trank vorsichtig von dem Kaffee. Er schmeckte normal und schien nichts anderes zu enthalten. Essen konnte sie keinen Bissen. Der Magen war ihr wie zugeschnürt.

»Ach so, ja, dein Name: Mila Reichert. Schon immer?«

»Spätestens seit ich vor Jahren nach Hongkong gegangen bin, verwende ich die Abkürzung Mila, von Ludmila. Steht auch so in meinem Pass. Mein vollständiger Geburtsname lautet Maria Ludmila Reichert, zu Hause nannte man mich Maria.«

»Da kommen wir der Sache ja schon näher. Warum hast du dich in Mila umbenannt?«

»Maria … ach, da hingen zu viele schlechte Erinnerungen dran …«, seufzte Mila zerstreut, »und Mila passte in Hongkong irgendwie besser.«

Warum ist der Mann so auf meinen Namen fixiert, auf meinen alten Namen, fragte sie sich.

»Warum interessiert Sie das überhaupt? Was hat mein Name mit all dem hier zu tun?«

In dem Augenblick sprang völlig unvermutet die Tür auf, und ein Mann rief aufgebracht: »Das kann ich dir sagen!«

Erschrocken zuckte Mila zusammen. Er trug die gleiche Clownsmaske, war nur um einiges größer als sein Kumpan. Energisch packte er diesen und zog ihn vom Stuhl hoch. Mit Unbehagen sah Mila seine Linke mit einer Waffe fuchteln.

»Los, jetzt erzähl, was hast du mit Rico Wiedehold gemacht?«

»Wie bitte?«

Mila verstand überhaupt nichts mehr. Ratlos sah sie zu dem netten Clown. Der stand mit verschränkten Armen neben seinem Komplizen und zuckte nur mit den Schultern, als er Milas Blick bemerkte. Wer waren diese Männer? Ein Lösegeld schien sie nicht zu interessieren. Waren sie von der Polizei? Aber nicht Angermüller und sein Kollege, die hätte sie mit Sicherheit trotz der Masken erkannt. Eine Art Geheimpolizei? Quatsch, so etwas gab es vielleicht in autokratischen Staaten, aber nicht in Deutschland.

»Du hast mich sehr gut verstanden!«

Er hielt ihr die Pistole vors Gesicht. Mit jedem Satz, den der zweite Mann sagte, kam ihr seine Stimme bekannter vor. Aber sie konnte sie niemandem zuordnen, nur ein fernes Echo hallte durch ihren Kopf.

»Wird's bald? Jetzt rede endlich!«

Mila schauderte.

»Also, gib schon zu, dass du weißt, wer Rico Wiedehold ist und was du mit ihm gemacht hast!«

Natürlich wusste Mila, wer Rico Wiedehold war. Und dass er tot war. Und – dass ihr das nicht leidtat. Sie schüttelte den Kopf.

Die Sonne stand nur noch knapp über dem Horizont. Wie so oft um diese Tageszeit war der Wind abgeflaut, der Himmel war wolkenlos, eine ruhige Abendstimmung kündigte sich an.

»Das tut richtig gut, mal ein paar Schritte an der frischen Luft zu tun«, stellte Angermüller fest, während Jansen und er über die Travemünder *Strandpromenade* spazierten. Die majestätische *Passat* und der rote Sonnenuntergang bildeten ein wahrhaft stimmungsvolles Ensemble.

»Wow, das sieht echt beeindruckend aus.«

Der junge Kollege hatte dafür überhaupt keinen Nerv.

»Wenn du meinst«, war sein ganzer Kommentar. Er vermied ohnehin gern das Zufußgehen, außerdem war im Moment seine Laune im Keller.

»Magere Ausbeute für das viele Gesabbel, oder?«

Unzufrieden kickte Jansen einen Kiesel zur Seite.

»Da hast du leider recht.«

Charles Laos Cousin Patrick und seine Tante Ingeborg Berendsen hatten sich sehr bemüht, mit Auskünften über seine Ferienfreundschaften weiterzuhelfen. Ein weiterer Junge mit Namen Julian Bose war Patrick noch eingefallen. Doch Julian und seine Familie waren nach dem Tod der Großmutter vor Jahren aus Travemünde weggezogen, wie Tante Ingeborg wusste. Das Haus am *Steuerbord* hatten sie verkauft.

Jens Spatz wohnte immer noch nur ein paar Häuser weiter. Mit Frau und drei Kindern hatte er die Villa übernommen, als seine Mutter ins Pflegeheim ging. Er befand sich zurzeit allerdings im Winterurlaub in Österreich, wie Patrick sicher wusste.

»Aber wer dieser Skibbe war«, rätselte er, »ich komm da nicht drauf. Du kannst dich auch nicht mehr an seinen richtigen Namen erinnern, Charly?«

»Ich weiß nur noch, wie er aussah: so ein dünner Kerl mit roten Stoppelhaaren und unendlich vielen Sommersprossen. Außerdem hatte er einen sehr breiten Mund.«

»Ah, ich glaub, ich weiß jetzt, wen du meinst! Das ist Tomte, Tomte Berman, keine Ahnung, warum wir den Skibbe nannten. Erkennen würdest du ihn wahrscheinlich nicht mehr. Der ist unglaublich fett geworden und hat so gut wie kein Haar mehr auf dem Kopf. Hat Karriere gemacht in einem großen Chemieunternehmen. Der wohnt immer noch in der Gegend, oben am *Leegerwall*. Aber das alte Haus hat er abreißen und sich so eine stylische Betonvilla hinklotzen lassen. Hab keinen Kontakt mehr zu dem.«

Jansen notierte sämtliche Namen und Adressen, die man ihnen nannte. Tilman war noch der Letzte von den Ferienfreunden, an dessen Vornamen sich Charles Lao erinnerte, und Tante Ingeborg wusste sofort Bescheid.

»Aber klar, Charly! Vonberg, du meinst Tilman Vonberg«, erklärte sie, »das war so ein netter Junge. Der ist Arzt geworden und arbeitet an einer Klinik in Neumünster. Ich hab neulich erst seine Eltern getroffen. Die haben das Haus verkauft, war denen nach dem Auszug der Kinder zu groß. Sie haben sich in Lübeck eine hübsche Wohnung genommen.«

»Na, das hat ja nicht so viel gebracht«, konstatierte Charles Lao, während er die Kommissare zur Tür brachte, »haben Sie denn sonst irgendwelche Hinweise bekommen?«

»Bisher haben sich leider keine Zeugen gemeldet, die etwas bezüglich Ihrer Frau beobachtet haben, wenn Sie das meinen«, bedauerte Angermüller.

Herr Lao nickte.

»Ich überlege, ob ich einen Privatermittler einschalten sollte«, sagte er dann.

»Das steht Ihnen natürlich frei. Wir tun jedenfalls unser Möglichstes. Erst einmal werden wir den Angaben nachgehen, die Sie uns gerade gegeben haben. Wir melden uns, Herr Lao. Und wenn irgendwas ist, rufen Sie uns bitte sofort an.«

»Oh Mann, dat is aber auch ein Schiet!«, machte sich Jansen Luft, als sie allein draußen auf der Straße standen. »Wir sind nicht einen winzigen Schritt weiter.«

Sie hatten gleich noch Tomte Berman um die Ecke in seinem Luxusneubau aus Stein und Glas aufgesucht – doch es war eine eher unerfreuliche Begegnung gewesen. Nur Angermüllers diplomatischem Geschick war es zu verdanken, dass der Mann überhaupt mit ihnen redete. Nach anfänglichem Gezicke hatte er die Fragen der Beamten schließlich beantwortet. Es stellte sich heraus, dass er gerade erst von einer Silvesterreise zurückgekommen war, auf der sich seine Verlobte von ihm getrennt hatte, was wohl der Grund für seine miese Laune war.

Nach dem Gespräch waren Angermüller und Jansen hinunter zur *Strandpromenade* gelaufen, wo jeder auf seine Art versuchte, den Frust loszuwerden.

»Ich bin wirklich etwas ratlos. Die Kollegen haben Krankenhäuser und Arztpraxen abtelefoniert, Unfallprotokolle gecheckt, nichts. Auch die Wasserschutzpolizei hat nichts gemeldet. Einen Suizid schließt der Ehemann aus. Irgendwelche Zeugen von irgendwas gibt es auch keine. Wenn sie wirklich entführt wurde, beunruhigt mich ehrlich gesagt, dass sich noch niemand bei Lao gemeldet hat. Seine Frau ist mehr als 24 Stunden verschwunden. Nicht, dass ...«, Angermüller verstummte. Er wollte gar nicht darüber nachdenken, was das im schlimmsten Fall bedeuten konnte.

»Wir haben uns irgendwie festgefahren«, brummelte Jansen. Plötzlich knuffte er seinen Kollegen in die Seite.

»Lass uns mal über was anderes reden, sonst krieg ich noch 'ne Depression. War das Treffen mit deiner Jugendfreundin denn nett?«

»Wie man's nimmt.«

Angermüller machte eine unschlüssige Geste.

»Simone macht sich Sorgen um ihren Exmann, weil er nicht auf ihre Nachrichten und Anrufe reagiert. Der will Bürgermeister in Coburg werden, und sie glaubt, er übernimmt sich damit. Kann ich nicht beurteilen. Jedenfalls erwarte ich heute Abend die beiden zum Essen. Mal sehen, was dabei rauskommt.«

»Eheberatung oder wat?«

»Die sind geschieden. Aber vielleicht will Simone ja einen neuen Anfang versuchen, wer weiß das schon.«

»Das kann ja ein unterhaltsamer Abend werden«, meinte Jansen spöttisch und zog eine Grimasse.

»Kannst du mal kurz in der *Kurgartenstraße* halten? Ich muss da noch den Fisch kaufen fürs Abendessen«, bat Angermüller seinen Kollegen, als sie in ihren Dienstwagen stiegen.

»Kein Problem.«

Wenig später kam der Kommissar mit einer gut gefüllten Tüte zurück.

»Alles bekommen, was du wolltest?«

»Hab ich, ja. Aber ich hätte den ganzen Laden leerkaufen können, sag ich dir. Die haben da eine Auswahl an Räucherfisch und Marinaden, traumhaft!«

»Du immer mit deinen Meerschweinereien, tss«, machte Jansen. Angermüller sagte nichts. Er war in Gedanken schon in seiner Küche, dachte über Beilagen und Getränkeauswahl nach. Sein Handy meldete sich. Elizabeth hatte eine Nachricht geschickt.

›Bin wieder zu Hause, gleich geht's los zu Vijays Konzert. Ich hoffe, wir sehen uns ganz bald! With love from London.‹

Dahinter ein Herzsymbol.

›Wünsche ein tolles Konzert! Ja, bis ganz bald!‹ Auch er setzte ein Herzsymbol dahinter. Entspannt lehnte Georg sich zurück und lächelte zufrieden vor sich hin.

Sie passierten gerade die Stelle, wo sich die Bundesstraße gabelte, nach Norden in Richtung Niendorf, nach Süden Richtung Lübeck, als er plötzlich von seinem Sitz in die Höhe fuhr.

»Was ist los?«, fragte Jansen überrascht.

»Da ist doch grad so ein schwarzer SUV Richtung Niendorf abgebogen?«

»Stimmt.«

»Hast du das Nummernschild gesehen?«

»Nee.«

»Ich hab's auch nur so aus dem Augenwinkel erfasst. Hatte der CO als Kennzeichen?«

»Keine Ahnung, warum?«

»Das wird mir langsam unheimlich. Als ob mich Coburg bis hierher verfolgt. Erst ruft der Bohnsack an, dann taucht Simon auf, heute auch noch Simone. Und jetzt dieser Wagen. Weißt du noch, ich dachte doch gestern schon, der SUV, der uns so geschnitten hat, hätte ein Coburger Nummernschild gehabt.«

Jansen konnte die Aufregung seines Kollegen nicht verstehen.

»Komm mal wieder runter, Georg. Ist völlig normal, wenn das Urlauber sind. Die gurken hier doch immer

gerne hin und her. Vielleicht sogar welche aus Coburg.
Und von diesen Angeberkarren gibt's ja auch immer
mehr.«

KAPITEL XVII

Voller Vorfreude packte Angermüller zu Hause die Tüte mit seinem Fang aus dem Fischgeschäft aus, wobei ihm schon dabei das Wasser im Munde zusammenlief. Als Hauptgang wollte er, ganz klassisch, Scholle mit Bratkartoffeln servieren. Mit der Vorspeise hatte er es sich heute leicht gemacht: etwas geräucherte Buttermakrele, Kräutermatjes und ein Schälchen weißen Heringssalat mit Zwiebeln und rotem Pfeffer, dazu einfach nur Schwarzbrot.

Zu diesem deftigen Menü passte besser Bier als Wein, überlegte er. Er hatte noch einen halben Kasten von einem Gebräu aus einer kleinen Landbrauerei bei Neumünster im Vorrat, das er sehr gelungen fand. Seinen oberfränkischen Gästen, an die erstklassigen Biere ihrer Heimat gewöhnt, würde dieses Märzen hoffentlich auch schmecken.

Im Tiefkühler hatte er noch ein Viertel von seiner selbstgebackenen *Torta Caprese*. Daraus ließ sich zum Beispiel mit Früchten und einer Kugel Vanilleeis ein perfektes Dessert zaubern. Das Menu stand. Zufrieden machte Georg sich ans Pellen der gekochten Kartoffeln, würfelte den Speck und schnitt die Lauchzwiebeln in Ringe.

Eine bessere Ablenkung von der erfolglosen Ermittlung im Fall Mila Lao respektive Rico Wiedehold konnte es für ihn nicht geben. Als alle Vorarbeiten abgeschlossen waren, schickte er Simon eine Erinnerung, dass er ihn um 18.30 Uhr zum Essen erwartete. Der antwortete mit einem hochgereckten Daumen als Okay. Simone hatte Georg erst für 19 Uhr eingeladen – in der Hoffnung, dass die beiden sich nicht vorher begegnen würden und Simon womöglich kneifen könnte.

Kurz nach halb sieben tauchte Simon auf. Er sah nicht gut aus, fand Georg.

»Hallo, Simon, schön, dass du da bist«, begrüßte er ihn, »erst mal ein Bier? Du siehst ganz schön geschafft aus. Das Wetter war heute ja gar nicht mal schlecht. Was hast du so gemacht?«

»Boah, ich war überall, bin viel rumgefahren, rumgelaufen, hab jetzt bestimmt alles gesehen. War schön, aber anstrengend.«

»Hast du denn von dem *Rotspon* gekauft?«

Simon verneinte.

»Dazu bin ich gar nicht gekommen.«

Komisch, wunderte sich Georg, wie man nach einem Urlaubstag so fertig sein konnte. Vielleicht belastete Simon sein bevorstehender Wahlkampf doch mehr, als er zugeben wollte.

Es läutete an der Wohnungstür.

»Kommt deine englische Freundin heute auch wieder zum Essen?«

»Leider nicht. Liz ist schon zurück in London«, meinte Georg bedauernd und ging öffnen.

»Simone!«

Simons Gesichtsausdruck war schwer zu deuten, als seine Exfrau plötzlich vor ihm stand.

»Was machst du denn hier?«

»Ich bin bei Georg zum Essen eingeladen«, erwiderte sie mit einem strahlenden Lächeln und umarmte ihn.

»Du ja scheinbar auch. Hier, Georg, für dich. Danke für die Einladung.«

Sie überreichte Georg eine Flasche mit karibischem Rum.

»Hab ich aus einem Geschäft in der *Beckergrube*, in der Nähe von meinem Hotel. Hoffe, der schmeckt. Der Verkäufer hat ihn mir wärmstens empfohlen.«

»Vielen Dank. Den können wir nach dem Essen gleich probieren. Magst du auch ein Bier?«

»Ja, danke, eins werd ich mal trinken. Ich muss ja noch zurück zum Hotel fahren.«

Georg gab ihr auch eine Flasche. Simon schüttelte unwillig den Kopf.

»Also echt, ich weiß gar nicht, was ich sagen soll. Das habt ihr ja prima hingekriegt, mich so zu überrumpeln ...«

»Freust du dich denn gar nicht?«

Seine Exfrau machte ein enttäuschtes Gesicht, und er schien mit sich zu kämpfen, wie er nun reagieren sollte.

»Na ja. Ich wollte hier einfach mal allein über ein paar Dinge nachdenken.«

Man sah ihm an, wie er mit sich kämpfte.

»Aber jetzt, wo du schon mal da bist«, meinte er schließlich, »machen wir halt das Beste draus. Prost!«

So richtig überzeugend hörte sich das nicht an. Sie stießen zu dritt an, Simon lobte das norddeutsche Bier, und Simone wollte schnell noch Georgs Wohnung sehen. Dann nahmen sie in der Küche Platz zum Essen.

Der Anfang war doch schon mal gar nicht schlecht, dachte Georg, während sie sich den Fischköstlichkeiten mit Schwarzbrot widmeten. Simon gab sich allerdings ziemlich einsilbig, während seine Exfrau betont munter drauflosplauderte. Ein bisschen zu munter, fand Georg, aber wahrscheinlich war sie einfach nur nervös wegen der Sorgen, die sie sich um ihren Exmann machte.

»Wann fährst du zurück, Simon?«

»Spätestens morgen, damit ich noch einen ruhigen Sonntag daheim habe.«

»Und wie geht's dir so?«

Sie legte ihm anteilnehmend ihre Hand auf den Arm.

»Konntest du ein bisschen Energie tanken hier? Es liegen ja herausfordernde Wochen vor dir.«

Ihre Besorgtheit war Simone deutlich anzumerken und ihrem Exmann, dass ihm genau das äußerst unangenehm war.

»Alles gut. Du musst dir meinetwegen keine Sorgen machen.«

Er zog seinen Arm zurück, etwas zu brüsk, wie Georg fand.

»Simon hat doch die richtigen Themen gesetzt für seinen Wahlkampf«, mischte er sich ein, »Verkehrsplanung, Wirtschaftsstandort stärken, Tourismus ankurbeln und das alles unter dem Motto Nachhaltigkeit und Umweltschutz, wie er mir erzählt hat. Da müsste er als Parteiloser doch auch echte Chancen haben.«

»Vielleicht.«

Simone war nicht überzeugt.

»Wenn das nicht wieder alles zu viel für ihn wird ...«

»Könnt ihr vielleicht mal über was anderes reden?«, verlangte Simon gereizt. »Und *mit* mir und nicht *über* mich sprechen?«

»Du hast ja recht. Aber jetzt wird zuerst der Butt in die Pfanne gehauen.«

Georg stand auf, um den nächsten Gang zuzubereiten, da erklang der Ton seines Handys.

»Frau Knochenhauer, das ist ja eine Überraschung! Guten Abend, wie geht es Ihnen?«

Er machte eine entschuldigende Geste zu seinen Gästen, verließ zum Telefonieren die Küche und zog in seinem Schlafzimmer die Tür hinter sich zu.

»Sag mal, Knochenhauer? War das nicht die Pathologin, die Ricos Leichnam untersuchen sollte?«, wollte Simon wissen, kaum dass Georg wenig später in die Küche zurückgekehrt war.

»Du hast ja ein Gedächtnis!«, rief seine Exfrau erstaunt. »Da wär ich nie draufgekommen.«

»Na, der Name passt doch einfach zu gut bei einer Pathologin. Deshalb blieb der mir wohl im Gedächtnis.«

»Genau, Frau Knochenhauer ist Rechtsmedizinerin in Erlangen, nicht Pathologin. Grob gesagt, kümmern sich Pathologen um Todesursachen bei natürlich Gestorbenen, die Rechtsmedizin ist zuständig bei unnatürlichen Todesfällen«, erklärte Georg.

»Aha«, machte Simon, »wieder was dazugelernt. Und was wollte die Rechtsmedizinerin nun von dir?«

»Ach, es ging um meinen Freund Steffen. Die kennen sich von Kongressen und so. Frau Knochenhauer schätzt Steffen als Berufskollegen sehr. Darüber sind wir in Kontakt«, meinte Georg vage.

Simon nickte. So ganz schien ihn die Erklärung nicht zufriedenzustellen.

»Steffen wiederum ist übrigens der Schwager von Liz, die du vorgestern kennengelernt hast und die heute leider schon wieder nach London zurückmusste«, redete Georg schnell weiter. Er rieb sich die Hände.

»So, dann will ich mich endlich um unsere Schollen kümmern.«

Er platzierte die Pfannen auf dem Herd, ließ Butterschmalz darin heiß werden und nahm die Fische aus dem Kühlschrank. Nachdem er sie mit Salz und Pfeffer gewürzt hatte, wälzte er sie in Mehl und gab sie in die Pfannen. In einer weiteren bereitete er die Bratkartoffeln zu. Das Aroma von Speck und Zwiebeln begann sich in der Küche auszubreiten.

»Vielleicht sollten wir kurz das Fenster öffnen, damit wir nicht alle wie die Bratfische riechen. Machst du mal bitte, Simon?«

Georg war froh, so geschäftig sein zu können, denn er musste die Neuigkeit, die er von der Rechtsmedizinerin aus Erlangen erfahren hatte, erst einmal einordnen. Es dauerte nicht lange und goldbraune Schollen lagen, appetitlich unter einem Häufchen Speckwürfel angerichtet, auf ihren Tellern.

»Lasst's euch schmecken«, wünschte Georg und genoss den feinen, frischen Geschmack des Fisches, kontrastiert vom würzigen Speck und den Bratkartoffeln mit ihren knusprigen Krüstchen und den Lauchzwiebeln.

Simone aß mit gutem Appetit und sparte nicht mit Komplimenten. Simon dagegen stocherte lustlos in seiner Scholle und schien mit dem Kopf irgendwo anders zu sein, jedenfalls nicht bei diesem köstlichen Mahl. Unruhig schob er seine Füße unter dem Tisch hin und her, aß nur ein paar Gabeln, dann stand er auf und schloss das Küchenfenster.

»Schmeckt's dir nicht, Simon?«, erkundigte sich Georg als aufmerksamer Gastgeber.

»Sorry, hab nicht so richtig Hunger. Wahrscheinlich, weil ich relativ spät noch ein Riesenstück Torte verspachtelt habe.«

»Das war natürlich unklug«, tadelte Georg, »wo du doch wusstest, dass dich hier ein Festmahl erwartet. Schade.«

»Ja, war echt blöd von mir, tut mir leid, Schorsch. Aber ihr habt so tolle Cafés mit einem Wahnsinnsangebot an Torten, da konnte ich nicht widerstehen.«

»Das stimmt auch wieder.«

Nach diesem kurzen Dialog gab sich Simon sichtbar Mühe, noch ein paar Happen zu essen, wohl, um seinen Gastgeber nicht allzu sehr zu enttäuschen. Doch es war ihm anzusehen, dass er im Grunde überhaupt keinen Appetit hatte. Aber auch Georg konnte sich nicht mehr angemessen auf die wunderbare Scholle vor sich konzentrieren. Zu viele Puzzleteile geisterten durch seinen Kopf – Rico, Marein, Mondscheinpartys, Simon, Simone, Maria Reichert oder Mila Lao … Er versuchte es mit einer Frage.

»Sagt mal, von wegen Namensgedächtnis, erinnert ihr euch an eine Maria Ludmila Reichert?«

»Sagt mir nix. Wer soll das sein?«

Diese Antwort kam ohne zu überlegen, ziemlich schnell, fand Georg. Spätestens bei dem nicht alltäglichen Ludmila hätte auch Simon drauf kommen können. Er beobachtete ihn genau. Simon setzte eine ahnungslose Miene auf, legte geräuschvoll Messer und Gabel auf dem Teller zusammen und schob diesen von sich, als ob er froh wäre, sein Mahl beenden zu können. Gleichzeitig wirkte er hochkonzentriert und wachsam.

»Maria, ja klar, die war mal in unserer Klasse. Immer wenn ihr zweiter Vorname Ludmila fiel, hat irgendwer blöd gelacht«, wusste Simone sofort, »weißt du denn nicht mehr, Simon?«

Der schüttelte den Kopf.

»Die war eigentlich ein ganz liebes Mädchen, ein bisschen dick und irgendwie altbacken, mit einem braven Zopf, langen Röcken und so. Wir haben sie nie richtig in die Klassengemeinschaft aufgenommen. Von heute aus betrachtet haben wir uns damals ziemlich bescheuert ihr gegenüber verhalten, weil sie irgendwie anders war«, bekannte Simone, »und ein halbes Jahr vor dem Abi hat sie die Schule geschmissen und ist nicht mehr aufgetaucht.«

»Genau so war es«, bestätigte Georg nachdenklich, »ich wusste das bis vor Kurzem auch nicht mehr.«

»Und wie kommst du jetzt eigentlich auf diese Maria, Schorsch?«

Georg hörte eine merkwürdige Anspannung in Simons Frage.

»Tja, das ist eine lange Geschichte«, begann er, »aber nur so viel: An dem Abend, als wir uns beim *Greiner* getroffen haben, war Maria auch dort ...«

»Was? Ehrlich? An dem Abend!«

Simone konnte es gar nicht fassen.

»Hast du sie denn beim *Greiner* gesehen, Simon?«

Der verneinte mit einer vehementen Kopfbewegung.

»Und du, Georg?«

»Nein, ich auch nicht. Ich hab das erst von der Coburger Polizei erfahren, als ich wieder hier war.«

»Also doch, du und der Bohnsack«, kommentierte Simon mit bitterem Spott.

»Laufende Ermittlung, sorry«, entgegnete Georg gleichmütig.

»Wirklich? Du arbeitest mit der Coburger Kripo zusammen?«

Simone fand das alles ungeheuer aufregend.

»Wieso interessiert sich die Polizei eigentlich für Maria Reichert? Denken die vielleicht«, ihre Augen wurden groß, »denken die, dass sie was mit Ricos Tod zu tun hat?«

»Vielleicht«, sagte Georg und beobachtete Simon, der seinem Blick auswich und ihm immer unruhiger vorkam.

»Aber woher wussten die überhaupt, dass Maria Reichert beim *Greiner* war?«, fragte Simone, die das Thema offensichtlich faszinierte. Auch ihr Exmann wartete gespannt auf Georgs Antwort.

»Der Bohnsack und sein Team sind halt echte Profis«, erklärte Georg leichthin, es klang spöttisch, »die haben das einfach recherchiert. Irgendwann ...«

Für Georg war klar, dass er keine weiteren Details preisgeben würde. Es kehrte für einen Moment Stille ein, alle schienen ihren Gedanken nachzuhängen. Simon spielte mit seiner Serviette.

»Seid ihr fertig mit Essen? Soll ich euch dann mal von den Tellern befreien?«, fragte der perfekte Gastgeber.

»Ich bin fertig. Es war ganz wunderbar, Georg, vielen Dank. Sollen wir abräumen helfen?«, bot Simone an.

»Bitte bleibt sitzen. Die zwei Schritte vom Tisch zur Spülmaschine schaff ich gut allein.«

Während Georg Teller und Besteck einsammelte, erhob sich Simon.

»Ihr entschuldigt mich kurz?«

Simone war immer noch nicht über Marias Anwesenheit in der Gaststube an Weihnachten hinweg.

»Wenn das wirklich ein Zufall war, mit der Maria an dem Abend beim *Greiner* – ist das nicht Wahnsinn? Und wenn nicht, könnte Maria dann tatsächlich den Rico umgebracht haben?«, rätselte sie. »Aber warum? Welchen Grund sollte sie dafür gehabt haben?«

»Was schaust du mich so an, Simone? Ich kann dir diese Frage leider auch nicht beantworten.«

Georg hörte Simon in seinem Zimmer hantieren. Hatte

er nicht gesagt, er wolle spätestens morgen abreisen? Oder wollte er doch schon nachts zurückfahren und war am Packen?

Ein kurzes Signal ertönte, und Simone nahm ihr Smartphone zur Hand, um eine Nachricht zu lesen.

»Was?«, rief sie plötzlich aus. »Das kann doch gar nicht sein!«

Mit völlig verstörtem Gesichtsausdruck reichte sie das Handy an Georg weiter.

Durch das fehlende Tageslicht war Milas Zeitgefühl völlig aus dem Rhythmus. Im Zimmer war es entweder dunkel oder durch Kunstlicht erhellt. Dazu kamen die betäubten Schlafphasen, deren Länge sie überhaupt nicht einschätzen konnte.

Seit dem Besuch des zweiten Entführers zermarterte sie sich das Hirn, was genau man von ihr wollte. Bisher hatte sie nur eine einzige Erklärung gefunden: Die hielten sie für schuldig an Rico Wiedeholds Tod. Was für ein Wahnsinn! Aber das hatten ja vielleicht auch schon Angermüller und sein Kollege gedacht, oder es zumindest nicht ausgeschlossen.

Jedenfalls war der zweite Clown mit ihren Antworten auf seine Fragen überhaupt nicht zufrieden gewesen. Immer wieder hatte er sie mit der Waffe bedroht, was ihre Angst ins Unermessliche hatte wachsen lassen. Sie konnte kaum sprechen, so hatten ihre Zähne aufeinandergeschlagen.

Die verrücktesten Dinge waren Mila durch den Kopf gegangen. Wenn sie den Mord gestand, würden ihre Entführer dann von ihr ablassen und die Polizei verständigen? Oder würden die Männer kurzen Prozess mit ihr machen? Beides war möglich. Also war ein Geständnis vielleicht doch keine so gute Idee.

Sie hatte keine Ahnung, wie lange dieses irre Verhör gedauert hatte. Irgendwann hatte der nette Clown seinen Komplizen dazu gebracht, damit aufzuhören, und die beiden waren aus dem Zimmer verschwunden. Mila blieb gefesselt im Dunkeln zurück. Wieder hörte sie die beiden etwas entfernt im Haus diskutieren, vielleicht auch streiten. Wenig später fiel eine Tür krachend ins Schloss, wurde ein Motor angelassen und ein Auto entfernte sich.

Trotz ihrer angespannten Nerven schien sie ein wenig geschlafen zu haben, als ein Geräusch sie weckte. Der nette Clown kam herein.

»Bitte Platz nehmen zum Abendessen«, verkündete er hinter seiner Maske, »leider hat der Koch auch heute frei, und es gibt wieder nur Tiefkühlpizza.«

Der Mann hat wirklich ein sonniges Gemüt, dachte Mila, aber wenigstens macht er mir nicht so eine Angst wie der andere. Inzwischen kam auch er ihr irgendwie bekannt vor, vor allem sein Lachen. Der Zusammenhang, in dem sie die Stimmen einordnete, erschien ihr ziemlich logisch. Oder bilde ich mir Dinge ein, ging es ihr durch den Kopf, wundern würde es mich nicht.

Tatsächlich verspürte sie ein wenig Hunger. Wie am Abend zuvor band der Clown sie los, setzte sich neben sie und ließ sie die in Häppchen geschnittene Pizza mit den Händen essen. Aus einem Nebenraum tönte der kurze Signalton eines Handys herüber.

»Satt geworden? Oder möchtest du noch mehr essen?«

Als Mila dankend ablehnte, reichte er ihr ein Glas Wasser, an dem sie vorsichtig schnupperte.

»Kannst du trinken. Da ist nichts reingemischt«, meinte er mit einem kurzen Auflachen. Anschließend band er sie wieder fest.

»Bin gleich wieder da.«

Er ließ sie kurz allein. Als er zurückkam, hielt er ein Smartphone in der Hand. Immer wieder schaute er zu ihr und dann auf das Display. Er schien nicht zu glauben, was da geschrieben stand.

»Was machen wir denn jetzt mit dir?«, fragte er und sah sie an. »Okay, darüber muss ich nachdenken.«

Auch wenn ihr sein Gesichtsausdruck hinter der Maske verborgen blieb, durchfuhr es Mila eiskalt. Er löschte das Licht, ging aus dem Zimmer und zog die Tür hinter sich zu.

KAPITEL XVIII

»Siehst du, was da steht, Georg? Ich kann das gar nicht glauben! Marein! Das ist ja Wahnsinn!«

Simone hielt ihm ihr Handy entgegen. Vor Aufregung konnte sie kaum atmen und schnappte hektisch nach Luft.

»Wer hat dir das geschickt?«, fragte Georg ruhig, während er das Display beobachtete, auf dem schon wieder eine Nachricht aufploppte.

»Das kommt von Ottmar. Du weißt schon, Ottmar Fink. Wir haben so eine Chatgruppe eingerichtet, seit das mit Rico passiert ist. Wenn das wirklich stimmt …«

»Scheint so. Ottmar schreibt doch, Marein hätte ihn um anwaltlichen Beistand gebeten, weil man sie zur Vernehmung in die *Neustädter Straße* zur Kripo gebracht hat. Zumindest scheinen die dann einen begründeten Verdacht zu haben.«

»Oh mein Gott, wie entsetzlich! Wie muss das für ihre Familie sein?«

Simone war erschüttert.

»Klar, der Rico war ein ekliger Grabscher, ein widerlicher Sexprotz. Weißt du noch, wie ich Marein an dem Abend angemacht habe, weil sie immer und ständig zu ihm hielt? Wie ich ihr gesagt habe, dass sie bitte nicht alles immer hinnehmen soll? Aber dass sie ihn gleich umbringt – das kann ich mir einfach nicht vorstellen …«

»Falls es wirklich stimmt, wer weiß, was zwischen den beiden vorgefallen ist, später in dieser Nacht«, gab Georg zu bedenken.

Sie nickte halbherzig.

»Wer gehört eigentlich alles zu eurer Chatgruppe?«

»Außer Ottmar und mir gehören Marein, Albert, Michi und Melanie dazu.«

»Simon nicht?«

»Nee. Der findet solche Gruppenchats nervig«, erklärte Simone mit einem Achselzucken, »reine Zeitverschwendung, sagt er immer.«

»Wenn man vom Teufel spricht …«, kommentierte Georg, als Simon zurück ins Zimmer kam.

»Wie, ihr tratscht über mich?«, erkundigte der sich mit gespielter Empörung.

Simone überfiel ihren Exmann sofort mit der Neuigkeit aus Coburg.

»Stell dir vor, Simon, Marein ist verhaftet worden! Die Polizei denkt, sie hat Rico umgebracht.«

»Was?«

Von einer Sekunde zur anderen wich die Farbe aus Simons Gesicht, und er ließ sich auf einen Stuhl fallen.

»Woher weißt du das?«

»Ottmar hat das eben in unserer Chatgruppe gepostet. Marein hat ihn als Anwalt angefordert. Ist das nicht schrecklich?«

»Das ist ganz schrecklich«, bestätigte Simon, »kannst du denn mehr dazu sagen, Schorsch?«

»Tut mir leid, kann ich nicht. Höchstens, dass man Marein festgenommen hat und sie nicht verhaftet wurde. Verhaftet wird man erst, wenn ein Haftbefehl ausgestellt wurde. Wahrscheinlich wird sie jetzt in der Polizeidirektion vernommen. In jedem Fall bedeutet es aber, dass ernsthafte Verdachtsmomente vorliegen.«

»Oh Mann, du mit deinen haarfeinen juristischen Unterschieden immer«, entfuhr es Simon, »das nervt, echt.«

Er trommelte mit den Fingern einer Hand auf die Tischplatte. Aufmerksam beobachtete Georg seine wachsende Nervosität.

»Weißt du denn irgendwas, Georg?«

»Selbst wenn, ich dürfte es während einer laufenden Ermittlung nicht ausplaudern.«

Unwillig schüttelte Simon den Kopf.

»Wer ist eigentlich alles in dieser Chatgruppe?«, wollte er wissen.

»Ottmar, Melanie, Albert, Michi, ich und, na ja, Marein …«, zählte Simone noch einmal auf, die Augen auf ihr Handydisplay gerichtet.

»Verstehe«, murmelte Simon.

»Oh nein, jetzt schreibt Ottmar, die Polizei hätte eindeutige Beweise gegen Marein vorgelegt. Oh mein Gott!«, stöhnte Simone.

Ihr Exmann stand abrupt auf.

»Ja, ihr Lieben, ich verabschiede mich mal. Hab einen weiten Weg vor mir.«

»Wie? Willst du jetzt etwa zurück nach Coburg fahren? Durch die Nacht?«, fragte Simone überrascht und hatte wieder diesen besorgten Blick. Er zuckte mit den Schultern.

»Wo ist das Problem? Du bist doch auch nachts gefahren. Ist weniger Verkehr. Gepackt hab ich schon. Bin in zwei Minuten weg.«

Auch Simone und Georg erhoben sich, und gleich darauf standen sie zusammen im Flur, Simon in seiner Jacke und mit der Reisetasche in der Hand.

»Mach's gut, Schorsch, und vielen Dank für alles. Nächstes Mal treffen wir uns in Coburg.«

»Machen wir. Ich wünsch dir alles Gute für deinen Wahlkampf. Gute Fahrt!«

»Danke, Schorsch, wird schon.«

Die beiden Männer umarmten sich kurz. Simone legte die Arme um Simons Hals und wollte ihn nicht gehen lassen. Er machte sich sanft los und gab seiner Exfrau einen Kuss auf die Wange.

»Mach's gut, Simone. Wir sehen uns.«

Kaum hatte er die Tür hinter sich geschlossen, brach es aus Simone heraus.

»Mein Gott, wie kann man nur so stur sein! Was hatte er denn plötzlich? Wieso musste er jetzt unbedingt los? Der ahnt gar nicht, was ich mir für Sorgen mache.«

Georg nickte verständnisvoll. Sie hat es also auch bemerkt, dass die Nachricht aus Coburg irgendetwas in Simon ausgelöst hat, dachte er. Angefangen hatte es ja schon mit der Erwähnung von Maria Reichert, da hatte Simon behauptet, sich nicht an sie zu erinnern. Woher auch immer, er hatte wahrscheinlich schon länger über Maria beziehungsweise Mila Bescheid gewusst. Wenn man es genau nahm, hatte Simon von Beginn an ein auffallend großes Interesse an allem gezeigt, was mit Ricos Tod und den Ermittlungen zusammenhing. Und jetzt dieser überhastete Aufbruch.

All diese Überlegungen liefen in Sekundenschnelle in Georgs Kopf ab. Plötzlich drängte sich ein ziemlich schräger Gedanke in sein Bewusstsein. Vielleicht lag er ja total falsch, vielleicht aber …

»Simone, auch ich mach mir Sorgen um deinen Exmann«, sagte er spontan, »lass uns los, vielleicht können wir ihn einholen und doch noch umstimmen.«

Für einen Moment schaute Simone ziemlich irritiert.

»Okay«, sagte sie dann entschlossen. Sie warfen beide ihre Jacken über.

»Hast du deinen Autoschlüssel, Simone?«

»Hab ich.«

Als sie auf die Straße rannten, sah Angermüller Simons silbergrauen BMW starten und in Richtung der Hauptstraße fahren. Simones Golf parkte fast direkt vorm Haus.

»Willst du fahren?«

»Nein, fahr du bitte, Simone.«

Im nächsten Augenblick saßen sie im Auto und hefteten sich an Simons Spur, bis sie ihn in einiger Entfernung nach rechts in die *Hüxtertorallee* einbiegen sahen.

»Mmh, wenn er wirklich nach Coburg fahren will, ist das eigentlich die falsche Richtung«, brummte Georg mehr zu sich selbst, »versuch mal, dranzubleiben, aber fahr nicht so nah auf. Simon muss ja nicht mitkriegen, dass wir ihm folgen.«

Simone war eine geübte Fahrerin, fuhr zügig, aber nicht zu schnell und hielt großzügigen Abstand zu dem BMW.

»Du, Georg, mal ganz ehrlich, stimmt irgendwas nicht mit Simon? Hat er irgendwas Schlimmes gemacht?«

Schnell warf sie ihm einen prüfenden Blick zu.

»Das weiß ich noch nicht, Simone. Aber möglich wär's …«

»Irgendwie hab ich so was geahnt. Er war den ganzen Abend schon so komisch. Oh Mann …«

Sie verstummte und presste die Lippen aufeinander. Es war kurz nach acht, eine kalte Nacht kündigte sich an,

der Wind brieste auf, von Westen schoben sich Wolkenbänke über den Himmel. Konzentriert und ohne zu reden
saßen sie nebeneinander und rollten über die kaum beleb-
ten Straßen durch die Dunkelheit.

»Du hast gesagt, das ist nicht die Strecke nach Süden.
Wo will Simon denn dann hin?«, fragte Simone nach einer
Weile.

»Tut mir leid, keine Ahnung. Wir bewegen uns jetzt
in Richtung Travemünde. Lass uns einfach dranbleiben.«

Georg überlegte, ob er seinen Partner Jansen informieren sollte, auch auf die Gefahr hin, einem Hirnge-
spinst hinterherzujagen. Damit würde er sich verdammt
unbeliebt und vielleicht auch lächerlich machen. Auf der
anderen Seite sagte ihm sein Instinkt, dass da etwas im
Busche war und es mit Mila Lao zusammenhing. Anrufen
wollte er nicht, das hätte Simone nur noch mehr beunruhigt. Kurz entschlossen schickte er eine Nachricht.

›Hallo, Claus, bin auf der B75 in Richtung Travemünde unterwegs, verfolge eine Spur betr. Mila Lao, einen
1erBMW, silberfarben, Coburger Kennzeichen. Unterstützung wäre nicht schlecht.‹

Die Antwort kam postwendend.

›Okay. Gib mir alle paar Minuten deinen Standort
durch, bin unterwegs.‹

Sie hatten inzwischen den *Herrentunnel* hinter sich
gelassen. Der BMW folgte der B75, ließ das Stadtgebiet
von Travemünde rechts liegen und fuhr weiter nach Norden.

›Er nimmt jetzt die B76. Wir bleiben dran.‹

Jansens Antwort zeigte den Daumen hoch.

Die Anspannung im Wagen war mit Händen zu greifen.
Etwa zehn Minuten später blinkte der BMW rechts und

bog in die *Travemünder Landstraße* ein, was Georg seinem Kollegen umgehend textete. Als sie auf den *Pfingstbusch*, eine schmale, von Hecken gesäumte Straße gewechselt waren, bat er Simone, noch einen etwas größeren Abstand zu lassen, und textete an Jansen: ›Sind jetzt im *Pfingstbusch*. Bei Annäherung bitte keine Sirene, kein Blaulicht!‹

Er kannte die Vorlieben seines Kollegen.

Seit ihr Entführer sie nach dem Essen allein gelassen hatte, saß sie wieder einmal im Dunkeln und lauschte. Sie erkannte neue Geräusche, die jetzt von außerhalb des Zimmers zu ihr drangen. Sie nahm keine menschlichen Stimmen wahr, aber eine ungewohnte Geschäftigkeit. Der Clown war auf jeden Fall allein im Haus. Er lief hin und her, Plastik raschelte, Schranktüren schlugen, später klapperte etwas weiter entfernt Geschirr.

Als mit einem Ruck die Tür geöffnet wurde und plötzlich Licht den Raum erhellte, schrak Mila zusammen. Dem Clown war das nicht entgangen.

»Alles gut, mach dir keine Sorgen«, beruhigte er sie, »ich muss nur ein bisschen Ordnung schaffen.«

Er sammelte die Pizzakartons ein, die Papierservietten, leere Wasserflaschen, das benutzte Geschirr, schaute prüfend in alle Ecken, ob er auch nichts vergessen hatte, und verschwand wieder. Das Licht ließ er an und die Zimmertür geöffnet. Hin und wieder erklangen Handysignale, eingehende Nachrichten, mutmaßte Mila, und zwischendurch hörte sie ein paarmal eine schwere Tür zufallen und Schritte auf dem Kies. Irgendwann war der Clown wieder da. Er trug einen langen Anorak.

»So, auf geht's! Wir zwei Hübschen verlassen jetzt diese

gemütliche Herberge«, verkündete er und ließ wieder sein meckerndes Lachen hören, »und ich möchte mich bei dir schon mal für alles entschuldigen.«

Was bedeutete das? Wollte er sie an einen anderen Ort bringen? Wofür entschuldigte er sich? Erwartete sie noch Schlimmeres? Und wieder dieses Lachen!

»Es ist kalt draußen, Mila. Ich sag jetzt einfach mal Mila. Maria hörst du ja nicht so gern, hast du erzählt. Am besten, wir ziehen dir wieder deine Jacke über. Zuvor aber …«

Mila spürte einen kurzen Stich im linken Oberarm.

»Tut mir wirklich leid, Mila, aber das musste noch einmal sein. Ich versprech dir, das war das letzte Mal«, erklärte er, löste ihre Handfesseln von den Armlehnen des Sessels und begann ihre Arme in die Jackenärmel zu stopfen.

Das letzte Mal? Wie war das zu verstehen? Wollte er sie freilassen? Oder wollte er sie …? Ein Anflug von Panik überkam Mila, doch der währte nur kurz. Sie fühlte, wie sich unermessliche Ruhe in ihrem Körper ausbreitete, ihre Glieder schwer wurden und eine warme Schwärze sie einhüllte.

Schemenhaft säumten Felder und Wiesen an beiden Seiten die Straße, es gab keine Häuser mehr, keine Straßenbeleuchtung, nur noch Dunkelheit. Welches Ziel hatte Simon? Georg schaute auf das Navi. Folgte man weiter dem *Pfingstbusch*, traf man auf eine kleine Ansiedlung und könnte später in Richtung *Hermannshöhe* abbiegen, wo zu Georgs Bedauern das alte Traditionslokal vor mehreren Jahren abgerissen und eine moderne Erlebnisgastronomie errichtet worden war. Aber was könnte Simon dort wollen? Um diese Uhrzeit im Januar war das Lokal sicherlich geschlossen.

Auf einmal sah Georg den BMW nach links verschwinden, ohne dass der Blinker gesetzt worden war. Hatte Simon bemerkt, dass sie ihn verfolgten? Seine Geschwindigkeit hatte sichtbar nachgelassen. Doch das lag wohl eher an der Qualität der Fahrbahn, wie Georg erkannte, als sie ebenfalls nach links abbogen. Schmal und unbefestigt, war dort mehr Weg als Straße. Auch Simone drosselte sofort das Tempo. Laut Navi befanden sie sich nun auf der *Wieskoppel*, die zum *Brodtener Steilufer* führte. Irgendwo dort musste sich das Ziel von Simon befinden, denn hier gab es keinen Abzweig mehr. Nach etwa 300 Metern verließ der BMW den Schotterweg nach rechts.

»Soweit ich weiß und wie dein Navi anzeigt, ist hier Endstation. Von hier kommst du, jedenfalls mit dem Auto, nirgendwo weiter. Hältst du bitte mal an, Simone? Und mach den Motor aus.«

Georg ließ sein Fenster herunter und horchte nach draußen. Simone tat es ihm nach. Sie standen auf Höhe eines kleinen Wäldchens. Nicht allzu weit weg knirschten Reifen auf Kies, dann verstummte das Fahrgeräusch, und man hörte nur noch das Rauschen des Windes.

»Hast du gesehen, Georg, die Beleuchtung, die dort angesprungen ist!«, flüsterte Simone aufgeregt.

Georg nickte.

»Ja, das ist wahrscheinlich so eine mit Sensoren gesteuerte Außenlichtanlage.«

Durch die winterlich blattlosen Bäume schimmerten die weißen Mauern eines geräumig aussehenden Reetdachhauses herüber.

»Ich geb meinem Kollegen unseren Standort durch. Und dann schauen wir uns das näher an.«

Als er Jansen informiert und ihm Simones Autokennzeichen genannt hatte, stiegen sie aus und schlossen leise die Autotüren. Vorsichtig bewegten sie sich zwischen den Bäumen in Richtung des Hauses. Die Haustür stand offen, registrierte Georg.

»Am besten, du gehst zurück zum Auto, Simone, und wartest dort auf meinen Kollegen«, schlug Georg mit gesenkter Stimme vor. Na ja, eigentlich war es mehr als ein Vorschlag. Hier war nicht nur Simon, hier waren mit Sicherheit mehrere Personen involviert. Wer weiß, was sich gleich abspielen würde, und er als Polizist trug die Verantwortung für die Aktion. Doch Simone sträubte sich.

»Ich kann doch nicht hier weggehen! Vielleicht braucht Simon ja meine Hilfe.«

»Nicht so laut, bitte!«, verlangte Georg und kramte alle Argumente zusammen, die ihm einfielen. Doch sie blieb stur, wollte ihrem Exmann unbedingt beistehen, obwohl deutlich zu sehen war, dass sie vor Aufregung schlotterte, auch ihre Stimme hatte ein deutliches Tremolo. Simone spähte wie gebannt durch die Bäume, wo Simon eben die Autotür geöffnet hatte. Georg befürchtete, sie könnte sofort zu ihm laufen.

Obwohl – als Simon war er nicht zu erkennen. Anstelle seines Gesichtes saß eine ziemlich gruselig anzusehende Clownsmaske auf seinem Kopf. In Simones Gesicht breitete sich ungläubiges Entsetzen aus.

»Was hat das zu bedeuten, Georg?«

KAPITEL XIX

»Geh bitte sofort zurück zum Wagen, Simone«, wiederholte Georg ebenso leise wie energisch, »ich weiß nicht,
was passieren wird. Du nutzt Simon kein bisschen, wenn
du hierbleibst, im Gegenteil, deine Anwesenheit könnte
ihn erst recht in Gefahr bringen. Und dich genauso. Ich
kann hier nämlich nicht auf dich aufpassen. Setz dich ins
Auto und warte auf meinen Kollegen Jansen, sag ihm, wo
ich bin. So kannst du uns am besten unterstützen, und deinem Exmann hilfst du letztlich damit auch.«

Simone ließ einen kleinen Seufzer hören, warf Georg
einen vorwurfsvollen Blick zu, trat aber schließlich den
Rückzug an. Er sah ihr kurz nach. Sie nahm den Weg
direkt zum Auto. Gut so. Georg atmete erleichtert durch
und konnte sich endlich auf das Geschehen vor dem Haus
konzentrieren. Gleich im ersten Augenblick hatte er regis-
triert, dass ein schwarzer SUV mit geöffneter Heckklappe
und Coburger Kennzeichen auf der gekiesten Fläche vor
dem Haus parkte. Also war er doch keinem Phantom hin-
terhergejagt, wie er mit Genugtuung feststellte.

Jetzt bewegte sich an der Haustür etwas. Er sah einen
Mann herauskommen, der einen prall gefüllten Müllsack
schleppte und dessen Züge hinter der gleichen grässli-
chen Maske wie Simons verborgen waren. Eine plötzliche, abrupte Kopfbewegung zeigte, dass er gerade den
BMW entdeckt hatte. Im nächsten Moment stieg Simon
aus dem Auto.

»Was ist hier los?«, rief er in einem barschen Ton.

»Wir brechen die Zelte ab. Die Aktion ist beendet, Simon«, antwortete der andere gelassen. Seine Stimme kam Georg seltsam bekannt vor. Als der Mann gleich darauf seine Maske vom Kopf zog, wusste Georg, woher.

»Das Ding kannst du übrigens auch abnehmen, brauchen wir nicht mehr.«

»Wieso?«, fragte Simon überrascht, während er sich von der Larve befreite.

»Sie ist ausgeschaltet.«

»Was? Hast du sie etwa …?«

»Mensch, Simon, was denkst du denn von mir?«

Michi schüttelte tadelnd seinen Kopf.

»Kennst mich doch. Ich bin der Spezialist für süße Träume. Sie schläft tief und fest für ein paar Stunden und wenn sie aufwacht, sind wir schon meilenweit weg.«

Er sprach ruhig und klar, schob währenddessen den Müllsack in den Kofferraum und schloss die Heckklappe.

»Sag mal, spinnst du? Was machst du da für einen Scheiß?« Simon klang sehr zornig.

»Ganz einfach, wir haben uns geirrt.«

»Und das bestimmst jetzt du, ganz einfach und allein? Bist du deshalb die ganze Zeit nicht ans Telefon gegangen? Ich hab hundertmal versucht, dich zu erreichen.«

»Das hab ich gemerkt. Aber jetzt komm mal wieder runter, Simon. Du bist zwar nicht in unserer Chatgruppe, aber so wie ich deine Ex kenne, hat die dir das doch längst gesteckt: Die haben die Täterin. Maria war es nicht. Ich kann es dir zeigen.«

»Woher weißt du, dass Simone in Lübeck ist?«

»Was? Davon weiß ich nichts. Aber sicher hat sie dir längst eine Nachricht mit der Neuigkeit geschickt.«

Michi wollte sein Handy aus der Hosentasche holen.

»Marein wurde verhaftet, und es gibt eindeutige Beweise gegen sie. Willst du es selbst lesen?«

»Quatsch, lass das! Wo ist sie? Wo ist Maria?«

»Warum? Was willst du denn noch von ihr?«

»Laber nicht blöd rum, wo ist sie?«, brüllte Simon mit überschnappender Stimme und machte drohend einen Schritt auf Michi zu. Georg war bestürzt. Er konnte in diesem tobenden Mann den sonst so ruhigen, umgänglichen Schulfreund beim besten Willen nicht wiedererkennen.

»Pass auf, Simon, ich dreh eine Runde durchs Haus, schau, ob alle Spuren beseitigt sind und ich nichts übersehen hab. Dann machen wir uns beide mit ihr vom Acker und setzen sie irgendwo in der Pampa ab.«

Simon fasste in seine Jackentasche und hielt plötzlich eine Pistole in der Hand. Mist, ich hab meine Waffe ja gar nicht dabei, ging es Georg mit Schrecken durch den Kopf.

»Das machen wir ganz bestimmt nicht, lieber Michi. Verdammt, sag mir jetzt, wo sie ist, oder …«

»Was, oder? Willst du mich abknallen, oder wie? Die ist doch gar nicht geladen.«

»Bist du dir da so sicher?«

Gleichgültig zuckte Michi mit der Schulter.

»Echt, Simon, ich versteh's nicht. Was ist denn los mit dir? Maria ist unschuldig!«, versuchte er noch einmal, den anderen zu stoppen.

Wie auch immer er das angestellt hatte, Simon hatte Michi offensichtlich mit der Behauptung hierhergelockt, dass Maria oder Mila seinen Freund Rico auf dem Gewissen hatte. Vielleicht hatte Simon es ja auch wirklich geglaubt. Er und Jansen hatten Mila Lao ja selbst eine Zeit lang im Visier. Aber hinter dieser hirnrissigen Aktion musste noch etwas ganz anderes stecken, überlegte Georg weiter. Simon wusste doch schon, als er vorhin so überstürzt aufgebrochen war, dass Marein die Täterin war. Warum war er immer noch so versessen darauf, Maria/Mila in die Hände zu kriegen?

»Ach, Michi, das verstehst du wirklich nicht. Diese Maria oder Mila oder wie auch immer die heißt, muss einfach verschwinden. Wer weiß, welches Unheil sie sonst noch anrichtet.«

Jetzt klang Simon fast beängstigend ruhig, ja, gleichgültig.

»Sagst du mir jetzt bitte, wo sie ist, Michi?«

»Sie ist da hinten.«

Michi zeigte mit einer unpräzisen Handbewegung hinter sich.

»Aber du wirst doch nicht …«

»Halt jetzt endlich deine Klappe«, blaffte Simon und versetzte ihm blitzschnell einen Schlag mit dem Pistolenknauf gegen den Kopf. Michi sackte auf die Knie und fiel in den Kies. Simon steckte die Waffe weg und rannte ins Haus.

Georg nutzte die Gelegenheit und lief zu Michi hinüber, dabei verfluchte er die Kiesel, die unter jedem seiner Schritte ein Geräusch machten. Er hockte sich neben den Bewusstlosen, mit dem Auto als Sichtschutz, und hoffte, dass Simon ihn nicht sofort entdecken würde. Aus der Ferne erklang Motorengeräusch, das langsam näher kam. Im Geiste versprach Georg seinem Kollegen mindestens eine Einladung in dessen bevorzugte Burgerbude, wenn Jansen wirklich gleich hier auftauchen würde.

Die Beleuchtung hatte sich kaum abgeschaltet, als schnelle Schritte von der Haustür her zu vernehmen waren und das Licht wieder aufflammte. Simon näherte sich und ließ Georg bewegungslos verharren. Vorsichtig durch die Scheiben des SUV spähend, machte er Simons Umrisse aus, der suchend um sich blickte und schließlich auf die Heckklappe zulief. Genau da kam Bewegung in Michi zurück. Der schlug seine Augen auf, hielt sich den Kopf und schaute sich verwundert um, bis er Georg entdeckte. Michi hob an, etwas zu sagen, doch Georg legte einen Finger auf die Lippen und bedeutete ihm eindringlich, still zu sein.

Inzwischen hatte Simon den Kofferraum geöffnet und machte sich darin zu schaffen. Plötzlich sah ihn Georg um das Heck des Wagens kommen. Und dann stand er ihm gegenüber.

»Schorsch?«

Das Überraschungsmoment war auf Georgs Seite.

»Hallo, Simon«, grüßte er in unaufgeregtem Tonfall. Jetzt kam es vor allem darauf an, zu beschwichtigen, zu entspannen, denn Simon stand mit Sicherheit unter einem immensen Druck.

»Was machst du hier?«, wollte er völlig perplex von Georg wissen. Doch schon im nächsten Moment hatte er seine Verblüffung überwunden.

»Michi, los, aufstehen!«

Während der Angesprochene sich langsam hochrappelte, holte Simon seine Waffe aus der Jacke und richtete sie auf Georg.

»Und du, dreh dich um, Hände aufs Autodach!«

Georg hob seine Hände.

»Ich bin unbewaffnet, Simon.«

»Los, mach. Keine Diskussion.«

Simon war gerade dabei, Georg zu durchsuchen, Michi

hatte es noch nicht ganz vom Boden geschafft, da rief jemand hinter ihnen: »Polizei, alle die Hände hochnehmen, lassen Sie Ihre Waffe fallen! Und langsam umdrehen!«

Mit erhobenen Armen drehten sich Georg und Michi um. Selten hatte sich der Kriminalhauptkommissar so gefreut, seinen Partner Claus Jansen zu sehen. Und nicht nur ihn – rechts und links von ihm hatte sich noch je ein Streifenpolizist mit gezückter Waffe postiert.

Auch Simon hatte die Arme gehoben und sich umgedreht. Die Pistole hielt er jedoch noch immer in der Hand. Die drei Beamten kamen langsam näher.

»Weg mit der Waffe!«, verlangte Jansen erneut. Simon senkte langsam den Arm. Im nächsten Augenblick hielt er sich die Pistole an die Schläfe.

»Oh nein, Simon!«, hörte man da plötzlich jemanden schreien, hysterisch, in höchster Verzweiflung. Simone war offensichtlich den Beamten gefolgt. Erschrocken sah Georg sie aus dem Gebüsch springen und im nächsten Moment auf ihren Exmann zurennen. Sie krallte sich an seinen Arm, entwand ihm die Waffe und warf sie zur Seite. Er sah sie völlig entgeistert an, dann sank er zu Boden und schlug die Hände vors Gesicht. Simone kniete sich neben ihn, umfasste ihn, streichelte ihn, redete beruhigend auf ihn ein. Er heulte wie ein kleines Kind. Simone heulte auch.

Einer der Streifenbeamten legte Michi Handschellen an.

»Mensch, Schorsch, du und ich, wie in einem echten Tatort! Wer hätte das gedacht?«

Michi ließ sein keckerndes Lachen hören, dann führte ihn der Polizist ab. Wie recht Simon doch neulich hatte, als er über Michi sagte, der sei wie ein großes Kind, erinnerte sich Georg. Auf dem Weg zu dem geöffneten Kofferraum knuffte er seinen Kollegen, der sich um Simon kümmerte, dankbar gegen den Arm. Als Antwort zeigte Jansen ein breites Grinsen.

Mit verbundenen Augen und gefesselten Händen lag Mila Lao in Michis Wagen. Sie schien stark narkotisiert, denn auf alle Versuche, sie wach zu machen, reagierte sie kaum, blinzelte nur kurz und döste wieder weg. Ein Krankenwagen wurde gerufen, der sie in die Uniklinik nach Lübeck brachte.

Als sie sich einige Zeit später auf den Weg zur Polizeidirektion Possehlstraße machen wollten, fiel Georgs Blick auf Simone, die mit hängenden Schultern am Rand des Geschehens stand. Sie wirkte völlig apathisch. Jansen war einverstanden, dass Angermüller mit ihr in ihrem Wagen nach Lübeck zurückfuhr. So folgten sie der kleinen Kolonne, diesmal saß Georg am Steuer und Simone stumm auf dem Beifahrersitz. Den Kopf hatte sie weggedreht. Sie starrte bewegungslos in die Nacht. Vielleicht wollte sie ihre Tränen verbergen. Nach einer Weile wandte sie sich zu Georg um. Nasse Spuren zeichneten sich auf ihren Wangen ab.

»Ich begreife überhaupt nicht, was da gerade passiert ist«, sagte sie mit spröder Stimme, »warum, Georg? Warum hat Simon das gemacht?«

Georg konnte ihr darauf keine Antwort geben und schüttelte nur bedauernd den Kopf.

»Und ich hab gedacht, ich kenne ihn ...«

Wieder drehte sie sich der Dunkelheit zu. Sollte er sie einfach so allein ins Hotel fahren lassen, überlegte Georg. Dass es ihr nicht gutging, war offensichtlich. Sie würde nur grübeln, und schlafen würde sie bestimmt nicht können.

»Ich mach dir einen Vorschlag, Simone. Ich muss jetzt

in meine Dienststelle. Wir werden Michi und Simon gleich vernehmen«, durchbrach Georg das Schweigen, »was hältst du davon, wenn du deine Sachen aus dem Hotel holst und bei mir übernachtest? Ich geb dir den Schlüssel. Es kann natürlich spät werden bei mir. Aber wenn ich nach Hause komme, weiß ich vielleicht schon mehr, und wir können noch mal reden.«

Die Antwort kam prompt.

»Okay, einverstanden.«

Es fiel ihr so was von schwer, die Augen zu öffnen, als ob ihre Lider kiloschwer wären. Das konnte doch nicht wahr sein! Mila kämpfte verbissen gegen den Widerstand an, und endlich gelang es ihr für Sekundenbruchteile, die Augen offen zu halten. Gedämpftes Licht und Wärme umgaben sie. Langsam ging es besser. Sie erkannte ein schlichtes Zimmer, weiße Wände, neben ihr an einem Gestell ein Tropf mit klarer, wässriger Flüssigkeit, die in ihre Vene lief. Gerade fragte sie sich, wo sie sich befand, da beugte sich ein freundliches junges Gesicht über sie.

»Hallo, wie schön, dass Sie wieder da sind«, begrüßte sie die Frau, »Sie sind im Universitätsklinikum Lübeck. Ich bin Schwester Käthe. Wie geht es Ihnen?«

Als Mila zu sprechen versuchte, brachte sie keinen ordentlichen Ton zustande. Mund, Rachen – alles war total ausgetrocknet, und gleichzeitig war ihr übel.

»Durst«, krächzte sie mit geschlossenen Augen.

Die Schwester hob ihren Kopf an und ließ sie Wasser aus einer Schnabeltasse trinken. Nach zwei, drei Schlucken hatte Mila genug.

»Besser?«

Mila nickte und räusperte sich.

»Aber mir ist schwindelig, und ein bisschen schlecht ist mir auch.«

»Das vergeht wieder, aber es dauert eine Weile. Man hat Sie wohl mit einer starken Droge betäubt, da sind diese Nachwirkungen normal. Ruhen Sie sich aus. Nachher schaut die Ärztin für eine Untersuchung vorbei. Und falls Sie irgendwas brauchen, drücken Sie einfach auf den Knopf.«

Die Schwester legte das Kabel mit der Rufvorrichtung so, dass Mila sie leicht erreichen konnte, und verließ dann das Zimmer.

Ein Stich in den Oberarm war das Letzte, an das Mila sich erinnerte, bevor sie hier aufgewacht war. Dazwischen klaffte in ihrem Gedächtnis ein riesiges schwarzes Loch. Sie schaute an sich herunter. Man hatte ihr eines dieser typischen kleingemusterten Krankenhaushemden übergezogen.

Wie spät war es? Draußen schien es dunkel zu sein. Wusste Charly Bescheid? Der machte sich doch bestimmt Sorgen. Spätestens wenn die Ärztin kam, würde sie darum bitten, ihn zu benachrichtigen.

Und dann wollte sie herausfinden, was genau passiert war, wie alles zusammenhing. Bevor sie in der betäubenden Dunkelheit versunken war, glaubte sie erkannt zu haben, wer sich hinter ihren Entführern verbarg, und inzwischen war Mila sich sicher, denn es passte alles zusammen.

Ihr Erwachen im Krankenhaus hatte noch mehr Bilder aus der fernen Vergangenheit an die Oberfläche befördert, denn sie hatte so eine Situation schon einmal erlebt. Was sie über Jahrzehnte versucht hatte zu vergessen, drängte nun mit Macht an die Oberfläche. Dieses Mal würde sie sich dem stellen.

Mila spürte, dass sie auf dem Weg zu einer weiteren Befreiung war. Sie würde ihre Geschichte ans Licht kommen lassen, den inneren Ballast abwerfen und endlich mit der Vergangenheit abschließen. Ja, das würde sie, aber jetzt nicht. Dazu war sie viel zu müde. Mila schloss die Augen und dämmerte wieder weg.

KAPITEL XX

»Dann nehmen wir uns als Ersten den Michi vor, Claus?«
Es war kurz vor halb elf. Angermüller hatte Simone,
nachdem sie ihr Gepäck aus dem Hotel geholt hatte, vor
seiner Haustür abgesetzt und war gerade in der Polizeidirektion eingetroffen.

»Genau. Nach allem, was wir bisher wissen, ist er zwar
an der Entführung beteiligt, aber ich glaube, er ist eher Mit-
täter als treibende Kraft. Und der will reden. Der quatscht
jeden an, der in seine Nähe kommt, und will ihm seine
Geschichte erzählen.«

»Kann ich mir vorstellen«, nickte Angermüller, »ich
würde übrigens vorschlagen, du übernimmst bei der Befragung den führenden Part. Der Michi ist ein bisschen speziell. Aber dich kennt er nicht, da läuft es bestimmt besser.
Du bist einfach mehr Respektsperson. Was meinst du?«

»Kein Problem.«

Sie waren auf dem Weg zur Vernehmung, da erhielt
Georg einen Anruf auf seinem Handy. Er antwortete nur
mit Ja und Nein und äußerte noch ein knappes »Danke«
zum Schluss.

»Wer war das denn?«, wunderte sich Jansen, der dane-
bengestanden hatte.

»Na, wer wohl? Der Chef. Er beglückwünscht uns zu
unserer erfolgreichen Ermittlung, und mit ›uns‹ meint er
natürlich auch sich selbst.«

Angermüller verdrehte die Augen.

»Mal wieder typisch Appels«, knurrte Jansen nur.

Michi saß bei ihrem Eintreten schon erwartungsvoll in dem kahlen Raum und grüßte freundlich. Und gleich verstand Jansen, was sein Kollege mit »speziell« gemeint hatte.

»Ach, ein frisch Gezapftes wäre nicht schlecht«, meinte Michi gut gelaunt auf Jansens Frage, ob er etwas trinken wolle. Tee, Kaffee oder Wasser lehnte er dankend ab und wandte sich sogleich an Georg:

»Du hast fei eine gemütliche Küche, Schorsch, echt! Leider warst du gestern Abend nicht daheim. Da hätt ich gern mit dir ein Bier getrunken.«

Angermüller zeigte ein schiefes Lächeln. Dann war also der verrückte SUV-Fahrer, der ihn in seiner Straße fast vom Rad gefegt hätte, tatsächlich Michi gewesen.

»Können wir dann mal anfangen? Sie sind Dr. Michael Reißenweber, wohnhaft in Coburg …«, hatte Jansen die Befragung begonnen, da wurde er unterbrochen.

»Dr. Michael Reißenweber, wie sich das anhört! Alle nennen mich nur Michi. Stimmt doch, oder, Schorsch? Also ich bin der Michi.«

Stumm winkte Angermüller ab.

»Herr Reißenweber, wir sind in einer polizeilichen Vernehmung, und da gelten bestimmte Regeln. Verstanden?«, erklärte Jansen.

»Alles klar, Herr Kommissar.«

Wie ein getadelter Schüler setzte sich Michi auf seinem Stuhl betont aufrecht hin, legte die Hände gefaltet vor sich auf den Tisch und ließ die Formalien unwidersprochen über sich ergehen. Auf seinem Gesicht lag ein gewisses Amüsement.

»Gut. Dann erzählen Sie uns doch bitte jetzt, wieso es

zur Entführung von Frau Mila Lao oder Maria Reichert gekommen ist.«

Einen Moment dachte Michi nach.

»Wo fange ich da am besten an? Also, ihr wisst ja, pardon, Sie wissen ja, dass der Rico Wiedehold umgebracht worden ist. Er war mein bester Freund. Am Neujahrstag hat sich der Simon bei mir gemeldet, und wir haben uns getroffen. Da hat er mir das von Maria Reichert erzählt.«

»Was hat er Ihnen erzählt?«

»Dass er sie an dem Abend beim *Greiner* gesehen hat. Du weißt schon, Schorsch, du warst ja auch dabei. Also, ich hab sie allerdings nicht gesehen. Du, Schorsch?«

»Nein, hab ich auch nicht«, antwortete der Kommissar und fügte an, »der Zeuge meint ein Klassentreffen am Vorabend von Wiedeholds Tod in dem Gasthof, auf dessen Gelände das Opfer gefunden wurde.«

»Hat Simon Bauersachs sonst noch etwas zu Maria Reichert gesagt?«

»Dass die Maria den Rico getötet hat.«

»Aber warum sollte sie das getan haben?«

»Aus Rache.«

Die beiden Kommissare konnten ihr Erstaunen nicht verbergen.

»Aus Rache?«, fragte Jansen nach. »Können Sie das näher erklären?«

»Aber gern«, antwortete Michi beflissen, »die Maria war ja in unserer Klasse, vor was weiß ich wie viel Jahren, und da hat der Rico ihr was angetan ...«

»Was hat er ihr angetan?«, forschte Jansen nach, als Michis Erzählung stockte. Das Thema war ihm offensichtlich unangenehm. Verlegen fuhr er sich mit den Fingern durch das Stoppelhaar.

»Na ja, er hat sie … er hat sie vergewaltigt.«

An dem Sekundenbruchteil Stille nach dieser Aussage war die Überraschung von Jansen und Angermüller abzulesen.

»Woher wissen Sie das, Herr Reißenweber?«

»Der Rico hat gern mit seinen Frauengeschichten geprahlt und alles immer überall rumerzählt. Bei so einer Vollmondparty ist das damals passiert, und die Maria ist nach dieser Sache in der Schule nicht mehr aufgetaucht.«

Angermüller, der mit Ricos Clique kaum etwas zu tun gehabt hatte, musste diese Information erst einmal verarbeiten. An ihm war das damals völlig vorbeigegangen. Er hatte sich ja auch erinnert, dass Maria von einem Tag auf den anderen nicht mehr zur Schule gekommen war, aber der Grund dafür war ihm nicht bekannt, und er hatte ihn auch nicht hinterfragt. Niemand in der Klasse schien das getan zu haben.

Offensichtlich hatte Simon sehr glaubwürdig auf Michi gewirkt, der den Tod seines besten Freundes gesühnt wissen wollte. Da er der Polizei eine schnelle Aufklärung nicht zutraute, hatte Simon selbst beim Fritz Greiner nachgeforscht, so stellte Michi es zumindest dar. Er hatte Marias neuen Namen und ihren Aufenthaltsort in Travemünde herausgefunden und einen Plan entwickelt. Schließlich hatte er Michi überzeugt, dass sie beide das durchziehen sollten.

»Simon hat gesagt, wir schnappen sie uns, dann verhören wir sie und wenn sie es zugegeben hat, präsentieren wir sie der Polizei, ganz einfach.«

Ausführlich schilderte Michi die Vorbereitungen, das Auskundschaften von Milas Aufenthaltsort in Travemünde, die Anmietung des alleinstehenden Ferienhauses am *Brodtener Steilufer*, den Einkauf von Klebeband und Seilen zum Fesseln und nicht ohne Stolz die ganze Palette an pharmazeutischen Hilfsmitteln, die er aufgrund seiner beruflichen Expertise zusammengestellt hatte. In seinem Gepäck war tatsächlich ein ganzer Musterkoffer aller möglichen Arten von Betäubungs- und Aufputschmitteln sowie Psychopharmaka gefunden worden.

»Übrigens hab ich sie nicht wiedererkannt, die Maria. Kein langer Zopf mehr, kurze graue Haare. Keine Ahnung, wie Simon in der Frau das, na ja, dicke Mädchen von damals erkennen konnte.«

Hab sie ja auch nicht erkannt, dachte Angermüller, und noch etwas anderes fiel ihm ein.

»Weißt du, woher die Coburger Polizei die anonymen Hinweise zu Maria Reichert erhalten hat?«

»Also einmal musste ich in Simons Auftrag mit so einem speziellen Handy da anrufen. Den Text hatte er irgendwie mit einer Automatenstimme aufgespielt: Die Polizei soll die Vergangenheit von Mila Lao, also Maria Reichert, durchleuchten. Richtig verstanden hab ich das nicht.«

»Wann war das?«

»Moment, ich muss überlegen … also das war vorgestern, am Mittwoch. Und ich hatte das grad gemacht, da schickte mir Simon die Nachricht, dass ich doch nicht anrufen soll. Da war es leider schon zu spät.«

»Okay, dann kommen wir zu der Entführung. Sie sind gestern am frühen Morgen in Travemünde angekommen. Gemeinsam mit Simon Bauersachs haben Sie am frühen Nachmittag Maria Reichert gekidnappt und mehr als 24 Stunden gefangen gehalten und dann …«

»Also, ich hab sie gut behandelt, wenn Sie das meinen. Fragen Sie sie bitte selbst!«

Es war das erste Mal, dass der freundliche Michi seine Gelassenheit verlor. Er schien sich falsch beurteilt und ungerecht behandelt zu fühlen.

»Das werden wir tun, Herr Reißenweber. Jetzt wollte ich aber wissen, was Sie gedacht haben, als aus Coburg die Nachricht kam, dass man die Täterin im Fall Wiedehold gefasst hat.«

»Ich hab gedacht, dass Simon und ich einen Riesenfehler gemacht haben, und wollte Maria sofort freilassen. Schon eine ganze Weile konnte ich mir eigentlich nicht mehr vorstellen, dass sie den Rico umgebracht hat. Dann ist Simon ja aufgetaucht, und ich hab überhaupt nicht kapiert, was er meinte. Er wollte Maria verschwinden lassen, hat er gesagt. Wollte er sie töten?«

Fragend schaute Michi zu den beiden Beamten, die ihm keine Antwort gaben.

»Jedenfalls hat Simon mich niedergeschlagen, dann war der Schorsch plötzlich da, und den Rest kennen Sie selbst.«

Jansen schaute zu seinem Kollegen.

»So weit erst mal?«

Angermüller signalisierte sein Einverständnis, doch dann musste er Michi doch noch eine Frage stellen:

»Hast du denn überhaupt nicht darüber nachgedacht, dass ihr euch mit so einer Entführung strafbar macht, Michi?«

»Wenn Maria wirklich Ricos Mörderin gewesen wäre, dann wären wir doch die Helden gewesen!«, griente Michi.

Unglaublich, wie naiv der Mann war, ging es Georg durch den Kopf.

»Zum einen ist schon eure Entführung eine Straftat. Aber du konntest doch auch gar nicht sicher sein, dass Maria Reichert wirklich die Schuldige ist?«

»No risk, no fun«, erwiderte Michi mit einem Achselzucken und ließ dann wieder sein keckerndes Lachen hören. Als man ihn hinausbrachte, verabschiedete er sich mit einem fröhlichen Winken.

»Mann, Mann, Mann, was ist denn mit dem los?«

Sie gönnten sich eine kurze Pause, bevor sie mit Simons Befragung begannen. Jansen, sonst eher stoisch von Gemüt, war von Michis Auftreten regelrecht erschüttert.

»Eigentlich ein netter Kerl. Aber was für ein armes Schwein ...«

»Das kannst du laut sagen«, stimmte Angermüller zu, »der hat seine eigene Realität. Wahrscheinlich hat er sich seinen Verstand mit allem, was er so schluckt, schon dauervernebelt. Wird jedenfalls spannend, wie er es in Gewahrsam ohne Alkohol und das andere Zeug aushält. Und sollte er längere Zeit in Haft kommen, wird das bestimmt hart für ihn.«

»Das stimmt. Ach, noch was anderes: Die Waffe, die Simon Bauersachs bei sich führte, war geladen«, berichtete Jansen, »allerdings nicht entsichert. Ob aus Unkenntnis oder bewusst, ist die Frage.«

Simons Auftreten wirkte wie ein Kontrastprogramm zu Michi. Nervös, aber hochkonzentriert, ja, von einer fiebrigen Wachheit beherrscht, setzte er sich auf den zugewiesenen Stuhl. Er ließ sich einen Becher Wasser geben und antwortete auf die Feststellung seiner Personalien mit einem knappen Ja. Den direkten Blickkontakt mit Georg vermied er. Auch diesmal hatte der mit Jansen abgesprochen, dass er sich bei der Vernehmung im Hintergrund halten würde.

»Herr Bauersachs, geben Sie zu, dass Sie an der Entführung Maria Reicherts oder Mila Laos beteiligt waren?«

Als Simon nur mit einem knappen Nicken bestätigte, wies Jansen auf das Aufnahmegerät auf dem Tisch: »Sie müssten Ihre Antworten bitte mündlich geben.«

»Ja.«

»Gut. Würden Sie uns erklären, warum.«

»Ich dachte, sie wäre es gewesen, die Rico getötet hat.«

»Sie meinen Rico Wiedehold. Wie sind Sie darauf gekommen?«

»Am Abend unseres Klassentreffens hab ich sie im *Gasthof Greiner* gesehen, und zwar von Nahem. Wir sind uns dort in einem engen Flur begegnet. Sie war zwar total verändert, aber ich hab sie trotzdem sofort erkannt.«

Das wollte Georg genauer wissen.

»Woran, wenn ich fragen darf?«

»Weiß nicht. War einfach so. Vielleicht an ihren Augen«, antwortete Simon Bauersachs leise und sah nicht hoch dabei.

»Und was haben Sie da gedacht, als Maria Reichert nach so vielen Jahren plötzlich wieder auftauchte?«, übernahm Jansen wieder.

»Weiter nichts, eigentlich. Erst als ich hörte, dass man den Rico tot hinterm *Greiner* gefunden hat, da kam mir der Gedanke, dass sie das gewesen sein könnte. Und als ich mitbekam, dass sie schon am frühen Morgen ihre Koffer gepackt hatte, war ich mir zu hundert Prozent sicher.«

Simon sprach seltsam emotionslos, wie auswendig gelernt. Nur am schnellen Takt seiner Lidschläge sah Angermüller, unter welcher Anspannung er stand. Er gab sich unglaubliche Mühe, kühl und gelassen zu wirken, als ob ihn die ganze Prozedur nichts anginge. Es musste ihn ungeheuer viel Kraft kosten.

»Und welches Motiv könnte sie Ihrer Meinung nach gehabt haben?«

»Da waren Gerüchte, dass Rico sie … wissen Sie, der Rico war so ein Aufreißer, der ein Nein nicht verstand und Frauen als Freiwild ansah.«

»Das soll heißen?«

»Er hat sie … du weißt doch auch, wie der tickte, Schorsch!«

»Um mich geht's hier nicht, Simon. Beantworte die Frage meines Kollegen.«

Simon Bauersachs straffte sich.

»Rico hat mit Maria Reichert Sex gehabt … unfreiwilligen Sex …«

»Soll das bedeuten, er hat sie vergewaltigt?«, hakte Jansen nach, und der Befragte nickte. Wieder zeigte der Kommissar auf das Aufnahmegerät.

»Ja.«

»Woher wissen Sie das so genau?«

»Das hat Rico selbst gesagt. Er hat mit so was immer gerne geprahlt.«

»Sie haben der Coburger Polizei Hinweise auf Maria Reichert gegeben, warum anonym?«

Es war Simon anzusehen, dass ihn die Frage irritierte.

»Wie kommen Sie darauf?«

»Wissen Sie nicht mehr, Herr Bauersachs? Sie hatten doch Michael Reißenweber selbst den Auftrag für den zweiten Anruf gegeben.«

Angermüller spürte, dass Simons Fassade aus Abgebrühtheit und Gleichgültigkeit zu bröckeln begann. Nervös ließ der Mann seinen Blick schweifen, an die

Decke zum kalten Licht der Neonröhren, zur Schwärze draußen vor dem Fenster, zurück auf den Tisch und ganz kurz auch hinüber zu Georg, der ihn interessiert beobachtete.

»Also, warum Ihre anonymen Anrufe bei der Polizei?«, insistierte Jansen.

»Ich wollte, dass sie schnell gefunden wird und man sie verhaftet. Die Frau erschien mir gefährlich. Wer weiß, vielleicht hatte sie noch andere, vielleicht sogar mich im Visier ...«

»Aber warum anonym?«

Er hob hilflos die Schultern.

»Ich weiß nicht ... vielleicht war mir die Geschichte mit Rico unangenehm? Keine Ahnung.«

»Ehrlich gesagt, verstehe ich das nicht ganz. Sie sind überzeugt, die Frau hat Ihren Freund Rico getötet und dass Sie selbst sich vielleicht in Gefahr befinden. Aber es ist Ihnen unangenehm, der Polizei persönlich einen Tipp zu geben? Weil Sie dann auch über den sexuellen Übergriff sprechen müssten, den Rico Wiedehold vor Jahren an Maria Reichert begangen hat? Und dann nehmen Sie die Dinge lieber selbst in die Hand? So einfach?«

Wieder zuckte Simon nur unsicher mit den Schultern.

»Tut mir leid, Herr Bauersachs, ich glaube Ihnen nicht. Das klingt für mich total unlogisch.«

Jansen schüttelte unwillig den Kopf. Simon kämpfte mit sich, das sah Georg ihm deutlich an.

»Also, vielleicht können Sie das nicht verstehen«, antwortete er schließlich, »aber ich hatte wirklich unglaubliche Angst. Ich hab halt gehofft, die Polizei würde sie stoppen können.«

Jansen machte ein skeptisches Gesicht.

»Entschuldigung, aber ich versteh's trotzdem nicht. Warum diese Angst? Warum diese Rücksichtnahme auf einen widerlichen Vergewaltiger, der außerdem tot ist?«

Es stimmte, was sein Kollege da sagte, ging es Georg durch den Kopf und er musste an die Szenen am *Brodtener Steilufer* denken. Obwohl Simon da längst wusste, dass Marein die Täterin war, sollte Maria Reichert verschwinden. Das hatte er wörtlich gesagt. Er schien von dem Gedanken geradezu besessen, bedrohte Michi mit der Waffe und setzte alles daran, die Frau in seine Gewalt zu kriegen. Das konnte doch nur eines bedeuten … Ohne etwas zu sagen, richtete Georg seinen Blick auf Simon, der die ganze Zeit auf die Tischplatte starrte.

»Simon, schau mich an«, forderte Georg, und als der Angesprochene nicht reagierte, noch einmal lauter, »jetzt schau mich an!«

Endlich hob er den Kopf.

»Ich sage dir, warum du nicht direkt zur Polizei gegangen bist: weil du damals auch dabei gewesen bist, Simon.«

Jetzt hatte Simon Bauersachs wohl verstanden, dass es endgültig vorbei war. Plötzlich war er wieder das jammernde Häufchen Unglück, wie schon vorhin während seiner Festnahme.

»Wieso musste sie auch ausgerechnet an dem Abend beim *Greiner* auftauchen? Und wieso musste Rico ausgerechnet da umgebracht werden?«

Die Kommissare gaben keine Antwort. Niemand konnte beantworten, warum es solche Zufälle gab, die zu manchmal verhängnisvollen Verwicklungen führten.

»Diese Vollmondpartys, das war doch alles schon so lange her. Meine Anrufe bei der Polizei waren eine saublöde Idee. Aber anfangs hatte ich wirklich Angst, dass sich Maria Reichert auf einem Rachefeldzug gegen uns alle befindet. Beim zweiten Anruf wollte ich den Michi ja noch stoppen, aber da war es schon zu spät.«

»Ein Rachefeldzug gegen euch alle, wer war denn alles dabei damals?«, übernahm es Angermüller, die nächsten Fragen zu stellen.

»Außer Rico noch Michi, Ottmar und ich, und Maria halt. Marein und noch zwei andere Mädchen waren schon abgehauen. Ach ja, und der Ottmar ist auch gegangen, dem war schlecht. Wir hatten reichlich gesoffen und alle möglichen Pillen eingeworfen. Der Michi hat uns damit ja immer großzügig versorgt. Maria war total gutgläubig und hatte null Erfahrung mit Alkohol und dem ganzen anderen Mist. Und dann haben wir alle …, dann ist es halt passiert …«

Simon brach ab und sah zu Georg.

»Ich weiß nicht, warum ich das damals mitgemacht habe, Schorsch. Ich schwöre, so was hab ich nie wieder getan. Ich schäme mich so …«, er schlug die Hände vors Gesicht. Als er sich wieder gefasst hatte, fuhr er fort: »Und noch weniger weiß ich, wie ich auf diesen bescheuerten Plan kommen konnte, Maria zu entführen. Aber als mir klar wurde, dass ich politisch und persönlich erledigt bin, wenn das mit der, mit der …«

»Sprich das Wort ruhig aus«, brummte Angermüller.

»Wenn das mit der Vergewaltigung rauskommt, da hab ich mich mit dem Rücken zur Wand gefühlt. Das war wie eine fixe Idee: Maria war das große Hindernis auf meinem Weg zum Bürgermeisteramt. Wenn sie weg wäre …«

»Also sollte sie verschwinden, wie du dich ausgedrückt hast?«

Hilflos hob Simon beide Hände.

»Ich kann mir das selbst nicht erklären. Eigentlich bin ich nicht so.«

Auch Georg konnte die Handlungsweise seines einstigen Schulkameraden überhaupt nicht nachvollziehen. Hatte der freundliche, umgängliche Simon ernsthaft geglaubt, er könne seinen Ruf und die Bürgermeisterwahl retten, indem er Maria Reichert tötete? Hatte er wirklich gedacht, seine Tat würde unentdeckt bleiben? Angermüller konnte sich das nur mit einer extremen psychischen Ausnahmesituation erklären, die in Simon eine Art Panik ausgelöst hatte.

»War dem Michi eigentlich klar, was du da geplant hast?«

»Bestimmt nicht. Der wollte nur den Mord an seinem besten Freund Rico aufklären und die Täterin der Polizei übergeben. Ich weiß gar nicht, wie gut er sich an die Nacht vor 25 Jahren überhaupt erinnern kann. Aber vielleicht wäre es ihm auch egal, wenn das alles an die Öffentlichkeit kommt. Die Tat ist ja längst verjährt und sein Ruf eh schon hin.«

Jansen und Angermüller erkundigten sich nach weiteren Details der Planung und Vorbereitung der Entführung. Im Großen und Ganzen deckte sich Simons Aussage mit Michis Angaben. Er war der alleinige Planer und Ideengeber, Michi war nur sein williger Helfer gewesen.

»Woher haben Sie die Waffe, Herr Bauersachs?«, fragte Jansen.

»Die ist ein Erbstück von Simones Vater. Der war Sportschütze. Ich hab die noch nie benutzt.«

»Ein Erbstück? Einen Waffenschein haben Sie dann wohl auch nicht?«

»Hab ich nicht und kenne mich damit überhaupt nicht aus.«

»Dann können wir nur froh sein, dass Sie damit nicht noch was Schlimmeres angerichtet haben«, meinte Jansen und wandte sich an Angermüller. »Dann sind wir erst mal durch, oder?«

»Seh ich auch so.«

»Und was passiert jetzt mit mir?«

»Du bleibst jetzt bei uns in Gewahrsam, Simon, und wirst morgen dem Haftrichter vorgeführt, der über eine Untersuchungshaft befindet. Du solltest überlegen, ob du einen Anwalt zuziehen willst.«

KAPITEL XXI

Mila saß in ihrem Krankenhausbett, trank Kräutertee mit Honig, genoss das Gefühl, frei und in Sicherheit zu sein, und war einfach nur froh und erleichtert, diesen Albtraum hinter sich gelassen zu haben. Mittlerweile hatte die Ärztin sie untersucht und ihr erzählt, ohne Details zu nennen, dass man sie am Abend aus den Händen ihrer Entführer befreit hatte. Die Polizisten würden sich später melden, weil sie ihre Aussage brauchten. Ob Mila dazu heute Nacht noch bereit war oder lieber erst morgen, sollte sie selbst entscheiden.

Milas Gesundheitszustand war im Ganzen zufriedenstellend. Die Erschöpfung, die auf die Nachwirkungen der Betäubungsmittel zurückzuführen war, hatte merklich nachgelassen. Sie spürte, wie ihre Kräfte zurückkehrten und ihr Geist erwachte.

Und dann erlebte sie den schönsten Moment nach ihrer Befreiung, als die Tür sich öffnete und Charly in ihr Krankenzimmer trat. Eine ganze Zeit lang lagen sie sich ohne ein Wort einfach nur in den Armen. Als sie sich voneinander lösten, hatten beide Tränen in den Augen.

»Ich hab mir solche Sorgen um dich gemacht, Mila«, sagte Charly, »du kannst dir gar nicht vorstellen, wie froh ich bin, dass du wieder da bist. Wie geht es dir?«

»Ganz gut. Die Ärztin sagt, ich sei okay. Sie wollen mich aber zur Beobachtung über Nacht hierbehalten.«

»Verstehe. Als dieser Kommissar Angermüller anrief und mir sagte, sie hätten dich gefunden, bin ich sofort hierhergefahren. Du musst sagen, wenn dir mein Besuch zu anstrengend wird, dann gehe ich auf der Stelle«, erklärte er besorgt.

»Aber Charly, du bist doch eben erst gekommen! Nein, bleib bitte, ich bin sowieso munter.«

»Natürlich soll ich dich grüßen von Christopher, Tante Ingeborg, ach, von allen, auch von Bonnie. Und von Henry. Mit dem habe ich telefoniert.«

»Danke.«

Sie nahm seine Hand. Voller Mitgefühl schaute er sie an.

»Wenn ich mir vorstelle, was du durchgemacht haben musst, in der Hand von diesen Gangstern. Es tut mir so leid, dass du das erleben musstest.«

»Du kannst ja nichts dafür. Klar, ich hatte unglaubliche Angst. Aber zum Glück war der eine Mann irgendwie ganz freundlich. Der hat sich fast fürsorglich um mich gekümmert.«

Charlys Miene drückte Zweifel aus.

»Na, ich weiß nicht. Ob du vielleicht so eine Art Stockholm-Syndrom entwickelt hast?«

»Nein, hab ich bestimmt nicht«, wehrte Mila ab, »aber der eine war wirklich ganz nett, jedenfalls im Gegensatz zu seinem Komplizen. Der hat mich mit einer Waffe bedroht – und wer weiß, was der gemacht hätte, wäre er allein mit mir gewesen.«

»Aber warum haben die dich entführt? Wollten sie Lösegeld erpressen? Bei mir hat sich niemand gemeldet.«

»Es ging ihnen nicht um Geld.«

»Aber worum dann? Weißt du, wer die beiden Männer waren?«

»Ihre Gesichter hab ich nie gesehen. Die haben Clownsmasken getragen, die den ganzen Kopf bedecken. Aber ich bin mir inzwischen sicher, dass ich weiß, wer unter den Masken steckte.«

»Wirklich? Du kennst doch hier niemanden außer der Familie.«

»Das ist richtig. Sie sind auch nicht von hier.«

»Sondern?«

»Aus Coburg.«

»Ach, wie kommst du darauf?«

»Bei uns war doch die Polizei wegen des Mordes in Franken an Rico Wiedehold. Meine Entführer dachten, ich hätte was damit zu tun. Aber das ist eine lange Geschichte.«

»Die musst du mir unbedingt erzählen, wenn du wieder bei uns bist.«

»Ich glaube, ich möchte sie dir gleich erzählen, vorausgesetzt, du willst sie hören?«

»Bist du nicht zu erschöpft? Vielleicht solltest du dich lieber ausruhen.«

»Ich habe genug geschlafen. Wenn du bereit bist, würde ich gerne sofort erzählen. Weißt du, Charly, es ist dieser weiße Fleck in meinem Leben, über den wir kürzlich sprachen ...«

»Es ist deine Entscheidung, Mila, und wenn es dich nicht zu sehr anstrengt.«

»Ich spüre einfach, das muss raus, und ich hoffe, ja, ich glaube, es wird mir danach sogar besser gehen.«

Sie strich beruhigend über Charlys Hand.

»Wenn du das so willst, einverstanden. Natürlich möchte ich die Geschichte hören. Vom Anfang bis zum Ende.«

»Du hast doch neulich dieses Foto von mir gesehen, erinnerst du dich?«

Er nickte.

»Das war bei meiner Taufe gewesen, da war ich 15. Zwei Jahre später sah ich immer noch so aus mit meinem braven Zopf, trug diese langen Röcke, war vielleicht auch noch dicker geworden. Und wegen meines anderen Aussehens und auch weil meine Eltern mir alles verboten haben, was für die anderen in meiner Klasse selbstverständlich war, wurde ich gemieden. Kaum jemand hat mit mir geredet. Es war mein drittes Jahr in der Klasse, aber ich kannte niemanden und niemand kannte mich. Höchstens als Opfer blöder Streiche war ich beliebt.

Du kannst dir nicht vorstellen, wie ich mich gefreut habe, als einer der Jungs mich eines Tages zu einer Party eingeladen hat, keine normale Party, sondern eine Nachtwanderung bei Vollmond, am zweiten Weihnachtsfeiertag.

Mein größtes Problem war, meine Eltern zu überzeugen, dass ich teilnehmen durfte. Ich wollte doch unbedingt bei dieser Party dabei sein, meiner ersten Party überhaupt! Also hab ich gelogen und meinen Eltern gesagt, unser Klassenlehrer würde auch mitkommen. Das haben sie geglaubt. Mit deutschen Gepflogenheiten waren sie noch weniger als ich vertraut.

So bin ich losgezogen zu unserem Treffpunkt oberhalb der *Arkaden* am *Schlossplatz*, überglücklich, dass ich es geschafft hatte, dabei zu sein. Auf dem Weg dorthin habe ich meinen Zopf gelöst, damit ich nicht mehr ganz so brav aussah. Hinter den *Arkaden* beginnt ein weitläufiger Park, der *Hofgarten*, der sich über einen Berg bis zur *Veste Coburg* zieht.

Wir waren nur zu acht, was mich ein bisschen wunderte. Ich hatte gedacht, fast die gesamte Klasse wäre dabei. Eingeladen zu der Party hatte mich ein Junge namens Simon, der war immer ganz okay zu mir gewesen. Leider war aber

Rico der große Anführer auf unserer Wanderung. Er hatte mindestens zwei Klassen wiederholt und war entsprechend älter als die anderen. Und er war einer von denen, die mich ständig ärgerten und der dabei keine Grenzen kannte.

Jeder hatte was zum Essen und Trinken mitbringen sollen. Ich hatte eine Thermoskanne mit heißem Tee und von meiner Mutter selbstgemachte *Pelmeni* in meinem Rucksack. Zwei andere Jungs, Michi und Ottmar, zogen abwechselnd einen Schlitten. Mit Proviant, sagten sie und lachten. Den ersten Halt befahl Rico schon kurz hinter dem Reiterdenkmal, da waren wir vielleicht gerade fünf Minuten unterwegs.

Ich goss mir Tee ein und bot den anderen davon an. Die lachten nur, und Rico kippte mir irgendeinen Schnaps oder Rum in meinen Becher.

»Damit dein Tee nach was schmeckt, Mädle. Los, runter damit!«

Ich wollte mich nicht gleich wieder lächerlich machen und leerte meinen Becher. Es war nicht mein Geschmack, aber es wärmte irgendwie.

Die drei anderen Mädchen quatschten und kicherten, untereinander oder mit den Jungs, um mich kümmerten sie sich nicht. Nur Simon war meistens an meiner Seite. Aber wir sprachen nicht viel. Ich hätte auch gar nicht gewusst, worüber ich mit ihm reden sollte.

Es war eine klare Nacht. Die weiße Landschaft glitzerte im Licht des Vollmondes, ein Anblick wie aus dem Bilderbuch. Wenn mal einen Augenblick Ruhe einkehrte, hörte man nur den Schnee unter unseren Füßen knirschen. So wanderten wir in dem menschenleeren Park bergan Richtung *Veste*. Spätestens alle Viertelstunde ordnete Rico eine Pause zum Trinken an. Alle mussten wir immer wieder anstoßen, aber wenn ich den Alkohol ablehnen wollte, wurde Rico laut.

Ich war so doof, so naiv, ich konnte mich einfach nicht wehren. Alkohol war ich nicht gewöhnt, nach dem fünften Halt, als wir schon an der Burg waren, drehte sich die weiße Winterwelt um mich. Ich durfte mich auf den Schlitten setzen, und die Jungs zogen mich abwechselnd.

Die anderen Mädchen, Marein aus meiner Klasse und zwei, die ich nicht kannte, fingen an zu maulen, sie hätten keine Lust mehr, noch weiterzulatschen.

»Ey, ihr Spaßbremsen«, schimpfte Rico, »wir haben noch reichlich Getränke, wir haben doch noch gar nicht so richtig angefangen. Ihr Schluffis kommt noch mit bis zur *Brandensteinsebene*, das war so ausgemacht.«

Die drei ließen sich aber nicht überzeugen und gingen zurück. Ich war nicht in der Lage, irgendeine Meinung von mir zu geben, und nur dankbar, dass ich mit dem Schlitten gezogen wurde.

Die *Brandensteinsebene* ist ein ausgedehntes Plateau hinter der Burg. Außer einem kleinen Flugplatz ist da nur Landschaft. Dort oben pfiff ein eisiger Wind, der mich ein wenig ausnüchterte, sodass ich spürte, wie kalt mir war. Als ich schüchtern anfragte, ob wir nicht auch lieber zurück nach Hause sollten, lachte Rico.

»Mensch, jetzt geht die Party doch erst los! Michi, kümmer dich mal um des Mädle, der ist so kalt.«

Ich weiß noch, dass der Michi mir von meinem Tee gab, der aber irgendwie merkwürdig schmeckte. Ich schaffte es nicht mehr, von dem Schlitten hochzukommen. Also blieb ich liegen, starrte die leuchtend helle Mondscheibe an. Und dann erinnere ich mich an nichts mehr.«

Die ganze Zeit über hatte Charly stumm zugehört.

»Mila, das ist ja ... mir fehlen die Worte ... Was hast du da Schreckliches erlebt!«

Er schloss sie in die Arme und strich ihr tröstend über den Rücken. Sanft machte sich Mila los.

»Warte, Charly, ich bin ja noch lange nicht am Ende der Geschichte. Soll ich weitererzählen?«

»Wenn du das möchtest.«

»Im Krankenhaus bin ich zu mir gekommen. Man war dort ziemlich abweisend zu mir. Ich konnte mir nicht erklären, warum. Irgendwann kam ein Arzt, ein ruppiger älterer Mann, der gleich fragte, was ich alles gesoffen hätte oder welche Drogen ich geschluckt hätte. Als ich eine Schwester fragte, wie ich ins Krankenhaus gekommen war, schnauzte sie mich an, dass ich nicht so viel Schnaps hätte bechern sollen, dann wüsste ich's. Eine andere war etwas auskunftsfreudiger und sagte, Waldarbeiter hätten mich am frühen Morgen am Rand der *Brandensteinsebene* gefunden, besoffen und nach Alkohol stinkend wie eine ganze Kompanie. Der unfreundliche Arzt fragte, ob ich wenigstens meinen Spaß gehabt hätte – könne er sich gar nicht vorstellen, bei der Kälte.

Ich hatte ja keine Ahnung, was geschehen war, konnte mich an absolut nichts erinnern. Und natürlich wollte ich dummes Kind meine »Freunde« nicht anschwärzen. Ich wollte diese Nacht nur so schnell wie möglich aus meinem Gedächtnis löschen. Außer dass ich vollkommen unterkühlt war und fast zwei Zehen verloren hätte, wirkte ich äußerlich unversehrt. Aber ich fühlte mich grauenhaft. Mein schlechtes Gewissen plagte mich wegen der Lüge meinen Eltern gegenüber. Und wenn ich auch eine Riesenlücke in meiner Erinnerung hatte, ahnte ich doch, dass mir mehr als ein Vollrausch widerfahren sein musste.

Man diagnostizierte eine schwere Nierenbeckenentzündung, und ich musste mehrere Wochen im Krankenhaus zubringen. Ich wurde einfach nicht gesund, vielleicht wollte ich es auch nicht, denn das Allerschlimmste war: Meine Eltern wandten sich von mir ab. Ich hatte sie ein einziges Mal angelogen und war für sie jetzt ein böser Mensch.«

Charly griff nach Milas Hand.

»Wie schrecklich, wenn die Eltern ihrem Kind in so einer Situation nicht beistehen. Was musstest du nur durchmachen!«

»Ach, Charly, das war leider noch nicht alles. Ungefähr sechs Wochen nach der verhängnisvollen Nacht, ich war gerade aus dem Krankenhaus entlassen, stellte ich fest, dass ich schwanger bin.«

Milas Mann konnte nur entsetzt den Kopf schütteln.

»Ich wollte das Kind nicht haben. Ich war vergewaltigt worden, wusste ja nicht einmal, wer der Vater war. Meine Eltern fragten gar nicht, was passiert war. Für sie war klar, nur mein eigenes, ›sündiges‹ Verhalten hatte mich in diese Lage gebracht.«

»Wie unmenschlich, einfach unvorstellbar! Wie konnten deine Eltern dir das nur antun? Dem eigenen Kind!«

»Ich hab aufgehört, mich das zu fragen. Sie waren schlichte Menschen, hatten ein entbehrungsreiches Leben und fanden im Glauben ihren einzigen Trost. Leider gehörten Nächstenliebe und Vergebung nicht dazu.«

»Ihr Verhalten ist eigentlich unverzeihlich.«

»Du hast ja recht. Ich hab ihnen irgendwann trotzdem verziehen, aber sie nicht mir. Doch damit bin ich zum Glück jetzt durch.«

»Du bist so unglaublich stark, Mila. Ich bewundere dich.«

»Ach, Charly, das bin ich gar nicht. Es blieb mir ja nichts anderes übrig, als irgendwie damit klarzukommen. Das ist mir höchstens ansatzweise gelungen. Aber zurück zur Vergangenheit: Als strenggläubige Baptisten waren meine Eltern gegen eine Abtreibung, und ich war damals minderjährig. Die Gemeinde in Coburg durfte natürlich nichts von der ›Schande‹ erfahren. Deshalb schickten mich meine Eltern zur Familie eines Predigers, den sie aus Russland kannten. Ich sollte das Kind bei diesen Leuten in Hamburg zur Welt bringen und zur Adoption freigeben.

Doch dort kam die Nierenbeckenentzündung zurück, mit aller Macht, es kam zu Komplikationen, ich hatte eine Fehlgeburt, und anschließend war klar, dass ich keine Kinder mehr bekommen könnte. Ich schrieb meinen Eltern Briefe, versuchte zu erklären, was mir zugestoßen war, bat um Verständnis und immer wieder um Entschuldigung wegen meiner Lüge – sie konnten oder wollten mir nicht verzeihen. Ich sollte auch noch eine Weile von Coburg fernbleiben, bis Gras über die Sache gewachsen wäre. Man merkte es mir nicht an, aber meine Enttäuschung war riesig.

Als ich mich einigermaßen erholt hatte, verließ ich die Baptistenfamilie, blieb aber in Hamburg und suchte mir eine Arbeit und Unterkunft. Inzwischen war ich volljährig geworden. Ein paar Monate später ging ich nach Großbritannien, arbeitete in allen möglichen Berufen, hatte wenige, unglückliche Beziehungen, zog häufig um, der Abstand zu meinen Eltern, zu Coburg, zu Deutschland wurde immer größer. Je größer er wurde, desto besser ging es mir. Im Lauf der Zeit versuchte ich trotzdem immer wieder, Kontakt zu meiner Mutter und meinem Vater aufzunehmen, erhielt aber keinerlei Reaktion.

Dann landete ich vor neun Jahren in Hongkong. In der wuseligen Anonymität der Stadt fühlte ich mich irgendwie sicher. Die Erinnerung an die schweren Zeiten verblasste, und nur bei Vollmond überkam mich manchmal eine seltsame Unruhe, auch Beklommenheit.«

Mila holte tief Luft.

»Der Rest ist schnell erzählt: Als ich mit Bonnie in diesem Gasthof übernachtete, fand genau dort ein Klassentreffen statt. Bei manchen dauerte es ein wenig, aber bei Rico wusste ich sofort, wer er war. Der Einzige, der mich erkannte, war Simon, das hab ich an seinen Augen gesehen, als wir uns kurz begegnet sind.

Am nächsten Morgen wurde Rico tot hinter dem Gasthof gefunden, da waren Bonnie und ich schon abgereist. Und für diesen Simon war scheinbar klar, dass nur ich das gewesen sein konnte, um mich für diese grausame Nacht vor 25 Jahren zu rächen. Deshalb wohl die Entführung. Vielleicht hatten sie Angst, ich würde ihnen auch was antun? Vielleicht wollten sie mich bestrafen? Ich weiß es nicht. Der nette Clown, hinter dem wahrscheinlich ein gewisser Michi steckte, hat sich sogar bei mir entschuldigt. Warum er plötzlich mit mir wegwollte, keine Ahnung. Das wird uns die Polizei bestimmt alles erklären. Übrigens, eine Sache noch: Dieser Kommissar Angermüller war auch in meiner Klasse.«

»Wirklich, Mila? Und du hast dich ihm nicht zu erkennen gegeben?«

»Bei dem Treffen im Gasthof hatte ich ihn aus der Ferne gesehen. Weißt du, wir hatten in der Schulzeit wenig bis gar nichts miteinander zu tun. Als er plötzlich als Polizist bei uns auftauchte, war ich so geschockt, dass ich irgendwie nichts zu ihm sagen konnte. Vielleicht war das falsch.«

»Du meinst, weil dann die Entführung und alles vielleicht gar nicht passiert wäre?«

Mila nickte.

»Das glaube ich nicht«, widersprach Charly.

»Ich weiß es auch nicht.«

Mila lehnte sich zurück auf ihr Kissen.

»Aber unser Gespräch eben – das hat gutgetan. Ich bin froh, dass ich das alles loswerden konnte, nach so vielen Jahren. Ich fühle mich um eine Tonne leichter«, lächelte sie. »Ach ja, es war schön bei deinen Verwandten, trotz allem, aber jetzt freu ich mich, wenn wir zurückfliegen. Auf das chinesische Neujahrsfest, auf das Wetter, das Essen, auf Zuhause.«

»Und ich freu mich, dass du Hongkong dein Zuhause nennst, diese verrückte Stadt, wie du immer sagst.«

Mila richtete sich auf und gab ihm einen Kuss.

»Danke, dass du mir zugehört hast. Jetzt gibt es für dich keinen weißen Fleck mehr in meinem Leben, Charly. Und jetzt muss ich schlafen.«

Lange hatte Georg darüber nachgedacht, was er Simone über die Ereignisse dieser Nacht erzählen konnte, erzählen sollte. Vor allem auch darüber, wie sie mit der unseligen Nacht vor 25 Jahren zusammenhingen. Er entschloss sich zu vollkommener Offenheit. Spätestens wenn der Prozess gegen Simon eröffnet würde, kämen die Geschehnisse von damals sowieso zur Sprache.

Es war um Mitternacht, als sie sich in Georgs Küche bei einem Rotwein zusammensetzten. Nach all dem, was passiert war, wurden beide von einer unnatürlichen Wachheit beherrscht. Nachdem er geendet hatte, war Simone, wie Georg schon geahnt hatte, vollkommen erschüttert.

»Das habe ich nicht gewusst. Er hat nie davon erzählt. Ich wusste zwar, dass er auch an ein paar dieser Vollmondpartys beteiligt war, war ich ja auch. Aber davon hatte ich keine Ahnung.«

»Es hat ja auch keiner der anderen je darüber gesprochen, soweit wir bisher wissen, schon mal aus Selbstschutz. Und diese schreckliche Party war wohl auch die letzte ihrer Art«, sagte Georg.

Sie schwiegen eine Weile, tranken von ihrem Wein. Georg konnte sehen, wie es in Simone arbeitete.

»Simon gab sich immer so einfühlsam und respektvoll gegenüber Frauen. Wenn ich darüber nachdenke, dass er und ich kurz nach diesen Weihnachten ein Paar geworden sind. Kannst du dir vorstellen, wie betrogen ich mich jetzt fühle? Jahrzehntelang mit einem gemeinen Vergewaltiger gelebt zu haben? Auch wenn es wirklich nur das eine Mal gab, ist es einmal zu viel.«

»Sicher, das ist schrecklich. Ich verstehe dich, Simone«, nickte Georg, »und es tut mir leid, dass ich dich mit diesen unangenehmen Wahrheiten belasten musste. Aber ich dachte, besser du erfährst es von mir als aus der Presse.«

»Ja, das war auch gut so«, stimmte Simone zu, »ich bin aber nicht nur wahnsinnig enttäuscht, Georg, ich bin auch unglaublich wütend! Ich hab dir ja gesagt, dass ich ihm von diesem Bürgermeisterkram abgeraten habe.«

Unruhig drehte sie ihr Weinglas in den Händen.

»Nicht, dass es an seiner Verantwortung für damals etwas ändern würde. Aber nur wegen der fixen Idee, Bürgermeister zu werden, diese Entführung ... Weil Maria an dem Abend beim *Greiner* aufgetaucht ist. Was für ein grausamer Zufall ... Womöglich hätte Simon sie wirklich noch ... ich darf gar nicht darüber nachdenken«,

Simone seufzte. »Aber offensichtlich hat er überhaupt kein Unrechtsbewusstsein mehr. Am Ende hatte er nur noch Angst um seinen Ruf als Kandidat für dieses beschissene Amt.«

»Da kann ich dir leider nicht widersprechen.«

»Wie konnte ich mich nur so in ihm täuschen?«

Simone schaute Georg ratlos an.

»Das mag jetzt kein Trost für dich sein, aber hättest du mich letzte Woche gefragt, ob ich Simon so was zutraue, hätte ich den Gedanken auch weit von mir gewiesen«, erwiderte Georg. »Aber sag mal, was ganz anderes: Warum bist du ihm eigentlich hierher nachgefahren?«

»Es ist, wie ich es dir heute erzählt habe: Ich hab mir Sorgen gemacht«, sie zögerte einen Moment, »aber auch weil … das Schlimme ist, dass ich, dass wir beide gehofft hatten, wieder zusammenzukommen …«

Simone legte ihren Kopf auf die ausgebreiteten Arme auf der Tischplatte und begann leise zu weinen.

SONNENTAGE

»Gute Nachrichten, Herr Angermüller. Die Täterschaft im Mordfall Rico Wiedehold konnte eindeutig ermittelt werden.«

»Ach, das ist ja eine sehr gute und vor allem eine überraschende Nachricht. Bitte erzählen Sie doch mal, Frau Knochenhauer.«

»An Neujahr hat bei uns Tauwetter eingesetzt, die Temperaturen stiegen, die Sonne schien, weshalb die weiße Pracht innerhalb kurzer Zeit verschwunden war. Zwei Tage später meldete sich der Wirt vom *Gasthof Greiner* bei der Polizei: Spielende Kinder hatten auf der Wiese hinterm Haus ein Paar Handschuhe gefunden. Die trugen deutliche Blutspuren.«

»Wow, das ist ja wirklich ein äußerst bemerkenswerter Fund!«

»So haben wir das auch gesehen. Schnell war klar, das Blut stammt vom Opfer. Parallel haben wir einen DNA-Abgleich mit einer Probe aus dem Innenfutter gemacht. Bingo! Wir hatten prompt einen Treffer.«

»So was nenn ich einen Hauptgewinn! Und wer?«

»Die Ehefrau, Marein Wiedehold.«

»Wirklich? Da bin ich aber sprachlos.«

»Sie sagen es, Herr Angermüller!«

So in etwa war das Telefonat am Freitagabend zwischen Georg Angermüller und der Erlanger Rechtsmedizinerin abgelaufen. Da er es peinlicherweise vergessen hatte, Frau Knochenhauers Grüße an seinen Freund Steffen auszurichten, was ihr sehr am Herzen gelegen hatte, wollte er sich unbedingt persönlich bei ihr bedanken. Schließlich hatte ihr Hinweis indirekt großen Anteil an der Aufklärung von Mila Laos Verschwinden gehabt.

»Guten Abend, Frau Knochenhauer, Angermüller hier. Ich hoffe, ich störe Sie nicht, am heiligen Samstagabend.«

»Aber nein. Guten Abend, worum geht's?«

»Ich wollte mich nur noch einmal ganz herzlich bedanken für Ihren gestrigen Anruf. Die Information über die Täterin kam genau zum richtigen Zeitpunkt.«

»Aber sehr gern, war doch überhaupt kein Ding.«

»Was ich Sie fragen wollte, wie sind Sie überhaupt auf die Idee gekommen, sich bei mir zu melden?«

»Zufällig – Sie wissen wahrscheinlich auch, wie wichtig Zufälle manchmal sind«, meinte sie mit einem fröhlichen Lachen, »zufällig hab ich nämlich gestern Mittag mit Steffen von Schmidt-Elm wegen einer bevorstehenden Fachtagung telefoniert. Und da fiel mir wieder ein, dass Sie und Ihre Dienststelle von Bohnsack um Amtshilfe im Fall Wiedehold gebeten worden sind. Und da hab ich mir gedacht, falls es etwas bei mir gibt, das auch für Sie von Interesse sein könnte, würde ich es Ihnen zugänglich machen. Ohne Skrupel. Über die Teamfähigkeit von Herrn Bohnsack sind wir uns ja einig.«

»Tja, das hat er gerade wieder einmal bewiesen. Heute Vormittag hab ich versucht, ihn zu sprechen, um ihm unsere neuesten Erkenntnisse mitzuteilen, da war unser Superkommissar zu beschäftigt. Später ließ er mir eine dürre Nachricht zukommen: Täterin im Fall Wiedehold gefasst, danke für die Unterstützung, Näheres am Montag.«

»Sehen Sie, das war mir klar. Deshalb hab ich mir von Steffen Ihre Nummer geben lassen. Gestern Abend traf das Ergebnis vom DNA-Abgleich ein, die Täterschaft ist somit eindeutig geklärt. Und da dachte ich sofort, dass ich Sie informieren muss, denn wer weiß, wann der Bohnsack seine wertvollen Erkenntnisse mit Ihnen teilen würde.«

»Werte Frau Knochenhauer, Sie glauben ja gar nicht, was Ihr Anruf so alles in Gang gesetzt hat. Letztendlich haben wir damit hier vor Ort eine Entführung aufklären können, die im direkten Zusammenhang mit dem Fall Rico Wiedehold steht. Das detailliert zu erzählen, führt jetzt zu weit. Aber vielleicht sind Sie ja mal wieder in Lübeck?«

»Sie werden lachen, in drei Wochen bin ich zu besagter Fachtagung in der Hansestadt, und Ihr Freund hat mich bereits zum Abendessen eingeladen. Er will mich bekochen. Vielleicht dürfen Sie ja dazukommen, das wäre doch die Gelegenheit fürs Erzählen von Kriminalgeschichten?«

»Das ist eine prima Idee! Ich werde mich um eine Einladung bemühen, Frau Knochenhauer.«

»Fein. Ich würde mich freuen, wenn wir uns sehen, Herr Angermüller.«

»Ganz meinerseits.«

»Ach ja, eines noch: Kennen Sie Adelbert von Chamisso?«

»Ja«, meinte Georg zögerlich, der sich aus der Schulzeit dunkel an diesen Dichter aus der Romantik erinnerte.

»Kein Verbrechen bleibt ungesühnt, hat der in einer Ballade erkannt. Und wissen Sie, wie der Titel lautet?«

»Nein, tut mir leid«, musste der Kommissar passen.

»Die Sonne bringt es an den Tag. Genial, oder?«

Angermüller hörte die Rechtsmedizinerin herzhaft lachen.

ENDE

ANHANG

GÄNSEBRATEN NACH ANGERMÜLLER'SCHER METHODE

Zutaten für 6 Portionen:
1 kleine Gans, ca. 3500 g
2 ganze Äpfel
1 Sträußchen Beifuß
Salz

Gänse wiegen mindestens 3000 g. Sollten weniger als 6 Portionen benötigt werden, entweder Teilstücke wie Brust oder Keule verwenden, oder die Reste – auch aufgewärmt noch sehr schmackhaft – an einem anderen Tag servieren.

Die Gans innen und außen mit Salz einreiben, in einen Bräter legen, die Äpfel daneben und kochend heißes Wasser über alles gießen, bis der Braten etwa zur Hälfte in der Flüssigkeit liegt. Das Beifußsträußchen dazugeben, Deckel drauf und das Ganze zum

Kochen bringen. Anschließend bei mäßiger Hitze sanft köcheln lassen, ein paarmal wenden. Die Dauer, Minimum 2–3 Stunden, ist abhängig von der Größe der Gans und der Beschaffenheit des Fleisches.

Wenn der gewünschte Grad an Zartheit erreicht ist, das Fleisch aus der Soße nehmen und diese durch ein Sieb passieren, abschmecken und entfetten (Gänseschmalz!). Die Gans im Ofen überkrusten, bis die Haut einen goldenen Braunton angenommen hat und schön knusprig ist.

Durch diese Kombination aus Kochen und Überkrusten bleibt das Fleisch auch bei größeren Tieren schön saftig.

Dazu gibt es natürlich Coburger Klöße (am besten die Rutschklöß aus »Nebelschleier«) und Rotkohl.

ROTKOHL

Zutaten für 6 Portionen:
1 kg Rotkohl, gewaschen, geputzt, in feine Streifen gehobelt
100 g fetten Speck, fein gewürfelt
Butterschmalz
1 süßer Apfel, gewaschen, gewürfelt
Salz
½ l roter Traubensaft oder mehr
1 Lorbeerblatt

½ TL Nelken, gemahlen
½ TL Piment, gemahlen
1–2 EL Zucker evtl. mehr, je nach Geschmack
frisch gemahlener schwarzer Pfeffer
1 Schuss Rotwein
2 EL Balsamico

In einem ausreichend großen Topf den Speck auslassen, ggfs. Butterschmalz zufügen und in dieser Mischung auf großer Flamme den Rotkohl und die Äpfel anschmoren, salzen und mit ½ l Traubensaft aufgießen. Hitze reduzieren und nun die Gewürze und den Zucker zugeben und im geschlossenen Topf köcheln lassen, ab und zu umrühren, ggfs. mehr Saft zugeben. Nach 45 min probieren, ob das Gemüse weich genug ist, wenn gewünscht, Garzeit verlängern. Anschließend mit Pfeffer, Rotwein und Balsamico abschmecken.

MAMMAS ZITRONENSPEISE

Zutaten für eine Schüssel, 4–6 Portionen:
Saft einer Biozitrone
Saft von 2 Limetten
Wasser
100 g Zucker
50 g Speisestärke, 8 EL Wasser
abgeriebene Schale 1 Biozitrone

2 Eigelb, 4 EL Wasser
1 Prise Salz

Schlagsahne

Den ausgepressten Saft mit Wasser auf 500 ml auffüllen
und mit dem Zucker und der Prise Salz in einem Topf
zum Kochen bringen.

Die Eigelb mit 4 EL Wasser verschlagen.

Die Speisestärke mit 8 EL Wasser glatt rühren und
in das Saft-Wasser-Gemisch geben, kurz aufkochen.
Den Topf vom Herd nehmen und schnell das verrührte
Eigelb und die abgeriebene Zitronenschale untermi-
schen.

In eine Schüssel oder Portionsschälchen geben und,
wenn nur noch lauwarm, im Kühlschrank kalt werden lassen. Zu diesem erfrischenden Nachtisch gehört
unbedingt geschlagene Sahne. Früher nahm die Mamma
immer nur Zitronen, doch das intensivere Aroma der
Limetten intensiviert den Geschmack, hat ihr Sohn fest-
gestellt.

OMA ANGERMÜLLERS MANDELKUCHEN

400 g Mehl
100 g blanchierte, gemahlene Mandeln
1 Päckchen Backpulver

150 g Zucker
½ Tl gemahlene Vanille
abgeriebene Schale einer Biozitrone
1 Prise Salz
5 – 10 Tropfen Bittermandelaroma
150 g weiche Butter
250 g Magerquark
2 Eier
250 g blanchierte, gehackte Mandeln

80 g flüssige Butter
100 g Puderzucker

Das Mehl, die gemahlenen Mandeln, Backpulver, Zucker, Vanille, Salz und Zitronenschale in eine Schüssel geben und mit der Butter, dem Quark, dem Mandelaroma und den Eiern zu einem relativ festen Teig mischen. Nun die gehackten Mandeln beifügen und zu einem glatten Teig kneten.

Anschließend zu einem Laib formen und auf einem Backpapier in eine flache Backform/Bratraine legen. Bei 160 Grad Umluft zwischen 30 und 50 min backen – öfter kontrollieren, Stäbchenprobe machen.

Nach dem Backen noch warm mit der flüssigen Butter einstreichen und dick mit Puderzucker besieben.

Was der Kommissar so kocht und isst...

THUNFISCHCREME

Zutaten:
1 Dose Thunfisch im eigenen Saft, 130 g abgetropft
130 g Frischkäse
3 TL Kapern
1 Knoblauchzehe
Salz
schwarzer Pfeffer aus der Mühle
Basilikumblätter, eine Handvoll

Den Thunfisch mit der einer Gabel zerdrücken, mit dem Frischkäse mischen und zu einer Creme verrühren. Die zerdrückte Knoblauchzehe, die Kapern zufügen, mit Salz und Pfeffer abschmecken.

Schmeckt sehr gut zu Baguette oder Deryas Wunderbrot (Rezept in »Trugbilder«). Man kann die Creme z.B. auch auf hart gekochten Eiern und/oder Tomaten servieren. Sehr zu empfehlen als kleine, unkomplizierte Vorspeise.

KÜRBISAUFLAUF MIT MOZZARELLA ÜBERBACKEN

Zutaten für 4 Personen:
1000 g Hokkaido Kürbis, gewaschen, entkernt, in mundgerechte Würfel geschnitten (ca. 2–3 cm) – Schälen nicht nötig
½ TL Quatre Epices bestehend aus Pfeffer, Zimt, Muskat und Piment (meine bevorzugte Marke vom *Alten Gewürzamt* enthält sogar 9 Zutaten!)
Kräutersalz
Frisch gemahlener schwarzer Pfeffer
3 EL Olivenöl
1 Dose Tomaten in Stücken
2–3 EL Zitronensaft, je nach Geschmack
2–3 EL Ahornsirup, je nach Geschmack
1 Knoblauchzehe, gepresst
Salz
frisch gemahlener schwarzer Pfeffer
(für eine scharfe Variante einen TL Chiliflocken dazugeben oder nach dem Backen Chili-Knoblauch-Öl darüberträufeln)
2 Kugeln Mozzarella in dünnen Scheiben

Die Kürbisstücke in eine Schüssel mit Deckel geben. Olivenöl und Gewürze darüber und gut durchschütteln, um alle Stücke mit Öl zu benetzen. Den Kürbis in eine feuerfeste Auflaufform geben und im vorgeheizten Backofen bei 200 Grad Umluft ca. 15 min backen.

Währenddessen die Tomaten mit allen Zutaten außer Mozzarella mischen und abschmecken. Die Mischung über den vorgebackenen Kürbis geben und die Mozzarellascheiben darauf verteilen. Alles zusammen weitere 15-20 min im Ofen überbacken, bis der Käse geschmolzen ist und eine goldene Tönung angenommen hat.

Dieser Auflauf lässt sich natürlich mit anderen Gemüsen zubereiten, z. B. Zucchini, Blumenkohl oder Pastinaken, oder mit Feta anstelle von Mozzarella.

Als Beilage serviert Angermüller Jasminreis, aber auch Quinoa oder Boulghur passen gut.

GERÖSTETER ROSENKOHL MIT CHILIBUTTER

Zutaten für 4 Portionen:
1000 g Rosenkohl, geputzt, gewaschen
Kräutersalz
Schwarzer Pfeffer
4 EL Olivenöl

Den Rosenkohl in eine Schüssel mit Deckel geben. Olivenöl, Kräutersalz und Pfeffer darübergeben und gut durchschütteln, um alle Röschen mit Öl zu benetzen. Auf einem Backblech ausbreiten und im vorgeheizten Backofen bei ca. 180 Grad Umluft 15 bis 20 min rösten.

für die Chilibutter:
80 g flüssiger Honig
1–2 EL Weißweinessig
1 gehäufter TL Chiliflocken
100 g Butter
1 Prise Salz

In einem kleinen Topf den Honig unter Rühren erhitzen, kurz aufkochen. Vom Feuer nehmen, Essig und Chili unterrühren. Anschließend bei mäßiger Hitze die Butter zugeben, schmelzen, mit Salz abschmecken und kurz eindicken lassen.

Dazu schmecken diese

MEHLSPATZ'N

Zutaten für 3–4 Portionen:
400 g Mehl
2 Eier
1,5 TL Salz
1 Prise Muskat
1/8 bis ¼ Liter Milch
Salzwasser

Das Mehl in eine Rührschüssel geben, Eier, Salz und Muskat einarbeiten. Nach und nach so viel Milch unterrühren, bis der Teig zäh reißend vom Löffel fällt. Er sollte nicht zu flüssig sein.

In einem ausreichend großen Topf 2 l Wasser mit einer Prise Salz zum Kochen bringen. Nun mit einem Esslöffel vom Teig hühnereigroße Spatz'n abstechen und ins kochende Wasser geben. Wenn sie an die Oberfläche steigen, sind sie fertig und können mit einem Schaumlöffel herausgenommen werden.

Natürlich schmecken die Spatz'n, einfach nur mit flüssiger Butter, auch zu anderen Gemüsegerichten wie Linsen oder Möhren. Aber auch zu Fleischspeisen wie Gulasch und anderen mit kräftiger Soße, dann ohne Butter. Und wenn Spatz'n übrig bleiben, einfach in Scheiben schneiden, in Butter braten und als Beilage zu Gemüse oder Fleisch reichen.

TORTA CAPRESE BIANCA

Zutaten für eine runde Springform:
4 Eiweiß
1 Prise Salz
100 g weiche Butter
75 g und 25 g Zucker
4 Eigelb
abgeriebene Schale von 2 unbehandelten Zitronen
30 ml Limoncello oder Zitronensaft
150 g weiße Schokolade, geschmolzen
150 g Mandeln, blanchiert, fein gemahlen
1 Päckchen Backpulver

60 g Speisestärke
½ TL Vanillepulver

Puderzucker

Das Eiweiß mit 25 g des Zuckers und der Prise Salz zu festem Schnee schlagen.

Die weiche Butter mit 75 g Zucker aufschlagen, bis der sich gelöst hat, die Eigelbe zugeben und alles cremig rühren.

Die Zitronenschale, den Limoncello und die geschmolzene Schokolade unterrühren. Zu den gemahlenen Mandeln das Backpulver, die Speisestärke und das Vanillepulver geben und gleichmäßig unter die Eiercreme mischen. Zum Schluss das steif geschlagene Eiweiß vorsichtig unterziehen.

Den Boden einer Springform mit Backpapier auslegen und den Rand mit flüssiger Butter einpinseln.

Im vorgeheizten Backofen bei 170 Grad zwischen 30 und 50 min unter Beobachtung backen. Stäbchenprobe machen! Nach dem Abkühlen aus der Form auf eine Platte geben und eine dicke Schicht Puderzucker daraufsieben.

Bei seinem Freund Steffen genießt Angermüller

DAVIDS COINTREAUTORTE ZUM DESSERT

Zutaten für eine Tortenform:
5 Eier, getrennt
200 g Backmarzipan in kleinen Stückchen
150 ml Cointreau
150 g Zucker
100 g Mehl
Prise Salz
90 g flüssige Butter

Für den Guss:
100 g weiche Butter
150 g Bitterschokolade mit Orangenstückchen

Die Eiweiße mit der Hälfte des Zuckers steif schlagen. Die Eigelbe mit dem Marzipan, 25 ml Cointreau,
dem restlichen Zucker und der Prise Salz zu einem cre-
migen Teig rühren. Eiweiß und Mehl unterheben und
zum Schluss die geschmolzene heiße Butter einrühren.
Tortenform mit flüssiger Butter einfetten und bemeh-
len, die Masse einfüllen und bei 160–180 Grad Umluft
20–30 min backen.
  Stäbchenprobe machen.

Noch warm den Kuchen aus der Form auf eine Platte legen und mit dem restlichen Cointreau beträufeln, bis der komplett aufgesaugt ist.

Die Schokolade im Wasserbad schmelzen und mit der weichen Butter zu einer glatten Creme rühren. Diese über die erkaltete Torte streichen und an einem kühlen Ort fest werden lassen. Schlagsahne dazu kann, muss aber nicht – zum Kaffee oder zum Dessert ein köstliches Backwerk für Große!

Milas Rezepte

Diese Teigtaschen kennt Mila aus ihrer westsibirischen Heimat. Sie sind in vielen Formen und mit vielen Füllungen in Zentralasien zu Hause, in ganz Russland bekannt und in Kasachstan ein Nationalgericht:

MANTY - GEDÄMPFTE TEIGTASCHEN

Zutaten für den Teig für ca. 16 Manty, ca. 3 Portionen:
250 g Mehl
1 Ei
50–75 ml Milch
½ TL Salz

Aus den angegebenen Zutaten einen geschmeidigen Teig herstellen, zu einer Kugel formen und in Folie gewickelt bei Raumtemperatur ca. 30 min ruhen lassen.

Für die Füllung:
250 g Hackfleisch (gemischtes Hack, oder rein Rind oder Lamm)
1 Zwiebel, fein gehackt
Salz
Pfeffer
Öl
Sauerrahm

Das Hackfleisch mit den anderen Zutaten gut vermischen. Den Teig noch einmal kurz durchkneten und dann ca. 2 mm dick ausrollen. Quadrate von 8 × 8 cm ausschneiden und auf jedes einen gehäuften Teelöffel von der Füllung geben.

Jeweils die 2 gegenüberliegenden Ecken zusammenklappen und gut zusammendrücken, damit sie beim Dämpfen nicht aufgehen. Sowohl den Dämpfeinsatz als auch die Manty dünn mit Öl bepinseln. In einem Topf Wasser bis knapp unterhalb des Dämpfeinsatzes zum Kochen bringen und darüber die Teigtaschen ca. 45 min dämpfen.

Heiß auf den Tisch bringen und dazu den Sauerrahm reichen.

Nach Geschmack kann man das Originalrezept der Füllung auch mit zerdrücktem Knoblauch, gehackter Petersilie und Paprikapulver ergänzen.

BANANA BREAD

3–4 sehr reife Bananen
1 EL Weißweinessig
1 TL Natron
100 g weiche Butter
100 g brauner Zucker
2 Eier
200 g Mehl
1 TL Backpulver
½ TL gemahlener Zimt
eine gute Prise Salz
1 MSP Vanillepulver

Die Bananen pürieren, Essig und Natron dazugeben. In einer Rührschüssel die Butter mit Zucker und Eiern cremig rühren und das Bananenpüree unterziehen. Zum Schluss das mit Backpulver, Zimt, Salz und Vanille gemischte Mehl einarbeiten und alles zu einem zähflüssigen Teig verarbeiten.

Den Teig in eine bebutterte, bemehlte Kastenform füllen und im vorgeheizten Ofen auf mittlerer Schiene bei 160-180 Grad Umluft für ca. 45 min backen. Öfter kontrollieren – jeder Backofen ist anders! Nach erfolgreicher Stäbchenprobe aus dem Ofen nehmen, abkühlen lassen und aus der Form holen. Eventuell mit Puderzucker überpudern, dem etwas Vanillepulver zugesetzt wurde.

Wenn gewünscht, kann man dem Teig auch noch 75 g dunkle, gehackte Schokolade oder Schokotröpfchen beifügen.

CLAFOUTIS NACH DEM REZEPT VON THIERRY

Ursprünglich stammt der Clafoutis aus dem Limousin, ist aber inzwischen in ganz Frankreich als Dessert beliebt. Das ist wahrscheinlich auch der Grund, warum viele unterschiedliche Rezepte existieren. Das Schöne an dieser Mischung aus Kuchen und Auflauf ist, dass er ziemlich schnell und einfach auf den Tisch zu zaubern ist.

Zutaten für eine große Tarteform:
500–750 g frische Kirschen, gewaschen, entsteint, oder Kirschen aus dem Glas, gut abgetropft
4 Eier
100 g Zucker (75 g bei Glaskirschen)
1 Päckchen Vanillezucker
1 gute Prise Salz
150 ml Milch
100 ml Sahne
100 g Mehl
2 TL Backpulver
100 g Mandelblättchen (falls gewünscht)
1–2 EL Puderzucker mit 1 MSP Vanillepulver gemischt

Die Tarte- oder Auflaufform mit Butter einfetten und die Kirschen auf dem Boden gleichmäßig verteilen.

In einer Rührschüssel die Eier mit Zucker, Vanillezucker und Salz gut schaumig rühren. Nun Milch und Sahne beifügen und das mit Backpulver vermischte Mehl unterziehen.

Den Teig in der Form über den Kirschen verteilen, wer mag, streut noch Mandelblättchen darüber, und dann bitte im vorgeheizten Backofen bei 180 Grad Umluft backen. In meinem Ofen genügen 20 min, in vielen Rezepten werden 45 min empfohlen – bitte beobachten und ausprobieren – jeder Herd ist anders ;-)

Nach dem Backen, wenn gewünscht, mit Vanillepuderzucker bestäuben. Dieser Auflauf/Kuchen schmeckt auch hervorragend mit Pflaumen oder Mirabellen oder Aprikosen oder Äpfeln, bitte einfach ausprobieren. Mit Vanilleeis, Vanillesauce oder Schlagsahne ist er ein unwiderstehliches Dessert!

UND CLAFOUTIS GEHT AUCH SALZIG:

Zutaten für eine Tarte- oder Auflaufform:
80 g flüssige Butter
125 ml Milch
4 Eier
Salz
Pfeffer

100 g Mehl
300 g Paprika, gewaschen, geputzt, in mundgerechte Stücke geschnitten
100 g Champignons, gewaschen, geputzt, kleine Pilze ganz lassen, größere halbieren oder vierteln
3 – 4 Lauchzwiebeln, gewaschen, geputzt, in kleine Ringe geschnitten
100 g geriebener Käse

Butter, Milch und Eier verrühren, Mehl unterziehen, salzen und pfeffern. Die Form mit Öl oder Butter fetten, die geschnittenen Gemüse gleichmäßig darin verteilen und den Teig darübergeben. Zum Schluss mit dem Käse bestreuen.

In der Mitte des vorgeheizten Backofens bei ca. 200 Grad Umluft für 15 bis 20 min backen.

Auch hier sind die Variationen zahlreich: Mit Cocktailtomaten, Basilikum und Parmesan/oder Mozzarella oder mit Zucchini, Knoblauch und Schafkäse oder mit Brokkoli und Gorgonzola, oder was fällt Ihnen sonst noch ein?

WIEDER EINMAL MÖCHTE ICH DANKE SAGEN ...

... allen, die mir meine vielen Fragen beantwortet, Tipps gegeben, mich für die Recherche beherbergt und durch Angermüllers Heimat im Norden kutschiert haben.

Vielen Dank an meinen »persönlichen Fachberater« Frank-Michael Buchhorn, Erster Kriminalhauptkommissar a.D. der Kriminalpolizei Lübeck und heimatverbundener Lübecker, der mit mir von Angermüllers erstem Fall bis heute sein Wissen geteilt hat.

Ich bedanke mich bei Cousin Gerhard E. für die kompetente Recherche zur Coburger Baugeschichte in Wort und Bild.

Liebe Sabine R., dir danke ich ganz herzlich für Rezepte und Auskünfte zu kulinarischen Weihnachtsbräuchen aus unserer fränkischen Heimat!

Wie schon seit Angermüllers erstem Fall bedanke ich mich natürlich bei ZF für gemeinsame Recherchefahrten durch Ostholstein und Lübeck-Travemünde sowie das Teilen seines Insiderwissens zu Land und Leuten.

Und natürlich bedanke ich mich beim Gmeiner-Verlag und vor allem bei meiner Lektorin Claudia Senghaas, die immer für mich (und ihre anderen Autor:innen) da ist und stets versucht, selbst das Unmögliche möglich zu machen – und das schon seit mehr als 17 Jahren!

Kommissar Angermüller ermittelt:

GMEINER SPANNUNG

WWW.GMEINER-VERLAG.DE
Wir machen's spannend

Eva Klingler
Alsace, mon amour!
Roman
345 Seiten, 13,5 x 21 cm,
Premium-Klappenbroschur
ISBN 978-3-8392-0451-1

Mit diesem Erbe hat die aparte Frankfurter Grafikerin
Marian Färber nicht gerechnet. Doch zusammen mit
ihrem Verlobten Jeff lässt sie sich auf das Abenteuer
Eguisheim ein – und entdeckt ein jahrhundertealtes
kulinarisches Geheimnis. Doch bis zur Lösung des
Rätsels muss sie viele Hindernisse überwinden und sich
zum Schluss ihrer wahren Liebe stellen. Doch zunächst
muss Marian die Frage beantworten, wer ihr diese mys-
teriösen Hinweise zukommen lässt. Ist der unheimliche
Schatten, der sie verfolgt, ein Freund oder ein Feind?

GMEINER SPANNUNG

WWW.GMEINER-VERLAG.DE
Wir machen's spannend

Michael Boenke
Camping mortale
Kriminalroman
313 Seiten, 13,5 x 21 cm,
Premium-Klappenbroschur
ISBN 978-3-8392-0458-0

Die Ruhe auf Friedas Camping-Stellplatz wird nach-
haltig gestört, als der »Probecamper« und Ortsvor-
steher Eginbert Bilsner mit einem Zelthering im Kopf
von Bönles Sprössling Korbinian tot aufgefunden
wird. Als auch dem Hund des Ermordeten und der
Bienenkünstlerin Bibibee Böses widerfährt, und Tizian,
der beeinträchtigte Freund Korbinians, zum Sünden-
bock gemacht wird, überschlagen sich die Ereignisse im
herbstlichen Ried. Nachdem Vorahnungen einer blin-
den Seherin grausame Realität werden, ermittelt Bönle
mit seiner Motorrad-Gang auf eigene Faust.

GMEINER SPANNUNG

WWW.GMEINER-VERLAG.DE
Wir machen's spannend

Daniel Verano
Canaria Criminal
Kriminalroman
256 Seiten, 12,5 x 20,5 cm,
Paperback
ISBN 978-3-8392-0459-7

Im Wahlkampf springt der polarisierende Politiker
Francisco Fraude mit dem Fallschirm über Gran
Canaria ab. Felix Faber, deutscher Auswanderer und
Journalist auf der Insel, beobachtet den Sprung von
seinem Bungalow aus. Es geschieht das Unvorstell-
bare, vor laufender Kamera schlägt Fraude auf einem
Felsen auf und ist tot. Faber beginnt zu recherchieren
und kreuzt dabei den Weg der taffen Ermittlerin Ana
Montero. Zusammen decken sie nach und nach eine
Verschwörung auf.

GMEINER SPANNUNG

WWW.GMEINER-VERLAG.DE
Wir machen's spannend

Jean Jacques Laurent
Elsässer Rache
Kriminalroman
213 Seiten, 12,5 x 20,5 cm,
Paperback
ISBN 978-3-8392-0480-1

Jules Gabin und seine Verlobte Joanna stecken mitten
in den Hochzeitsvorbereitungen, als die Skelette von
zwei Vermissten entdeckt werden: Das junge Paar
war vor neun Jahren kurz nach ihrer Trauung spurlos
verschwunden. Sein neuer Fall führt Major Gabin in
die feine Gesellschaft des beschaulichen Colmar – und
deckt menschliche Abgründe auf. Nebenbei dürfen sich
Jules und Joanna durch die elsässische Küche schlem-
men, denn sie müssen das Hochzeitsmenü zusammen-
zustellen …

GMEINER SPANNUNG

Alex Thomas
Pietà – Steinerner Tod
Thriller
352 Seiten, 13,5 x 21 cm,
Premium-Klappenbroschur
ISBN 978-3-8392-0500-6

Als an einem Wintermorgen unter dem Branden-
burger Tor die blutüberströmte Leiche eines Mannes
in den Armen einer Frau entdeckt wird, schrillen bei
Ex-Kriminalkommissar Magnus Böhm sämtliche
Alarmglocken. Er hat diese Skulptur aus Menschenkör-
pern schon einmal gesehen, 14 Jahre zuvor in Rom. Die
Presse stürzt sich auf den Fall und spricht von der Berliner Pietà. Doch dieses Mal gibt es einen entscheidenden
Unterschied: Das weibliche Opfer hat überlebt.

GMEINER SPANNUNG

WWW.GMEINER-VERLAG.DE
Wir machen's spannend

Fabian Lenk
App to die
Thriller
359 Seiten, 13,5 x 21 cm,
Premium-Klappenbroschur
ISBN 978-3-8392-0452-8

Du hast ein ultramodernes Smarthome.

Alles lässt sich steuern – per App – immer, von überall.

Es ist einfach, bequem und wahnsinnig praktisch.

Du fühlst dich sicher.

Doch der Feind ist bereits in deinem Haus.

GMEINER SPANNUNG

WWW.GMEINER-VERLAG.DE
Wir machen's spannend

Mike Steinhausen
Geheimoperation Gehlen
Kriminalroman
425 Seiten, 13 x 21 cm,
Premium-Klappenbroschur
ISBN 978-3-8392-0482-5

Als der ehemalige Fremdenlegionär Louis Richard eine
Frau vor ihrem Zuhälter rettet, stürzt das sein weiteres
Leben ins Chaos. Denn schon kurz darauf wird er unschuldig zu lebenslanger Haft verurteilt. Im Gefängnis
erhält er unerwarteten Besuch von zwei Mitarbeitern
der CIA. Louis soll ihnen helfen, Reinhard Gehlen
als Präsident des BNDs zu installieren. Er willigt ein,
springt für ihn die Freiheit und eine neue Identität
heraus. Doch die CIA spielt ihr eigenes Spiel und schon
bald kämpft Louis ums Überleben.

GMEINER SPANNUNG

WWW.GMEINER-VERLAG.DE
Wir machen's spannend

Manfred Bomm
Albtraumhof
Kriminalroman
377 Seiten, 13 x 21 cm,
Premium-Klappenbroschur
ISBN 978-3-8392-0450-4

Vier alte Bauernhöfe – und ein finsteres Geheimnis. Vor
18 Jahren verschwand ein Bauer spurlos und soll nun
für tot erklärt werden. Seine Erbin erhofft sich ein idyl-
lisches Gebäude, doch aus dem Traum auf der Schwäbi-
schen Alb wird ein Albtraum. Denn in dem einsam auf
der Hochfläche stehenden Hof geschehen merkwürdige
Dinge. Die Erbin erlebt dramatische Nächte und zieht
den pensionierten Kriminalisten August Häberle hinzu,
um herauszufinden was mit ihrem vermissten Verwandten geschehen ist.

GMEINER SPANNUNG

WWW.GMEINER-VERLAG.DE
Wir machen's spannend

Daniel Verano
Canaria Criminal
Kriminalroman
256 Seiten, 12,5 x 20,5 cm,
Paperback
ISBN 978-3-8392-0459-7

Im Wahlkampf springt der polarisierende Politiker
Francisco Fraude mit dem Fallschirm über Gran
Canaria ab. Felix Faber, deutscher Auswanderer und
Journalist auf der Insel, beobachtet den Sprung von
seinem Bungalow aus. Es geschieht das Unvorstell-
bare, vor laufender Kamera schlägt Fraude auf einem
Felsen auf und ist tot. Faber beginnt zu recherchieren
und kreuzt dabei den Weg der taffen Ermittlerin Ana
Montero. Zusammen decken sie nach und nach eine
Verschwörung auf.

GMEINER SPANNUNG

WWW.GMEINER-VERLAG.DE
Wir machen's spannend